DER DIEB VON BAGDAD

Thea von Harbou

Der Dieb von Bagdad

Thea von Harbou: Der Dieb von Bagdad
Unipart bei area
Copyright © by area verlag gmbh, Erftstadt
Alle Rechte vorbehalten

Einbandgestaltung: agilmedien, Köln
Einbandabbildung: Bridgeman, London
Satz: GEM mbH, Ratingen
Druck und Bindung: Oldenbourg Taschenbuch GmbH,
Hürderstraße 4, 85551 Kirchheim

Printed in Czech Republic 2005
ISBN 3-89996-641-4

www.area-verlag.de

*Ich widme dieses Buch
der Freundschaft
dem besten aller Freunde
K. J. Fritzsche*

Preis sei Allah, dem Erhabenen, der da herrschen wird am Tage des Gerichts! Zu ihm wollen wir beten, und zu ihm wollen wir flehen, dass er uns führe den rechten Pfad, den Weg der Gerechten und nicht der Ungerechten und nicht den Weg derer, die ihn erzürnen. Denn es ist kein Gott außer Gott, und Mohammed ist sein Prophet!

Da Eure Hände offen waren und ich zwischen den Kupfermünzen der Geizhälse – Allah setze ihnen einen Hut auf den Kopf! – auch das liebliche Silber der Mildtätigen erblicke – klug handeln die Freigebigen, denn Allah verzinst ihre Gabe tausendfach! –, so will ich hinuntersteigen in die Schatzkammer der Erinnerung, um für Eure Ohren und Herzen eine Geschichte heraufzuholen, wie Ihr noch keine vernommen habt, sooft wir uns auch trafen am Brunnen vor der Großen Moschee. Es ist die Geschichte von Abu, dem Dieb von Bagdad, von seinem Freunde König Ahmad und dessen Großwesir Djaffar – Allah verdamme ihn! –, vom Sultan von Basra mit dem weißen Bart und seiner närrischen Liebe zu künstlich sich regenden Zauberdingen – was eine große Sünde war, denn Allah allein schafft Leben und will nicht, dass elfenbeinerne Gebilde zu tanzen beginnen und Pferde sich in die Luft erheben! – und von seiner einzigen Tochter, der Prinzessin Djamileh.

Der schöne Palast des greisen Sultans lag in Basra, und der Palast des Königs Ahmad lag in Bagdad, und viele erstaunliche Dinge mussten sich ereignen, ehe König Ahmad und die Prinzessin Djamileh zueinander kamen. Sie kannten sich nicht und waren sich doch in vielen Zügen so gleich, als ob sie Geschwister wären. Sie wohnten in Palästen, aber sie hatten kein Heim. Sie schwelgten in Reichtum, doch der Reichtum galt ihnen nichts. Über ihrer Schönheit, deren Adel kein Jüngling und keine Jungfrau erreichte – auch wenn sie sich auf die Zehen stellten, rührten ihre ausgestreckten Fingerspitzen kaum an den Rand der Sandalen von Ahmad und Djamileh –, über ihrer beider Schönheit lag die gleiche Schwermut derer, die unter Tausenden einsam sind, und ihr Lächeln hatte zwei Tränen als Vater und Mutter. Denn sie sehnten sich nacheinander und wussten es nicht. Zwei Quellen waren sie, von zwei Bergen entspringend, deren Gipfel sich nicht zu sehen vermochten, aber die Quellen suchten sich in Hast ihren Weg und ruhten nicht, bis sie im gleichen Tale sich begegneten und trunken vor Entzücken ineinanderstürzten, nicht länger als zwei Quellen der Sehnsucht, sondern ein Strom des Glücks.«

»He, alter Schwärmer! Wo bleibt der Dieb von Bagdad?«

»Geduld, Geduld, noch sind wir nicht bei ihm! Noch sind wir bei Ahmad dem König, der in der Abendsonne zwischen den Zinnen seines Palastes steht, und hinter ihm steht ein anderer, der den König nicht aus den Augen lässt, und, o Freunde, aus was für Augen! Von diesen Augen wird in unserer Geschichte noch oft die Rede sein – und nie im Guten. Allah behüte uns vor dem neunmal gesteinigten Teufel!

Der Herr von Bagdad ist jung, und sein edles Blut und ritterliche Erziehung haben einen Mann aus ihm gemacht, wie es seinesgleichen nicht zweimal gibt zwischen Sonnenaufgang und -untergang. Er herrscht über Zehntausende von Gläubigen, aber zwischen ihm und seinem Volk steht eine Mauer, und diese Mauer, undurchdringlich, unübersteigbar, düster, drohend und geheimnisvoll, ist ein Mensch, ein Mann: Djaffar, sein Großwesir.

Wenn König Ahmad der Herr seines Volkes ist, dann ist Djaffar der Großwesir der Herr seines Königs. Er lenkt ihn, wie man ein Kind am Bande lenkt: unmerklich, unentrinnbar, hierhin, dorthin – und das Kind tappt hierhin, dorthin, stolz auf seine Kraft und Selbstständigkeit, nichts ahnend von der Hand, die es gängelt.

König Ahmad schaut von den Zinnen seines Palastes hinab in den Marmorhof, und seinen widerstrebenden Blicken bietet sich, heute wie stets, das alltägliche Schauspiel: der Henker am Werk. Richter in Bagdad ist nicht Ahmad der König. Djaffar der Großwesir hat sich zum Richter gemacht, und sein Urteil ist eintönig wie ein immer vom gleichen Klöppel geschlagener Gong: Tod – Tod – Tod durch Henkershand. In die sich blähenden Nüstern des Königs steigt aus der Tiefe der ekle Dunst von Blut. Seine müden und abwesenden Augen fangen den Blitz des Henkerschwertes auf, seine Ohren hören den dumpfen, grässlichen Ton, mit dem ein Menschenkopf auf den Marmor schlägt.

Angewidert, aber mit durch Gewöhnung entkräfteten Händen, denen die Zügel der Macht entzogen wurden, fragt er nach dem Warum. Djaffar lächelt. Ihr, Kinder der ewigen Sonne, wisst nicht, was Kälte heißt, wisst nicht, dass Kälte Wasser erstarren lässt, dass Wasser in Eis sich verwandelt in der Kälte und die Erde, freundliche Mutter alles Lebendigen, hart wird wie Stein. Seht, so ist das Lächeln Djaffars! Es lässt das Blut in den Adern gerinnen, das Lächeln Djaffars.

›Der Mann hat gedacht, o Herr!‹, antwortete er der Frage des Königs.

Der König sieht ihn an. ›Ist Denken ein Verbrechen?‹
›Das schwerste Verbrechen für einen Untertan, o Herr!‹
›Warum?‹

Der Großwesir sieht den Frager an wie ein Wissender ein unbelehrtes Kind.

›Der Denkende, o Herr, hat aufgehört, ein Untertan zu sein.‹

König Ahmad wendet sich ab von dem dünnen, beschämenden Lächeln um Djaffars Mund. Er sieht dem purpurnen Rinnsal nach, das über den Marmor des Richtplatzes kriecht und von scheuen Hunden beleckt und beschnuppert wird. Sein Herz ist schwer wie Blei, sein Blick umdüstert. Er spricht vor sich hin wie Menschen, die viel allein sind. Aus unerträglicher Einsamkeit tasten seine Worte sich ans Licht. Zu wem spricht er? Zur schweifenden Luft, der nie verweilenden? Zum leeren Himmel, der viel zu hoch über seinem Haupte sich wölbt, um selbst einen Schrei zu vernehmen? Zu der Dämmerung, die, den Finger auf dem Mund, aus der Tiefe steigt und nicht hören noch sehen will?

›Ich bin nicht glücklich. Ich war noch niemals glücklich. Ich sehne mich nach Glück und weiß doch nicht, ob es Glück gibt. Und wenn es Glück gibt, wer soll es mich lehren? In meinem Harem sind dreihundertfünfundsechzig Frauen – gleich dreihundertfünfundsechzig Enttäuschungen. Widerlich ist die Gebärde der Liebe ohne Liebe. In meinen Schatzkammern liegt das rote Gold in Haufen, liegen funkelnde Edelsteine in Schüsseln, die kein Riese zu heben vermag. Was soll ich damit? Kann ich mein Herz damit füllen? Nur das nicht Käufliche hat echten Wert. Ich bin ein König und gebiete über ein großes Volk, das mich nicht kennt und das ich nicht kenne. Ein Schatten herrscht über ein Meer von Schatten. Ich weiß nicht, ob es in meinem Reich einen zweiten Menschen gibt, dem das Leben so zur Qual geworden ist wie mir.‹

Und seht, als der König so sprach, warf Djaffar der Großwesir das feine Netz der Versuchung über ihn.

›Nichts ist leichter, o Herr, als das Herz der Menschen zu durchleuchten, wenn man selbst im Schatten bleibt. Du willst wissen, auf welchen Pfaden die Gedanken deiner Untertanen gehen, schleichen, rasen? Du willst wissen, ob sie glücklich sind oder elend, zufrieden oder vom Aufruhr entzündet? Du willst ihre Wünsche ermessen, ihrem Hass, ihrer Liebe in die Augen sehen? O Herr, die Menschen ertragen es selten, mit sich selber allein zu sein. Sie kriechen zusammen wie niedere Tiere, die sich nur in dumpfer Masse wohl fühlen, wo die Gemeinsamkeit den Einzelnen verschluckt und freispricht von Verantwortung. Denn wer will die Masse zur Verantwortung ziehen? Einer zu hundert gesellt, aneinandergeklebt mit schweißigen Schultern, stinkend ein jeder nach dem Dunst seiner Armut und Fron und jeder im Glauben, der andere verpeste die Luft, so lösen sie die Masken, wie sich Glieder und Lippen lösen. Jedes Wort des Nachbarn ist ein Tropfen Öl, der die Zunge des Nachbarn aus der Verkrampfung befreit. Jeder redet und schwatzt, und keiner hört zu. Doch da sie alle das Gleiche reden und schwatzen, stimmen sie überein und fühlen sich weise, denn der gemeine Mensch nennt nur den Menschen klug, der ihm die eigene dumpfe Meinung bestätigt. Willst du ein Teilchen werden dieser schwatzenden Masse, die sich knoblauchduftend auf dem Markt versammelt, dann zieh dir ein Wams an, wie es die Fischer tragen, lass die Kleinodien zurück, die dir blitzend vom Haupte schreien: ›Seht, da kommt ein König!‹, und lerne sie kennen, die Menschen. Willst du das?‹

›Bei Allah, ich will!‹, antwortet Ahmad der König, und da ein argloses Herz dem listigen immer erliegt, weil ihm das Böse zu fern ist, um möglich zu scheinen, geht Ahmad der König dem schlauen Mann ins Netz, der seine lang erwartete Stunde wahrnimmt.

Im spärlichen Gewand eines Fischers schleicht sich Ahmad der König aus seinem Palast, und sein Großwesir schleicht ihm nach. Im Dunkel hinter ihm eine Hand voll finsterer Kerle, jeder reif, vom Teufel gepflückt zu werden. Ahmad mischt sich nur schüchtern unter die Menge, die, um den Brunnen geschart wie wir jetzt, einem lauschen, der mit unterdrückter Stimme zu ihnen spricht, aber, wahrlich!, von weniger ergötzlichen Dingen, als Ihr, teure Freunde, aus meinem Munde hört. Mit vielen scheuen Blicken nach rechts und links nicken sie, tuscheln zusammen, Ohren nähern sich raunenden Lippen, Seufzer steigen auf, und Flüche kriechen am Boden, Stöhnen wird unter zitternden Fingern erstickt, jede Rede ist Klage und Anklage jeder Satz, und immer heißt es: ›Er!‹, und an dieses ›Er!‹ klettet sich Verwünschung über Verwünschung.

Ahmad der König lauscht mit beklommener Brust. Er beugt sich zu dem Schmied an seiner Linken: ›Von wem spricht er?‹ Der Schmied duckt sich weg von ihm und schweigt.

Ahmad der König neigt sich zu den Lastträgern an seiner Rechten: ›Wer ist das, den ihr den Verfluchten nennt?‹

›Schweig, Unglückseliger!‹, zischt der Gefragte und rückt von ihm ab. ›Weißt du nicht, dass der Markt von Ohren wimmelt, die alles hören, und von Lippen, die alles ausschwatzen, was die Ohren hörten? Juckt dich der Hals nach dem Henkerschwert? Oder willst du in einem der tiefen Kerker verschwinden, die sich in endlosen Gängen unter dem Königspalast hinziehen und Bienenwaben gleichen mit ihren unzähligen Löchern, die keiner jemals verlässt, der sie einmal betrat?‹

›Unter dem Königspalast?‹ Die Stimme Ahmads zittert vor Empörung. ›Unter dem Königspalast – Gefängnisse?‹

›Bist du toll?‹ Eine grobe Faust fährt ihm ins Genick. ›Kreischst wie ein Geier! Willst du dir und uns die Häscher auf den Hals jagen?‹

›Ich frage dich‹, sagt Ahmad der König und schüttelt die Faust von sich ab, die sich in seinem Wams verkrallt hat, ›ich frage dich, Hund von einem Lügner, ob du bei der Behauptung bleiben willst, dass unter dem Königspalast Gefängnisse liegen, in denen Gefangene zugrunde gehen?‹

›Und ich frage dich, du Narr von einem Frager, ob du's am eigenen Leibe erfahren willst, wie sich's in diesen Löchern lebt und stirbt? ‚Er' ist nicht langsam, wenn es gilt, einen Schwätzer mundtot zu machen!‹

›Wer ist dieser ‚Er'?‹

›Wer ‚Er' ist? Bist du vom Monde gefallen? Hört doch!‹, wendet der Zuckerbäcker sich zu den anderen, ›da will einer wissen, wer ‚Er' ist!‹ Hundert Augen glühen Ahmad den König an. Der packt seinen Nachbarn beim Arm.

›Bei Allah, bei Mohammed, bei den sieben Erzengeln und allen Teufeln der Hölle, ich will wissen, von wem ihr sprecht, als fluchtet ihr! Wer ist der Mann, dessen Namen ihr nicht zu nennen wagt, wie man den Namen dessen, der Allahs ewiger Widersacher ist, nicht zu nennen wagt, um seinen Zorn nicht zu wecken. Nun! Redet! Schleicht nicht im Bogen um diesen Namen! Nennt ihn! Sagt ihn mir ins Gesicht! Und wenn es der Name Ahmads des Königs wäre, ich schwöre euch beim Barte des Propheten, es wird euch nichts geschehen!‹

Eine raue Stimme fragt: ›Wie kannst du das schwören?‹

Ahmad der König springt auf: ›Weil ich Ahmad der König bin!‹

Drei Herzschläge lang sitzen sie wie gelähmt, dann gellt ein einziger Schrei, aus hundert Schreien geknäult, über den Marktplatz. Menschen raffen sich auf und stürzen davon, stolpern im Fliehen über ihre Gewänder, halten sich einer am anderen fest und kreischen, schon die Henkerfaust im Nacken spürend. Menschen werfen sich stöhnend vor Ahmad in den Staub, winseln um Erbarmen, wollen ihm die Füße küssen: ›Gnade, Herr, Gnade! Um Allahs willen Gnade!‹

Und ›Gnade, Herr, Gnade!‹ heult es misstönend im Chor.

Aber es bleibt Ahmad dem König nicht die Zeit, Gnade zu spenden oder zu verweigern. Plötzlich ist er umringt von Schergen, die ihn packen. Nie zuvor hat eine raue Faust den gesalbten Leib des Königs berührt. Noch weiß Ahmad nicht, was der Überfall bedeutet. Er fühlt keine Angst, kaum Schreck, nur knirschende, glühende Wut. Er wehrt sich. Er hat keine Waffe. Sooft er seinen Palast verließ, war er von Männern umgeben, die Waffen trugen, um ihn, den König, zu schützen. Sein schlanker Körper ist lebendiger Stahl und biegt sich wie ein Degen aus Golkonda. Aber ein Dutzend Fäuste zerren an ihm. Und eine Stimme, eine Stimme aus Eis – Ihr wisst nun, Freunde, was Eis ist? Ich hoffe, Ihr habt es noch nicht vergessen! –, eine Stimme aus Eis, die Stimme Djaffars, des Großwesirs, übertönt das Getöse der Furcht und das Röcheln der Wut: ›Haltet ihn fest, den Narren! Es ist ein Verrückter! Er hat den Größenwahn und hält sich für Ahmad den König! Legt ihn in Ketten, denn solch ein Narr ist gefährlich! Schafft ihn fort, in den Kerker, bis sein Gehirn sich klärt!‹

Seht, meine Freunde, so wendet der Wille Allahs, ohne den nichts geschieht und nichts unterbleibt, in weniger Zeit, als ein Blatt braucht, um von seinem Baum in den Staub zu fallen, das Schicksal eines Menschen. Ahmad der König wurde Ahmad der Narr, wurde Ahmad der Gefangene, und weder die Henkersknechte noch die Männer am Brunnen noch Djaffar der Großwesir achteten auf sein Schreien. Sie spotteten seiner. Sie lachten und sagten: ›Wenn er erst drunten liegt, in einem Gefängnisloch unterm Königspalast, mag er schreien, so laut er will, da hört ihn keiner!‹ Und dann lag er im schmutzigen Stroh einer Höhle, die Gift und Fäulnis aushauchte. Und dort wollen wir ihn einstweilen liegen lassen.

Denn nun ist es Zeit, dass wir uns um einen andern kümmern – ja, ganz recht: um Abu, den Dieb von Bagdad!«

*

»Abu war ein Dieb und der Sohn eines Diebes und der Enkel und Urenkel von Dieben. Und wenn er die Leiter seiner Abkunft noch weiter hätte zurückklettern können, ich wette, auf jeder Sprosse hätte ein Dieb gesessen und hätte sich stolz als ein Vorfahr dieses kleinen Halunken bekannt. Wo sein Vater und seine Mutter geblieben waren, wusste Abu nicht, doch das kümmerte ihn wenig. Er nannte nichts sein Eigen als ein karges blaues Höschen, flinke Diebsfinger und einen unstillbaren Hunger, was kein Wunder war, denn – das vergaß ich zu sagen – Abu hatte ein ritterliches Herz. Mehr als einmal an jedem gesegneten Tag betrog ihn dies ritterliche Herz um die Beute seiner Finger, und die Fische, die er eben dem Garkoch aus der Pfanne gestohlen hatte, flogen den Bettlern in den Schoß, die der Garkoch unter ausgesuchten Flüchen und Verwünschungen von seinem Herd vertrieben hatte.

Es gab in Bagdad, wie sich von selbst versteht, eine Unmenge Diebe, die ihr Handwerk verstanden, aber mit Abu konnte sich keiner messen. Seine Hand war flink und seine Füße noch flinker, wenn es galt, ums liebe Leben zu laufen. Und er war auf der Flucht seiner Flinkheit so sicher, dass er's nicht lassen konnte, unterwegs nach seinen Verfolgern mit allzu reifen Früchten zu werfen, die an ihren Köpfen zerplatzten. Aber wenn die Gerechtigkeit auch manchmal zu lahmen scheint, einmal kommt sie ans Ziel. Und die Sonne nicht jeden Tages lächelt den Dieben. Das Herz tut mir weh um ihn, doch ich muss es sagen: Abu geriet in die Hände seiner Verfolger. Mehr als einer von diesen hat später gesagt: Lieber würde er einen jungen Wolf oder eine ausgewachsene Wildkatze mit den Händen fangen als noch einmal Abu den Dieb. Mit zerkratzten Gesichtern und zerbissenen Fingern, ärger geschunden, als wären sie, von einer Mauer rutschend, in einem Dornbusch gelandet, lieferten sie keuchend und schnaufend ihre heulende Beute beim Stockmeister des Gefängnisses ab. Der, roh und albern, machte sich ein Vergnügen daraus, dem Knaben, während er ihn schüttelte und Abu in seinen Fäusten sich wand wie ein Aal, den Schrecken aller Schrecknisse auszumalen, die am nächsten Morgen auf ihn warteten.

›Und‹, fährt der Kerkermeister fort und wendet sich gegen die Tür, ›was den Verrückten da unten betrifft – ihr wisst, wen ich meine! –, Djaffar ist gnädig! Morgen, bei Sonnenaufgang, wird der Henker dem Dieb die Hand abschlagen und dem Verrückten den Kopf! Preis sei Allah, dem Allgerechten!‹

Aber der Dieb von Bagdad machte seinem Namen Ehre: Der Herr des Gefängnisses merkte nicht, dass Abu die Gelegenheit benutzte, dem plumpen Prahler vor sich die Schlüssel zu stehlen.

Kaum ist der Kerkermeister samt seinen übel zugerichteten Schergen hinter der schweren Eisentür verschwunden, als Abus Geheul verstummt wie abgeschnitten. Er sieht sich um und findet seine Umgebung durchaus nicht nach seinem Geschmack. Es ist so finster, dass sich die Augen nur mühsam an die Dunkelheit gewöhnen. Es raschelt und huscht. Es pfeift und quietscht in den Ecken. Pfui Teufel, das sind Ratten. Abu schüttelt sich, denn Ratten sind ihm zuwider. Doch neben dem wirren Spektakel, der von den Ratten stammt, ist da noch ein anderer Laut, der Abu aufhorchen lässt. Er steht und lauscht in die fahle Düsterheit. Und nun weiß er's genau: Da irgendwo atmet ein Mensch.

Abus Herz schlägt wie ein Hammer. Unbelehrt, wie er ist, weiß er doch aus Gesprächen mit Klügeren, dass es zwischen Himmel und Erde und auch im Meer, dem erdumklammernden, viele Geister gibt, von denen man nie weiß, wie sie gelaunt sind. Und ein schlecht gelaunter Geist ist eine fragwürdige Gesellschaft – oh, die Weisheit dieser Erkenntnis sollte Abu der Dieb nur allzu bald am eigenen Leibe erfahren! Aber – so sagte sein Kopf, auf den er nicht gefallen war, zu seinem hämmernden Herzen – wie käme ein Geist in dieses Gefängnis, da doch jedes Öffnen der Tür ihm Gelegenheit gäbe, lautlos und spurlos zu entwischen? Und, fuhr sein Kopf fort, das Herz zu beruhigen, wenn es kein Geist ist, der da in der Finsternis seufzt, und da Ratten nicht seufzen und Stroh und Unrat stumm sind, wer anders kann hier seufzen als ein Mensch, ein Gefangener?

›He!‹, macht Abu halblaut, denn er glaubt wohl, dass ein Wesen aus Fleisch und Blut sein Gefängnis teilt und nicht ein unzuverlässiger Geist. Aber es ist ein gewaltiger Unterschied zwischen Glauben und Gewissheit, und Vorsicht kann niemals schaden.

Ein tieferer Seufzer antwortet ihm, das Klirren einer Kette und eine todmüde Stimme, der man es anhört, dass sie sich an Stöhnen, an Schreien, an der flehenden Anrufung Allahs, an der knirschenden Beschwörung des Herrn der sieben Höllen heiser gebrüllt hat. Die Stimme fragt: ›Wer bist du, Gefährte des Elends?‹

›Ich bin Abu der Dieb. Und du?‹

›Ich bin Ahmad der König.‹

›Aha!‹, sagt Abu verständnisvoll. ›Der Verrückte!‹, und er packt ohne Zaudern nach dem Seil, das auf der Höhe des Gefängnisses in seine Tiefe fällt, und schwingt sich daran in das schwarze Loch, aus dem die Stimme des Mitgefangenen tönt wie eine geborstene Glocke.

›Du hast Recht!‹, antwortet der Fremde. ›Ich muss wahnsinnig sein. Der Wahnsinnigste von allen, die je im Palast des Königs lebten. Es kann aber auch sein, dass ich früher wahnsinnig war und jetzt weise geworden bin. Nur schade, dass meine Weisheit keinem mehr etwas nützt. Ein Bruchteil des Wissens, das ich im Kerker gewann, hätte vor dieser Zeit mir und Zehntausenden zum Heil gedient. Nun ist es zu spät, und zu denken‹, fährt er fort und richtet sich knirschend auf, dass seine Ketten klirren und sich spannen, ›zu denken, dass der Teufel, der mich gefangen hält, mit Lug und Betrug und Hinterhalt und Gewalt sich meines Thrones bemächtigen wird – wenn er es nicht schon getan hat – und dass er mein Volk versklaven und knechten wird, mit dem Henker als seiner rechten Hand!‹

›Oh, was das betrifft‹, sagt Abu der Dieb, ›so kann es dem Volk unter Djaffar nicht viel schlimmer ergehen als unter Ahmad, der sich König schelten ließ und nichts war als ein großer Faulpelz. Wenn du frei wirst, Freund, suche dir für deine Verrücktheit einen anderen Namen, sonst kann es dir geschehen, dass man dir glaubt, du seist Ahmad der König, und dich totschlägt, ehe du schwören kannst, dass du verrückt bist.‹

›Wenn du frei wirst, sagst du?‹

›Allerdings. Unter uns gesagt, hier gefällt es mir nicht. Draußen gibt es mehr Luft, mehr Licht und vor allem mehr zu essen. Ich denke, wir warten, bis die Sonne untergegangen ist. Dann schlüpfen wir hinaus und suchen uns ein Boot, das uns nach Basra bringt. Ich habe mir immer gewünscht, nach Basra zu kommen.‹

›Jetzt weiß ich nicht‹, antwortet sein Gefährte, ›bist du verrückt oder ich? Hast du nicht gehört, dass der Kerkermeister sagte, morgen bei Sonnenaufgang würde dir die Hand und mir der Kopf abgeschlagen? Willst du der Sonne verbieten aufzugehen? Willst du aus dem Steinherzen Djaffars eine Gnadenquelle springen lassen? Eins wie das andere, Freund, wäre die Hoffnung eines Verrückten!‹

›Wo ist das Schloß deiner Kette?‹, fragt Abu der Dieb und kauert sich neben ihn.

›Was soll diese Frage? Willst du mich verhöhnen?‹

›Dummkopf! Was habe ich hier in meiner Hand?‹

›O Allah! Schlüssel!‹

›Ganz recht! Die Schlüssel des Kerkermeisters. Einer davon wird schon zu deinen Ketten passen. Gib her und lass mich versuchen!‹

›O Abu! Wie kommst du zu diesen Schlüsseln?‹

›Ich habe sie ihm gestohlen, dem prahlenden Vieh. Siehst du, der Schlüssel passt! Wirf deine Ketten ab! Die wenigstens bist du los.‹

›O Abu! Abu!‹

›Du siehst, wie nützlich es ist, ein Dieb zu sein, wenn man die Finger zu brauchen weiß wie den Kopf.‹

›Gib mir den Schlüssel vom Kerker!‹

›Sachte, sachte! Du bist zu stürmisch, Freund! Wir müssen warten.‹

›Warten! Wenn du gelitten hättest, wie ich gelitten habe, würdest du nicht von warten reden, Abu!‹

›Ja, guter Freund ... aber sprich, wie soll ich dich nennen?‹
›Ich bin Ahmad der König!‹
›Noch immer verrückt? Denn dass du die Wahrheit sagst, will ich um deinetwillen nicht hoffen.‹
›Warum?‹

Abu der Dieb hatte zu der Zeit, da meine Geschichte sich zutrug, das Gesicht eines Knaben, eines Jünglings höchstens, und seine dunklen Augen trugen in ihren Tiefen ein schimmerndes Licht von Heiterkeit und – wie soll ich es nennen? – einer verschmitzten Güte. Es gab viele Frauen in Bagdad, die bei seinem Anblick aufseufzten und sagten: ›Ach wäre doch dieser kleine Dieb mein Sohn!‹ Aber jetzt, da Ahmad der König ihn ansah, glühten die Augen des Jünglings wie die Augen des Tigers, der sich zum Ansprung duckt.

›Du fragst, warum? Ist das eine ehrliche Frage? Du nennst dich Ahmad der König und fragst, warum? Weißt du nicht, dass man die kleinen Kinder in Bagdad diesen Namen früher verwünschen lehrt, als den Namen Allahs anzurufen im Gebet? Warum? Nun, schade, dass die Mauern dieses Gefängnisses keine Zungen haben und dass der Marmor im Palasthof schweigt auch im Erröten! Bist du Ahmad der König?‹

›Ich bin's, mein Freund!‹

Abu steht auf und wendet sich zornig ab.

›Ich bin nicht dein Freund! Ich hasse dich! Ja, bei Allah, ich hasse dich, Ahmad!‹, und seine Stimme bricht.

Er hört die Kette des Gefangenen klirren. Er hört eine sanfte und gefasste Stimme: ›Komm, Abu, lege mir die Kette wieder an. Ich will meinem Schicksal nicht entfliehen, denn wenn es wahr ist, was du sagst und was sich die Männer auf dem Markte zuraunten, dann verdiene ich nicht, in die Freiheit zurückzukehren. Obwohl es schade ist, Abu, denn wenn ich jetzt auch ärmer bin als irgendein

Mensch in Bagdad, so würde ich doch vielleicht durch die Gnade Allahs wieder zur Macht gelangen und versuchen, den Namen Ahmads des Königs aus einem verfluchten in einen gesegneten zu verwandeln. Das musst du mir glauben, Abu. Ein Todbereiter lügt nicht!‹

Abu steht abgewandt mit finsterem Gesicht. Er dreht sich mit einem Ruck dem Gefangenen zu und greift nach der klirrenden Kette, die jener ihm hinhält. Er steht und sieht den Todbereiten an. Eine Ratte huscht über den Fuß des zusammenzuckenden Königs. Oh, Ahmad hat die Ratten fürchten gelernt und verhehlt es nicht. Mit einem Fluch, den Allah vergessen möge, denn er ist allenfalls einem im Dienst ergrauten Steuermann zu verzeihen, aber nicht einem kleinen Dieb, schlägt Abu mit der Kette die Ratte tot und schleudert die Kette beiseite.

›Steh auf!‹, sagt er rau. ›Du musst dich im Gehen üben. Sonst brichst du mir unterwegs zusammen mit deinen wunden Gelenken und bist mir ein Hindernis mehr auf der Flucht.‹

Er zerrt ihn in die Höhe und zetert und brummt über ihn und stützt ihn und knurrt ihn an und verwünscht seine eigene Dummheit, sich mit einem so jämmerlichen Gefährten zu belasten. Denn das Herz eines Jünglings ist spröde und umso spröder, je edler der Stoff ist, aus dem es Allah geformt hat. Zum Herzen Abus hatte er Gold genommen, nicht wenig Stahl und nicht zu wenig Wachs, und so war ein gutes und zuverlässiges Herz entstanden, wie der es braucht, der einen König zu retten berufen ist. Denn der Allwissende und Allweise – gepriesen sei sein Name! – hatte vom Anbeginn der Zeit den König und den Dieb von Bagdad füreinander bestimmt.«

*

»Der Morgen des dritten Tages nach ihrer Flucht findet sie im Hafen von Basra, den sie ohne Zwischenfall in einem – leider! – gestohlenen Boot erreichten. Sie hatten, als die Nacht kam, durch Abus Geschicklichkeit ihr Gefängnis verlassen, sie hatten im Morgengrauen vom Dach eines leeren Hauses die Reiter Djaffars gesehen, wie sie zur Verfolgung Ahmads des Königs aufbrachen. Es gab einen Augenblick, da Djaffar, betäubt vor Wut, dem Mann, den er suchte, so nahe war, dass er nur hätte die Hand ausstrecken müssen, um ihn zu ergreifen. Aber Allah schlug ihn mit Blindheit, und Abus Hände griffen flink und hart genug zu, um zu verhindern, dass sich Ahmad der König auf den Verräter stürzte. Denn Abu war wohl versessen auf Abenteuer und träumte von Heldentaten bei Tag und bei Nacht, aber er wollte sie als Sieger bestehen und nicht kopfüber in die Fänge des Todes laufen. Er war nicht eher zufrieden, als bis die Zinnen des Königspalastes von Bagdad hinter ihnen versanken und der frische Wind ihr Segel blähte wie die Brust eines Schwans. Da saß er auf dem Bootsrand und sang in die Brise hinein ein Lied, das er einem Matrosen abgelauscht hatte: ›Ich will ein Seemann werden, segeln übers Meer!‹ Und singend, segelnd, weise gestohlene Vorräte verzehrend, abwechselnd schlafend und wachend gelangten sie in guter Zeit nach Basra – und wir mit ihnen.

Endlich!, sagt Ihr. Ich weiß, ich weiß, meine Freunde, dass Ihr begierig seid, mehr von der schönen Prinzessin zu hören, deren Namen ich Euch am Anfang meiner Geschichte genannt habe: von Djamileh, der Tochter des weißbärtigen Narren, dem seine kunstvollen Spielzeuge mehr am Herzen lagen als die liebreizende Tochter. Und doch war sie so schön, dass vor ihrer Schönheit die Sonne sich neigte am Tag und der Mond in der Nacht. Man brauchte dies Wunderwerk nicht mit goldenen Schlüsseln aufzuziehen, um zu erreichen, dass es sich bewegte. Ihre zierlichen Glieder hatte nicht Menschenhand aus Elfenbein gebosselt – nein, Allah selbst, der Künstler aller Künstler, hatte sie geformt, an dem Tage, da es ihn gelüstete, sein Meisterwerk zu schaffen, das Entzücken der Welt. So schön war die Prinzessin Djamileh, dass die Rosen sich vor ihr demütigten und dass, wenn sie mitten in der Nacht in den Garten ging, weil der Schlaf ihr Lager floh, die Vögel in den Granatapfelbäumen erwachten und zu singen begannen, als ginge die Sonne auf. Aber ihre Gespielinnen, die sie liebten, zerbrachen sich die Köpfe über das Rätsel, warum das Lächeln der Prinzessin Djamileh so traurig war und warum über der Anmut ihres Wesens, einem Nebelhauch gleich, zu allen Zeiten eine süße Nachdenklichkeit lag, als sänne sie, unter Tränen lächelnd, einem Rätsel nach, das sie allein nicht zu lösen vermochte.

Nun geschah es aber, dass die Gespielinnen der Prinzessin, um sie zu zerstreuen, einen Ausflug in den kunstvollen Garten vorschlugen, der in einiger Entfernung vom Palast des Sultans lag, mit schönen alten Bäumen und blühenden Hecken und einem Teich, der von den schwimmenden Kelchen des blauen Lotos nahezu bedeckt war. Djamileh nickte zustimmend, mehr, um den Gespielinnen gefällig zu sein, als weil sie für sich selbst dort heitere Stunden erhoffte, denn, wo sie auch weilte, ihre süße, stille Schwermut blieb ihr treu. Hätte sie gewusst, welchen Aufruhr jeder ihrer Ausflüge in den Garten über die gute Stadt Basra verhängte, sie wäre wohl lieber im Palast geblieben.

Ahmad und Abu, auf ihrem Weg durch die Bazare dank der Geschicklichkeit Abus ihren Hunger an Brotfladen und Honig stillend – wobei es sich erwies, dass der Ruhm des Diebs von Bagdad seinem Herrn auch in Basra treu bleiben würde –, hören von den Türmen des Sultanpalastes schmetterndes Dröhnen der Tubas – und sehen sich augenblicklich in einen Strudel von rennenden, schreienden, flüchtenden Menschen gerissen, die wie von Horden losgelassener Teufel gejagt in die Häuser flüchten. Gleich darauf braust eine Wolke galoppierender Pferde über den Markt durch die Gassen, mit Peitschen, Geißeln und Knüppeln jeden niederschlagend, der sich noch blicken lässt. Andere Reiter, mit Pfeilen und Bogen bewehrt, sorgen, mit der Sicherheit von Todesengeln schießend, dass an allen Häusern Türen und Fensterläden schleunigst geschlossen werden, und wo das nach ihrer Meinung nicht schnell genug geschieht, zittern Sekunden später die lang gefiederten Pfeile im knirschenden Holz.

In den Händen Ahmads zappelt ein halb ohnmächtiger Alter, der vor Angst die Frage nach Woher und Warum der Panik nur mit einem gelallten Wort erklärt: ›Die Prinzessin!‹ Er reißt sich los und verschwindet, winselnd vor Angst, im Inneren eines Hauses, eben noch rasch genug, um einem Pfeil zu entgehen, der seinem Hosenboden zugedacht war. Ahmad, wie von einem Fieber gepackt, greift nach dem nächsten Flüchtenden; der reißt sich los, dass sein eilender Burnus in Fetzen geht, schreiend: ›Die Prinzessin! Rette dich! Wer sie sieht, ist des Todes!‹ Bedarf es mehr als dieser drohenden Warnung, um die Begier eines Mannes, die Prinzessin zu sehen, unüberwindlich zu machen?

Abu, noch halb ein Knabe und darum zu jung, um sich wegen eines Weibes in Gefahr zu stürzen, merkt verdrossen, wie sein Gefährte vor Neugier nach dem Anblick der Prinzessin brennt.

›Wahrscheinlich‹, murrt er, ›ist sie hässlich wie die Pest, dass sie keiner erblicken soll.‹

›Nein‹, widerspricht Ahmad und hat Augen und Hände eines Fieberkranken, ›ich habe gehört, dass sie schöner sein soll als der Mond in der vierzehnten Nacht! Ich muss sie sehen, und wenn es mein Leben kostet!‹

›Mir scheint, dein Kopf ist immer noch nicht geheilt!‹, sagt sein allzu junger Gefährte erbittert. ›Ich will dich nicht aus dem Gefängnis von Bagdad befreit haben, um dich an den Henker von Basra zu verlieren!‹

Ach, er weiß noch nicht, dass auch die weisesten Worte kein Feuer zu löschen vermögen, und welches Feuer ist dem der Liebe gleich? Im Herzen Ahmads des Königs hatte es heimlich geschwelt, seit ihm der Name Djamilehs ins Ohr gedrungen war. Und nun sah er sie selbst, wie sie, unverschleiert, denn die Wächter glaubten jedes Auge verscheucht, auf dem Rücken ihres weißen Elefanten, unter einem Himmel aus Pfauenfedern, in purpurnen Kissen lehnend, müde von unbewusster Sehnsucht, die herrlichen Augen halb von den Lidern versteckt, als wollten sie ihr schmachtendes Feuer verhehlen, aus dem Tor des Palastes hervorging wie die Sonne aus dem Tor der Morgenröte. Ihre Gespielinnen schwärmten um sie her gleich Schmetterlingen um eine Blume, die sich eben öffnen will, jede einer Houri des siebenten Himmels gleich. Doch wer sah nach ihnen, solange Djamileh zu sehen war? Wer bückt sich nach Kieselsteinen, wenn ihm die Gnade des Schicksals das Kleinod der Welt offenbart?

›Du bist krank‹, sagte Abu nach einem Blick ins Gesicht seines Freundes, sobald die Prinzessin verschwunden war.

Ahmad schüttelt den Kopf. Er ist blass wie der Tod, und seine Hände zittern, als hätte er einen Schlag aufs Herz bekommen. In seinen Augen liegt eine Trunkenheit, die Abu erschreckt und befremdet. Auf der schönen Stirn des verbannten Königs springen die Adern hoch mit rasenden Schlägen.

›Ich muss sie wieder sehen‹, sagt er und sieht seinen kleinen Gefährten an wie ein Kranker den Arzt, von dem er Rettung erwartet.

Abu, statt zornig zu werden wie vorher, wird nur betrübt. Wo bleiben seine Pläne? Hat er dem Freunde nicht erzählt, dass er Sindbad den Seefahrer im Hafen getroffen und dass er mit ihm gesprochen und dass der Meerbezwinger ihm zugesagt hat, ihn und seinen Freund bei der nächsten Ausfahrt mitzunehmen zu neuen, kühnen Abenteuern?

Ahmad der König hört nicht einmal zu. Kann er denn fort? Er kann nicht fort! Er muss die Prinzessin wieder sehen, und sie, nur sie allein soll über sein Schicksal entscheiden. Wenn es ihm gelingt, sich ihr zu nähern, und sie weicht vor seiner Glut zurück ... Nun, was hat das Dasein dann noch für einen Sinn? Dann soll die Brigg Sindbad des Seefahrers mit König Ahmad an Bord in die Hölle segeln – es soll ihm gleich sein. Djamileh oder der Tod, ein Drittes gibt es nicht.

Abu – nun, wir wollen nicht vergessen, Freunde, dass sein Herz, von Allah selbst geschaffen, zu einem guten Teil aus Wachs bestand! –, Abu sah seine Reise mit Sindbad dem Seefahrer in den Wogen einer Leidenschaft ertrinken, die er nicht teilte und nur halb verstand.

›Wenn ich dir helfe, sie wieder zu sehen‹, fragt er hoffnungslos und nur, um nichts unversucht zu lassen, ›wirst du dann mit mir kommen?‹

Ahmad verspricht es. Was hätte er nicht versprochen? Streitet man mit einem Sinnberaubten? Nimmt man einen Mondsüchtigen beim Wort? Abu hat Mitleid mit seinem Freund, der nicht isst und nicht schläft und kaum die verdorrten Lippen mit dem Saft einer Frucht benetzt. Er weiß es nicht aus eigener Erfahrung, aber auch er hat schon mehr als einmal den Märchenerzählern gelauscht, die vom Blitzschlag der Liebe, von der Feuersbrunst der Leidenschaft berichten, die einen Mann aus heiterem Himmel packen und rundherum verwandeln, dass die Welt mit all ihren Herrlichkeiten ihm leer erscheint, wenn die eine Frau, die er liebt, ihr Antlitz von ihm wendet. Er fühlt, dass für Ahmad den König keine Rettung ist, es sei denn durch die Nähe der Prinzessin Djamileh, dass es für ihn nicht Trank noch Speise gibt, es sei denn ein Lächeln und ein Kuss ihres Mundes, und dass ihm die Süßigkeit des Schlafes versagt ist, bis er die Stirn in ihre Hände bettet.

Die Prinzessin Djamileh wird scharf bewacht, nicht nur im Palast des Sultans, auch in ihrem Garten. Aber der Dieb von Bagdad hat Zeit seines Lebens nichts anderes geübt, als die Wachsamkeit von Wächtern einzuschläfern. Und hier, da die faulen Eunuchen keines Überfalls gewärtig sind, tun sie ihre Pflicht nur mit einem halben Auge. Von Abu beraten, versteckt sich Ahmad der König im dichten Laub des Baumes, der sich, über und über mit roten Blüten bedeckt, wie ein zärtlicher Freund breitästig über den Teich des blauen Lotos beugt. Welcher freundliche Djin, hilfreich den Liebenden, zwingt die Prinzessin Djamileh, aus der schwingenden Schaukel aufzustehen, zu dem Teich hinunterzugehen und sich an seinen Ufern zu lagern? Wie kommt es, dass sie nicht flieht wie die anderen, als die im Wasser das Antlitz eines Mannes entdecken, der zwischen den Lotosblüten zu ihnen aufschaut, und schreiend davonlaufen: ›Ein Djin! Ein Djin!‹

Nein, die Prinzessin flieht nicht, sie zittert nur wie eine Blüte, die ein schwirrender Kolibri berührt, und fragt zwischen Angst und Neugier: ›Bist du wirklich ein Djin? Ein Geist?‹

Das Gesicht im Wasser lächelt: ›Hast du Angst?‹

›Ja, schreckliche Angst!‹
›Warum fliehst du nicht, du Holdselige?‹
›Ich kann nicht fliehen. Ich fühle, wie deine Augen mich festhalten. Bist du ein guter Geist?‹
›Ich bin, was du aus mir machst.‹
›Oh!‹, sagt die Prinzessin verwirrt und greift nach ihrem Schleier, aber sie hüllt sich nicht hinein. Sie fragt und fragt: ›Wohnst du im Wasser unter den Lotosblüten?‹
›Nein, Prinzessin!‹
›Warum bist du dann hier?‹
›Ich kam, um dich zu sehen.‹
›Du hast mich gesehen, guter Djin! Was nun?‹
›Nun gib mir deine Hand!‹
Die Prinzessin Djamileh beugt sich vor und lässt ihre Hand ins Wasser tauchen – da ist der Geist verschwunden. Sie bricht in Weinen aus. Ihre klaren Tränen fallen in die Wellen: ›Djin! Djin! Warum bist du geflohen? Warum lässt du mich allein? Werde ich dich nie wieder sehen? Nie wieder?‹

Da ziehen zwei Hände sie von den Knien auf – und sie schaut in ein nahes, schon geliebtes Gesicht, Gesicht eines Mannes, vor dessen Blicken sie fliehen möchte und doch nicht fliehen kann, und bleibt und zittert. Die schon vertraute Stimme flüstert: ›Fürchte dich nicht vor mir, Holdselige! Ich bin kein Djin!‹

Großäugig schaut sie ihn an: ›Wer bist du denn?‹
›Dein Sklave, Prinzessin!‹
›Woher kamst du zu mir?‹
›Von jenseits der Welt ging ich aus, um dich zu finden.‹
›Wie lange hast du mich gesucht?‹
›Seit Anbeginn der Zeit!‹
›Und nun, da du mich gefunden hast, wie lange wirst du bleiben?‹

›Bis zum Ende der Zeit!‹

Im Innersten ergriffen von dem Ernst und der Gläubigkeit ihres Lächelns, zieht er sie an sein Herz, und zwischen inbrünstigen Küssen sprechen sie Worte der Liebe, wie alle Liebenden sprechen, töricht und weise, vergänglich und ewig. Der Mann betrachtet sie mit Blicken der Anbetung und sagt: ›Für mich hat die Welt nichts Schönes außer dir!‹ Das Mädchen schmiegt den Kopf in seine Hände und flüstert: ›Für mich hat die Welt keine Freude, als dir zu gefallen!‹

Lange zögern die Gespielinnen Djamilehs, die Liebenden zu stören. Aber die Sonne sinkt, und sie müssen sich trennen und können sich doch nicht trennen.

›Wirst du morgen‹, fragt Ahmad, ›um dieselbe Stunde wieder hierher in den Garten kommen?‹

Sie sieht ihn an und erschrickt. Hat sie vergessen, dass diesen Garten ein Gärtner bewacht, der Tod heißt?

Sie drängt den Geliebten zurück: ›Ich werde hier sein, aber du darfst nicht kommen!‹

›Verbiete es mir, Holdselige!‹

›Du weißt, dass ich das nicht kann!‹

Er lächelt, trunken vor Glück: ›Auf morgen also!‹

›Und immer wieder auf morgen!‹

Mit einem Sprung ist er fort. Noch ein Winken der Hand, dann ist er verschwunden. Und Djamileh, umringt von ihren fröhlich-ängstlichen Gespielinnen, steht wie betäubt. Vielleicht war es doch ein Djin?

Abu empfängt den Freund mit seinem Lieblingslied: ›Ich möcht' ein Seemann werden, segeln übers Meer!‹ Es ist eine verzweifelt deutliche Anspielung, aber – Ihr begreift? – sie verfehlt ihren Zweck bei Ahmad, dem Glücklichen, Ahmad, der zum ersten Mal in seinem Leben glücklich ist!

Abu, schon misstrauisch, will sich Gewissheit verschaffen: ›Nun? Hast du sie wieder gesehen?‹

›Ja, Abu! Ich habe sie wieder gesehen! O Abu, wenn du wüsstest ...!‹

Abu will nichts wissen. Er will nur weg von hier. Sein offenes Jungengesicht wird das Gesicht eines Igels, der sich zusammenrollt, um einem bedrohlichen Angriff zu begegnen.

›Schön!‹, sagt er und springt auf die Füße. ›Dann können wir heute Nacht mit Sindbad segeln!‹

Er will auf und davon, aber Ahmad hält ihn fest. ›Nein, Abu! Ich kann nicht!‹

Abu reißt sich los. Er sieht hilflos und wütend aus. ›Warum nicht? Du hast sie doch wieder gesehen?‹

›Eben darum kann ich nicht weg von ihr! Nie mehr, Abu! Nie mehr!‹

Das ist das erste Mal, dass Ahmad der König und Abu der Dieb von Bagdad aneinander geraten, seit sie Freunde geworden sind. Abus Augen scheinen Funken zu sprühen. Und während er tut, als ob es ihm um das Abenteuer mit Sindbad dem Seefahrer ginge, weiß sein innerstes Herz, aus Gold, Stahl und Wachs geformt, dass er nur auf diese verwünschte Prinzessin eifersüchtig ist, weil sie ihm den Freund wegnimmt. Er hat von dem Seevolk, dessen Gesellschaft er nur zu gern suchte, allerhand Flüche gelernt – ich habe es schon erwähnt! –, und außerdem kennt er als guter Muselman die Meinung des Propheten über das Weib, wie sie im Koran verzeichnet ist. Flüche und Koransprüche drängen sich ihm auf die Lippen, aber er schluckt sie hinunter, wenn er auch fast daran erstickt.

›Schön!‹, sagt er. ›Dann gehe ich eben allein! Glaubst du, Sindbad der Seefahrer ließe sich ungestraft auf der Nase herumtanzen? Ich habe ihm versprochen, heute bei

Eintritt der Flut mit ihm nach Indien zu segeln, und das werde ich tun! Bleib du bei deiner Prinzessin und sei glücklich mit ihr! Ich bin Abu der Dieb, und ich halte mein Wort!‹

›Du hast Recht!‹, sagt Ahmad. ›Du bist ein freier Mann! Halte Sindbad dein Wort! Segle mit ihm nach Indien! Glückliche Reise, Abu! Und glückliche Heimkehr!‹

Abu antwortet nicht. Trotzig geht er davon. Aber er kommt nicht weit. Plötzlich dreht er sich auf den Hacken.

›Und wenn du morgen wieder in den verwünschten Garten gehst – wie willst du die Wächter übertölpeln ohne mich?‹

›Oh‹, sagt Ahmad und sieht überall hin, nur nicht auf den Freund, ›ich finde schon einen Weg!‹

›Sie werden dich schnappen!‹

›Das braucht dich ja nicht mehr zu kümmern!‹

Eine Weile steht Abu und starrt auf den Weg vor sich hin. Dann, mit zornigen Augen, kommt er zurück und setzt sich neben den Freund, ganz nahe neben den Freund.

Ahmad legt ihm die Hand auf die Schulter. Zwei, drei Sekunden lang spürt er, dass die jungen Muskeln sich wehren gegen seine Berührung, dann bleiben sie still. Ahmad fühlt, wie das Herz in der Brust ihm weit wird.

›Heißt das, du willst bei mir bleiben? O Abu, warum? Du hast in deiner Seele ein ebenso großes, sehnsüchtiges Verlangen wie ich. Meine Sehnsucht gilt einem Weibe – die deine dem Meer. Warum willst du deine Sehnsucht der meinen opfern? Warum willst du bei mir bleiben?‹

›Weil ich‹, sagt Abu der Dieb und springt strahlend auf, ›ein ebenso großer Narr bin wie Ahmad der König!‹

So weit, so gut! Aber, Freunde, vergessen wir nicht: Djaffar, der sich des Throns und Reichs von Ahmad bemächtigt hat, ist noch am Leben. Einmal freilich sind seine

Opfer ihm entkommen. Aber Djaffar ist nicht der Mann, der auf halbem Wege innehält. Er hat zu warten gelernt und kennt das Gesetz der Stunde. Tief gedemütigt durch die List eines kleinen Diebes, tief beunruhigt, weil Ahmad am Leben ist, spinnt er das Netz des Schicksals für beide – und die Prinzessin Djamileh.

Eines Tages erscheint er in Basra zu Besuch des alten Sultans, der ihn freudig empfängt. Denn nichts macht dem Weißbart größere Freude, als wenn er einem Kenner die neuen Schätze zeigen kann, die er erworben hat.

Er stürzt dem hohen Gast mit ausgebreiteten Armen entgegen: ›Sei mir gegrüßt, Bruder von Löwen und Elefanten!‹

›Sei mir gegrüßt, du Quell der Gastfreundschaft!‹

Wer kennt die Wege, auf denen ein Gerücht mit Windeseile bis in den Harem gelangt? Kaum hat der alte Sultan seinen Gast umarmt und ihn aufgefordert, mit ihm in den Saal der lebendigen Puppen zu gehen, als sich auch die Prinzessin Djamileh mit allen Gespielinnen zu dem Fenster begibt, das, von zierlichem Gitterwerk verkleidet, Ausblick in den Saal ihres Vaters gewährt. Man kann sie nicht sehen, aber sie sehen alles.

Der Sultan ist aufgeregt. Er läuft auf weiten Sandalen ein wenig schlurfend von einem Kunstwerk zum andern, eifrig erklärend und zeigend. Hier, das neueste, auf das er am stolzesten ist: ein Spielzeug, das die Zeit ansagt! Ist es nicht ein Wunder? Er öffnet das Kunstwerk und lässt das kluge Spiel der Räder sehen, späht, Bewunderung heischend, in Djaffars kaltes Gesicht.

›Was sagst du dazu, mein Bruder? Ist es nicht Zauberei?‹

›Ich hoffe‹, antwortet Djaffar hintergründig, ›dass dies gefährliche Spielzeug nie in die Hände deines Volkes gerät!‹

›Gefährlich?‹ Der alte Sultan zwinkert mit den Augen und sieht ein wenig töricht und beunruhigt drein. ›Wieso gefährlich?‹

›Nun, wenn das Volk erfährt, wie man die Zeit messen kann, wird es dich nicht mehr den König der Zeit nennen. Und, mehr als das, es wird dann wissen wollen, wie man die kostbare Zeit nutzt oder verschwendet.‹

›Richtig!‹, stammelt der Weißbart. ›Vollkommen richtig! Nein, das Volk darf nichts davon erfahren! Je weniger es weiß, umso besser, meinst du nicht auch?‹

›Ich bin ganz deiner Ansicht‹, antwortet Djaffar höflich. ›Im Übrigen: Deine Sammlung ist höchst beachtlich und der Vollkommenheit nahe!‹

Der alte Sultan bekommt einen roten Kopf.

›Nahe? Nur nahe? Ich behaupte, Bruder von Löwen und Elefanten, dass sie die vollkommenste Vollkommenheit ist!‹

›Sie wäre es, wenn ihr nicht fehlte, was eben ihr fehlt.‹

›Und das ist?‹

Die Prinzessin Djamileh, die ihren Vater nur allzu gut kennt, weiß, dass er vor Ärger zerspringen möchte. Und sie blickt mit Angst und Abscheu auf Djaffar, der ihr unheimlich ist wie eine Schlange im Grase. Warum ist er gekommen? Was führt er im Schilde? Warum kränkt er den Sultan, ihren Vater, und reizt seine Begehrlichkeit?

›Es ist‹, antwortet Djaffar auf die Frage des Sultans, ›das Wunder der Wunder. Es ist das fliegende Pferd!‹

›Ah!‹, staunt der Sultan, offenen Mundes. ›Ah! Das wäre! Ein fliegendes Pferd? Das gibt es?‹

›Das gibt es nicht nur, o Quell der Gastfreundschaft, es ist sogar hier. Ich habe es mitgebracht. Denn ich kenne keinen Menschen auf Erden, der es besser zu würdigen wüsste als du!‹

Wäre Djamileh nicht so seltsam beklommen zumute gewesen, sie hätte lachen müssen über den Eifer des Vaters.

›Wo ist es? Wo hast du es? Wann wirst du es mir zeigen? Ah! Die Kiste! Steckt es in dieser Kiste? Geht das ganze Pferd in diese Kiste? Dann ist es wohl nur klein?‹

›Es ist so groß wie ein wirkliches Pferd. Man muss die Teile herausnehmen und zusammensetzen. Erlaube, dass meine Diener das tun!‹

Und vor den Augen des Sultans und der Mädchen hinter dem Gitterwerk werden die vielerlei Teile des Pferdes ausgepackt und zusammengesetzt und aufgerichtet.

So schnell das geht, dem Sultan geht es nicht schnell genug. Er tanzt um das Wunderwerk herum wie ein Hahn um die Henne. Er kann die Hände und Füße nicht stillhalten. Der Schweiß sickert ihm in großen Tropfen unter dem Turban hervor.

›Oh, beeilt euch! Beeilt euch! Ich kann es nicht erwarten! Was muss nun geschehen? Wie bringt man das Pferd zum Fliegen?‹

›Eure Hoheit belieben aufzusteigen!‹, sagt Djaffar. ›Doch nein! Vielleicht macht es Eurer Hoheit Spaß, es selber aufzuziehen? Hier ist der Schlüssel. Hier ist das Loch, in das man ihn stecken muss. Nun drehen! Drehen! Neunmal drehen! Jetzt ist es genug. In den Sattel steigen. Die Zügel nehmen! Zieh die Zügel an – und fliege, o Sultan!‹

Das schöne, schneeweiße Pferd beginnt zu wiehern – es klingt wie ein Freudenschrei der Kreatur! – und dann ... hebt es sich in die Luft! Es fliegt! Es fliegt! Es fliegt zum Saal hinaus durch die offenen Bogenfenster! Es überfliegt den Hof des Palastes! Es überfliegt die Stadt! Und wo es auftaucht, rennen die Leute zusammen und zeigen sich schreiend das Wunder und stoßen mit den Köpfen gegeneinander und holen sich blutige Nasen, doch das stört die

Begeisterung nicht. Die Männer auf den Straßen und in den Bazaren, die Schiffer im Hafen, die Seiler, die Kupferschmiede, die Lastträger und Geldwechsler, die Barbiere und die öffentlichen Schreiber, die Garköche und die Fischer, die Teppichknüpfer und Sattler, alle, alle stürzen in quirlenden Haufen durch die Gassen, den Markt und den Hafen, wo die Matrosen in den Wanten hängen und sich die Hälse verrenken.

Und der alte Sultan, stolzer als je, sitzt auf dem Zauberpferd und lenkt es mit kindlicher Freude weit im Bogen über die schreiende Stadt und endlich zurück zum Palast – und wieder hinein in den Saal. Wirblig vor Freude und vor Anstrengung zitternd, lässt er sich aus dem Sattel helfen und fällt dem Gast, dem Freudenspender Djaffar, um den Hals, ihn küssend wie in jungen Jahren eine Geliebte.

›O du Wunderbringer, du Liebling Allahs! Wie soll ich dir danken! Wie soll ich dir jemals vergelten, dass du mir dieses herrliche Pferd gebracht hast! Ich bin kein Mensch mehr – ich bin ein Vogel! Nein, der König der Vögel! Ah, ich wünsche's mir! Ich wünsche's mir! Ich muss es haben, dieses fliegende Pferd! Ich muss es besitzen – und wenn ich dir sonst etwas dafür geben müsste!‹

Djaffars bleiches Gesicht überzieht sich mit jähem Rot.

›Es freut mich, o Sultan, wenn dir das Pferd gefällt.‹

›Gefällt! Gefällt! Was für ein armseliger Ausdruck! Es ist die Krönung meines ganzen Lebens! Ich muss es besitzen, und wenn ich darüber zum Bettler würde!‹

›Es gehört bereits dir. Es war für dich bestimmt. Nur, freilich, habe ich einen Wunsch dagegen ... Wenn du mir den erfüllen würdest ...‹

›Jeden, was es auch sei! Dies Pferd ist mehr wert als alles!‹

›Dann, Quelle der Gastfreundschaft, schenke mir deine Tochter!‹

Ein kleiner, rasch erstickter Schrei kommt vom Fenster her, das in den Saal hineinschaut. Zorah, die liebste Gespielin der Prinzessin, hat ihr hastig die Hand auf den Mund gepresst und hält jetzt die sprachlos Zitternde in ihren Armen: ›Ruhig, um Allahs willen, Prinzessin, sei ruhig! Sonst bist du verloren!‹

Der alte Sultan starrt seinem Gast ins Gesicht, hat den Mund weit offen und vergisst doch zu atmen.

›Meine Tochter?‹

›Deine Tochter!‹

Djamilehs Vater beginnt durch den Saal zu laufen. Die weiten Pantoffel, die er beim Ritt durch die Luft nicht verloren hat, rutschen ihm jetzt von den Füßen, aber gedankenlos holt er sie immer wieder ein. Es ist ihm sehr schwül unter seinem Turban, und er reibt sich verzweifelt die Nase. Wenn er sich auch, besessen von seinen lebendigen Spielzeugen, wenig um Djamileh bekümmert – warum denn? Hat sie doch alles, was eine Prinzessin benötigt, um glücklich zu sein! –, bei dem Gedanken, sein einziges Kind in die Arme Djaffars zu überantworten, rieselt es ihm kalt über den Rücken. Die Augen ... Ja, die Augen ...

Er bleibt vor Djaffar stehen und blickt verzagt in diese eisigen Augen.

›O Djaffar, Djaffar, du bringst mich in arge Verlegenheit! Muss es unbedingt meine Tochter sein?‹

›Eure Hoheit braucht nur zu befehlen, und ich packe das fliegende Pferd wieder ein.‹

Der Schreck fährt Djamilehs Vater in alle Glieder.

›Nein, nein, das auf keinen Fall! Das fliegende Pferd muss ich haben, das darf mir nicht entgehen! Aber meine Tochter! Wie bist du gerade auf meine Tochter verfallen! Kannst du nicht wählen unter allen Töchtern des Landes, die berühmt für ihre Schönheit sind?‹

›Es gibt keine, die ihr gleicht, o Vater der Djamileh! Ihre Brauen sind geschwungen wie die Sichel des zunehmenden Mondes im Ramadan. Ihre Augen sind wie Brunnen, in denen das Herz des Mannes ertrinkt. Ihr Lachen ist süßer als der Lockruf der Nachtigall. Ihr Leib ist schmal und aufrecht wie der Buchstabe Aleph ...‹

Dem Weißbart steigt das Blut bis in die Stirn.

›Woher weißt du das?‹, fragt er ziemlich barsch.

Djaffar lächelt.

›Ich habe sie gesehen.‹

›Nein, das hast du nicht!‹, widerspricht der Sultan mit Nachdruck, denn wie die meisten Väter glaubt er von seiner Tochter nur das Beste.

Djaffar lächelt noch immer.

›Und doch, o Quell der Gastlichkeit! Ich habe sie gesehen!‹

›Meine Tochter?! Gesehen?! Wo?!‹

›In meinem Kristall!‹

Der alte Sultan schluckt und starrt seinem Gast in das lächelnde Gesicht. Oh, er weiß, dass es viele geheimnisvolle Mächte gibt, die ein Mann, der kühn und ohne Bedenken ist, in seine Dienste zwingen kann. Er ahnt wohl, dass auch Djaffar zu diesen kühnen und bedenkenlosen Männern gehört und dass es sehr gefährlich sein mag, ihn zu reizen. Seine Gedanken stolpern hinter der schwitzenden Stirn.

›Bist du ein Zauberer?‹, fragt er und kann das Grauen in seiner Stimme nicht ganz verbergen.

›Wenn du es so nennen willst‹, antwortet Djaffar mit einem Achselzucken, das die Frage wie die Antwort unwichtig machen will. Aber der alte Sultan weiß besser, was sie bedeuten, und sein Gehirn quält sich wie in einer Presse zwischen den beiden Polen: Meine Tochter – das

Zauberpferd! Djamileh – das Zauberpferd! Mein einziges Kind – das Zauberpferd! Ich fliege auf dem Rücken eines Pferdes bis zu den Sternen empor! Aber Djamileh ...? O Tochter, Tochter, du hast einen schwer bekümmerten Vater ...«

*

»In den Gemächern der Prinzessin geht es zu wie in einem Taubenschlag. Alle ihre Gespielinnen, ihre Sklavinnen, alle schwirren durcheinander, sinn- und verstandslos wie Hühner, denen man den Kopf abgeschlagen hat. Tränenüberströmt oder verstört von Angst packen sie, wie Djamileh befohlen hat, die Juwelen und Perlen der Prinzessin in die kleine Rotlacktruhe, auf der ein schwarzgoldener Reiher über Wellen aus Perlmutt schwebt. Die Einzige, die Gelassenheit und Entschlossenheit bewahrt, ist Djamileh. Bis heute war sie ein kleines, verwöhntes Mädchen, fast noch ein Kind, das durch seine Tage ging wie im Traum, und ein Tag glich aufs Haar dem anderen vom Sonnenaufgang heute bis zum Sonnenaufgang morgen. Jetzt waren zwei Dinge in ihr Leben getreten, die sie zuvor nur dem Namen nach kannte: Leidenschaft und Gefahr. Und ohne zu zögern, ohne sich zu besinnen, bekennt sie sich zu den großartigen Gesetzen dieser beiden und unterwirft sich bedingungslos der Gefahr der Leidenschaft.

Ein edles Pferd, für die Schlacht erzogen; eine funkelnde Klinge, in schwelendem Feuer gehärtet und zuverlässig wie der Tod; ein Diamant, der härter ist als alles, was ihn ritzen möchte, es sei denn ein Diamant; eine uneinnehmbare Festung, mit allem wohl versorgt, auf steilem Felsen gelegen, weithin das Land überschauend, den Stürmen trotzend, die ihre Gefährten sind; eine nie versiegende

Quelle, süß und kühl für den Verschmachtenden; ein Born der Weisheit für den Wahrheitssucher; eine Stätte der Ruhe für den Ermüdeten – seht, Freunde, dies alles und mehr ist ein Weib, das sich zu dem einen, einzigen Mann bekennt, der sie nach dem Willen Allahs bei der Hand nimmt und zu ihr sagt: ›Du mir von Gott Gegebene, ich dir von Gott gegeben, wir sind eins!‹

Djamileh, nie zuvor im Leben gezwungen, eine Entscheidung zu treffen, es sei denn, ob sie zu grünem Brokat die Smaragden ihrer Mutter oder deren Goldschmuck tragen sollte, Djamileh trifft ihre Vorbereitungen zur Flucht so rasch und umsichtig, als hätte sie ihr Leben lang weitgehende Entscheidungen getroffen. Sie hatte eine Base, vermählt mit dem König von Samarkand. Zu ihr wollte sie fliehen und bei ihr bleiben, bis ihr Geliebter sie holen würde.

Zorah schluchzt ihr zu Füßen.

›O Herrin, Herrin, weißt du auch, was du tust? Du kennst ja nicht einmal den Namen deines Freundes! Bist du gewiss, dass er treu ist und zu dir halten wird wie du zu ihm?‹

Djamileh greift nach ihrem Schleier, um sich hineinzuhüllen.

›Ich werfe diese Frage in die Luft, dass der Wind sie davonträgt wie eine Flaumfeder. Geh in den Garten, Zorah, an den Teich mit den blauen Lotosblüten. Dort wartet auf mich der Herr meines Lebens, der mir erschien wie ein Djin und ein Mann ist unter Tausenden. Sage ihm, dass ich vor Djaffar fliehe, dem mich mein Vater verkaufte für ein fliegendes Pferd, und dass ich auf ihn warte in Samarkand!‹

›Ich höre und gehorche, Prinzessin!‹, stammelt Zorah, und unter heftigen Tränen küsst sie die Hand Djamilehs, die sie zärtlich umarmt.

›Weine nicht, Zorah! Wenn Gott, der Allbarmherzige, mich lieb hat, sehen wir uns wieder! Geh und sei auf der Hut! Und wenn du ihn sprichst, dann sage ihm ... sage ihm: ‚Seit Anbeginn der Zeit – bis zum Ende der Zeit!' Er weiß, was die Worte bedeuten!«

*

»Nun wollen wir sehen, Freunde, was Menschenpläne und Menschenentschlüsse wert sind, wenn der Schöpfer der Welt sie prüft und verwirft. Ja, er verwarf sie, kaum dass sie gefasst worden waren, obwohl er Ahmad den König und die Prinzessin Djamileh und wohl auch den kecken kleinen Dieb von Bagdad mit väterlicher Liebe liebte. Vielleicht dass er sie gerade um dieser väterlichen Liebe willen noch schärfer, noch unerbittlicher prüfen wollte im Feuer der Läuterung. Kommt es uns Menschen zu, den Willen Allahs zu bekritteln? Verwünscht der Stahl den Schmied, der ihn zur Klinge schmiedet? Verflucht das Gold den Meister, der es läutert? Wehrt sich das Korn, das auf der Tenne geworfelt wird? Wann werden wir Menschen begreifen, dass Schmerz und Leiden nichts sind als Stufen zur Vollkommenheit, auf denen der Allwissende und Allliebende uns emporsteigen lässt: Nicht bis zu seinem Thron, denn kein Sterblicher könnte das Licht ertragen, in dem der Schöpfer der Welten wohnt, aber näher zu ihm, immer näher, bis wir die Schwingen seiner Engel rauschen hören und die feierliche Musik der fernhin wandernden Sterne, bis der Duft aus den Gärten des Paradieses uns erreicht und alles Leid versinkt und aller Schmerz nur ein Tor ist, durch das wir eingehen in die Erfüllung!

Ich weiß nicht, ob die Gespielin der Prinzessin, die ihr Herzblut für Djamileh geopfert hätte, nicht vorsichtig

Der Dieb von Bagdad

genug war, als sie durch den Garten ging, den Freund ihrer Herrin zu suchen. Ich weiß nicht, ob Djaffar, dank seiner Zauberkraft, die Hand im Spiele hatte. Gewiss ist, dass es wohl der Prinzessin gelang, unbemerkt aus dem Palast ihres Vaters zu fliehen, aber die Botschaft, die sie Ahmad dem König zum Teich des blauen Lotos sandte, geriet ihm zu Unheil.

Er und Abu hatten sich als Bettler verkleidet und bargen sich im blühenden Gesträuch. Ahmad erkannte die Gespielin der Prinzessin und rief sie leise an, und der erste Blick in ihre Augen verriet ihm, dass etwas Schreckliches geschehen war. Denn Zorah hatte die Spuren ihrer Tränen nicht verwischen können, und kaum stand sie vor Ahmad, als sie von neuem zu weinen begann.

Er fasst sie am Arm in großer Angst: ›Die Prinzessin!? Ist sie tot? Ist sie krank? Was ist ihr geschehen?‹ Denn die Wachsamkeit der Liebe hat tausend Augen, und ihre Sorge sprengt der Botschaft des Unheils voraus.

Schluchzend berichtet Zorah, was sich zugetragen hat und welcher schmählichen Gefahr durch ihren wunderlichen Vater Djamileh zu entkommen trachtete, indem sie floh. Aber kaum nennt sie den Namen Djaffars des Verräters, als Ahmad sie mit dem Schrei eines Löwen an den Schultern packt und rüttelt: ›Djaffar?! Hast du Djaffar gesagt?! Djaffar?!‹

Zorah, zu Tode erschrocken, fällt vor ihm auf die Knie.

›Still, Herr, still, um Allahs willen!‹

Und Abu will den Unvorsichtigen mit sich fortziehen. Aber leichter hätte er die Große Moschee mit sich weggeschleppt als Ahmad den König. Angst um die Geliebte, Rache für sich selbst und eine Woge von Eifersucht überschwemmen und ersticken sein loderndes Herz, dass nichts Klares mehr in ihm ist, nur noch der blindmachende

Qualm des Hasses. Er schleudert Zorah beiseite und Abu zurück, dass nur ein gewaltiger Sprung des kleinen Diebes ihn vor dem Sturz in den Teich bewahrt, und schon stürmt Ahmad der König zum Palast, den Namen seines Gegners schreiend wie einen ununterbrochenen Schlachtruf, dass der Himmel ihn widerzudröhnen scheint: ›Djaffar! Djaffar! Djaffar!‹

Es wäre dem flinken Abu ein Leichtes gewesen, sich davonzumachen, denn der Mann war noch nicht geboren, der ihn im Laufen hätte schlagen können oder dem er nicht siebenmal überlegen war an List und Schlauheit, seinem Griff zu entwischen. Aber die Treue siegte über die Vernunft – was sie zuweilen tut, und vielleicht sogar zu Allahs Wohlgefallen –, denn es gibt edle Torheiten, wie es gemeine Klugheiten gibt. Abu rannte hinter seinem Freunde drein, ohne ihn einzuholen – Ahmad fliegt auf den brennenden Flügeln der Wut, rennt die Sklaven, die sich ihm in den Weg werfen, über den Haufen, gelangt in den Saal des Palastes und vor das verwirrte Antlitz des Sultans, den er nicht sieht. Denn er sieht nur eins: das lächelnde Gesicht von Djaffar, in dem die Eis-Augen wie blaue Flammen lodern, sich gegen ihn wendend in der Kälte der Vernichtung.

›Endlich!‹ Ahmad lässt mit endlosem Atemzug allen Hass, allen Rachedurst, alle Höllenqual, die er durchlitten hat, aus sich herausströmen. ›Endlich, Djaffar! Endlich habe ich dich! Endlich werden wir's ausfechten, Gesicht gegen Gesicht, Mann gegen Mann, Schwert gegen Schwert! Gebt mir ein Schwert zum Kampf mit meinem Feind!‹ Stürmisch wendet er sich zu dem alten Sultan, der, von all dem Unvorhergesehenen rau überschüttet, hilflos und betäubt zwischen den beiden Männern steht. ›Friede sei mit dir, großer Sultan! Ich rufe Allah als Richter auf, dass er richte zwischen mir und diesem Mann, dass er die Wahrheit meiner Worte bezeuge! Denn ich habe mit diesen meinen Augen gesehen ...‹

›Ahmad ...!‹

Die Stimme Djaffars ist weich wie Samt, wie die dunkle Blüte der Nachtviole. Ahmad wendet sich ihm zu. Er zuckt zusammen, als habe ein glühender Draht seine Augen gerührt. Er sieht sich um – nein, er will sich umsehen. Aber da ist nichts als Dunkelheit ringsum. Schwärze, Nacht. Das blaue Eis in Djaffars Augen hat ihm die Augen ausgebrannt. Ahmad ist blind geworden.

Seine Hände tasten nach seinem Gesicht. Er fühlt sie wohl, er sieht sie nicht mehr.

›Meine Augen!‹, stammelt er. ›Ich bin blind!‹

Mit dem Getöse eines Holzstoßes, der von einem wütenden Büffel überrannt wird, stürmt ein Knäuel um sich schlagender und schreiender Sklaven in den Saal, ununterbrochen auf Abu eindringend, der sie ununterbrochen abschüttelt. Er keucht vor Anstrengung. Er sieht Ahmad stehen, die Hände gegen die Augen gepresst, ein vernichteter, vor Qual und Wut stöhnender Mann. Er sieht Djaffar stehen, und Djaffar lächelt. Abu stürzt auf den verstörten Sultan los, wirft sich ihm zu Füßen.

›Höre mich, großer Sultan! Ich kenne die Wahrheit! Ich will sie dir sagen! Du musst wissen, wen du da bei dir hast, wer als Abgesandter der Hölle und aller Teufel zu dir ... oh Allah, Allah, Al...‹

Er kann nicht mehr sprechen, er krümmt sich zusammen. Er bellt. Abu, der Dieb von Bagdad, bellt, laut und rau, denn er ist ein Hund geworden, der sich zu Boden duckt, und vor ihm steht Djaffar und lächelt.

›Hund und Sohn eines Hundes, sei verflucht! Sei, was deine Väter waren, und kläffe den Mond an! Kraft meines Fluches bleibe ein Hund und wandere in Finsternis mit dem Blinden, bis ich die Prinzessin Djamileh in meinen Armen halte!‹

Ja, dies waren die Worte Djaffars, des Zauberers, und wer an der Weisheit und der Barmherzigkeit des Herrn über Himmel und Erde zweifelt, der könnte glauben, dass der Böse triumphiert und der Gute zugrunde geht.

Denn als der Mond heraufkam über das östliche Meer und die Straßen und die Plätze von Basra mit Silber wusch, da kauerte, das Haupt in seinen Bettlermantel vergraben, ein Mann auf den Stufen der Soliman-Moschee, und er weinte. Aus blinden Augen weinte er lautlos, wie die Nacht weint, wenn sie Tau auf die Erde schüttet. Und es ist etwas Furchtbares um einen lautlos weinenden Mann.

An seine Knie schmiegt sich ein Hund und winselt bittend. Er legt seine Pfote auf den Arm des Mannes und ruht nicht, bis der Mann den Kopf aus den Falten des Mantels hebt und nach dem Kopf des Hundes tastet.

›Ja, Abu, ja, mein Freund. Du bist alles, was mir geblieben ist, und nie werde ich's mir vergeben, dass ich dich durch meine Tollheit mit hineingerissen habe ins Verderben. Verzeih mir, Abu! Verzeih mir, kleiner Freund!‹

Ich sage Euch allen, die um mich her sitzen und meiner Geschichte lauschen: Allah, der die Geschicke der Menschen flicht und entwirrt, hat es in seiner Weisheit gefügt, dass in jeder Schale der Bitternis ein unvermischbar süßer Tropfen als letzter Tropfen bleibt. Seht, als Abu, der Dieb von Bagdad, ein Mensch und ein Junge war, scheute er sich nach spröder Jungenart, dem Freunde, Ahmad dem König, der auch im Elend ein König blieb, zu zeigen, wie sehr er ihn liebte und mit welcher hingebenden Treue er an ihm hing. Jetzt, da er ein Hund war mit dickem, braunem Fell, mit Zähnen wie ein Wolf und warmen, tapsigen Pfoten, jetzt brauchte er nicht mehr spröde zu tun. Jetzt durfte er, jetzt musste er seinen blinden Herrn mit Liebe überschütten, um ihn nicht in Verzweiflung sinken zu lassen, jetzt musste er sich an ihn schmiegen, um ihn zu wärmen, ihn knurrend und zähnefletschend verteidigen, ihn führen und ernähren. Denn auch in Hundegestalt war Abu der Dieb von Bagdad, und wenn ihm anfangs seine flinken Finger fehlten, für die, bevor er recht in Übung kam, die schnappenden Zähne ein schlechter Ersatz waren, so hatte er fürs Davonlaufen jetzt vier Füße statt zwei und gebrauchte sie wacker.

Aufwachend aus der ersten tiefen Betäubung seines Unglücks, unterwarf sich Ahmad der König dem Willen Allahs und nahm das Schicksal eines Blinden auf sich, um Almosen bettelnd am Hafen.

›Wir wollen sie suchen, Abu‹, sagte er. ›Wir wollen sie suchen, die ich verloren habe, und wir werden sie finden, in dieser Welt oder in jener.‹«

*

»Nun, meine ich, ist es Zeit, dass wir uns um das Schicksal der Prinzessin Djamileh kümmern, die uns seit ihrer Flucht vor Djaffar dem Verräter aus den Augen gekommen ist, wenn auch nicht aus dem Sinn. Vielleicht wundert Ihr Euch darüber, dass der zauberkundige Djaffar ihre Flucht nicht verhinderte, was ihm doch ein Leichtes hätte sein müssen. In Wahrheit ließ er sie fliehen, um sie nur desto sicherer in seine Gewalt zu bekommen, und stellte dem schönen Wild in der Ferne das Netz, in dem es sich unentrinnbar fangen sollte.

Ihr müsst nur bedenken, Freunde, was schon die Flucht allein für Djamileh bedeutete: ein so zartes, so zerbrechliches Geschöpf, nur gewöhnt, auf glattem Marmor, auf seidenen Teppichen, auf lindem Rasen zu gehen, stets wie ein Kleinod gehütet, ein Menschenjuwel, dem Gespielinnen und Sklavinnen jeden Wunsch von den Augen ablasen, jedem Gelüst, jeder Laune gehorsam. Wenn sie einmal den Palast ihres Vaters verließ, so entvölkerten sich – Ihr wisst es! – die Straßen. Gesang und Harfenspiel machten die Luft um sie her süßtönend wie ein Liebeswort. Speise und Trank in Fülle waren immer für sie bereit; sie aß von goldenen Schüsseln und trank aus goldenen Bechern, die mit Edelsteinen geschmückt waren, und sooft es sie lockte, ein Bad zu nehmen, brauchte sie nur einen Vorhang ihres Gemachs beiseite zu schieben: Drei Stufen führten hinab in die Schale aus Malachit, in der kühles Wasser sie duftend erwartete. Und wenn sie heraufstieg aus der Erquickung, standen die Sklavinnen schon mit Linnentüchern bereit, sie hineinzuhüllen.

Und diese Sultanstochter stürzt sich jetzt wie ein erschrecktes Kind, verstört vor Angst, doch entschlossen, lieber zu sterben, als in Djaffars Hände zu fallen, in die röchelnde Hitze, den übel duftenden Lärm der holperigen Gassen, die sich unter den Mauerzinnen des Sultanpalastes in immer dumpfere, immer trübere, immer bedrohlichere Tiefe verloren. Angstvoll in ihre Schleier gewickelt, die Rotlacktruhe mit den Juwelen und Perlen an sich gepresst, irrt sie ziellos durch die verdämmernden Gänge der Bazare, geängstigt von jedem lauten Ruf, zu Tode erschreckt, wenn ein Arm sie streift. Sie sieht einen Mann, der sich ihr nähert, weicht zurück und steht vor einem zweiten, der eine schmutzige Hand nach ihr ausstreckt, dreht sich um und findet sich in einem Halbkreis von braunen, dürren, grinsenden Bedrängern, die sich wie beim Anblick eines köstlichen Bissens die Lippen lecken und ihr Schmeichelworte geben, die sie nicht versteht.

Plötzlich ertönt eine tiefe, ruhige Stimme: ›O ihr Abkömmlinge von Ratten und Skorpionen, wollt ihr wohl machen, dass ihr weiterkommt?‹

Djamileh wendet sich der Stimme zu und schluchzt auf vor Erleichterung. An den Stufen seines Ladens steht ein Teppichhändler, ein Greis in schimmernd weißem Burnus, auf den sein grauer Bart herabfällt, das würdige Haupt bedeckt mit einem grünen Turban, der in ihm einen Nachkommen des Propheten – gepriesen sei sein Name! – erkennen lässt.

Sie sinkt ihm zu Füßen: ›Rette mich, mein Vater!‹ Und er hebt sie auf und drückt die Zitternde mit beruhigender Hand an seine alte Brust, so dass sie nicht gewahren kann, wie er mit den Kerlen, die er zurückscheucht, zwinkernde Zeichen wechselt. Er führt die Prinzessin Djamileh in das Gewölbe seines Ladens, wo eine durchbrochene Ampel aus Damaskus hinter kleinen vielfarbigen Gläsern duftendes Öl verbrennt. Er lässt sie niedersitzen auf Kissen aus Brokat, schwellend von den Daunen weißer Schwäne. Er reicht ihr, sie zu erquicken, den kühlen Saft der Limone, und kaum, dass sie lechzend den Silberbecher geleert hat, sinken ihr Haupt und Glieder, und sie schläft ein.

Als sie aus der Betäubung zu sich kommt, weiß sie nicht, wo sie sich befindet. Es ist Nacht um sie her. Das Lager, auf dem sie liegt, scheint zu schwanken. Sie streckt die Hand aus und rührt an feuchtes Holz. Sie hört das Rauschen von großen, hinziehenden Wellen und zuweilen ein Glucksen, wie wenn eine Woge sich verfängt. Sie hört das Knarren von Masten und das Klatschen von Segeln und hört den schrillen, zornigen Schrei von Möwen, die sich um eine Beute zanken. Sie glaubt, sie hofft zu träumen. Aber dies ist kein Traum. Sie ist im Bauch eines Schiffes, das der Sturm übers Meer jagt, und die Rotlacktruhe mit ihren Juwelen und Perlen ist verschwunden.

Seht, eine Flöte klingt nur unter dem Atem des Flötenspielers, aber die Windharfe klingt am schönsten im Sturm. Und die Seele Djamilehs glich einer Windharfe. Sie schrie nicht, sie weinte nicht, sie befahl sich dem Willen Allahs und dachte an den Geliebten. Sie richtete sich auf und tastete nach der Tür, die ein dünner Schimmer unruhigen roten Lichts ihr verriet. Doch sie kommt nicht weit. Vor der Tür schlurft ein schwerer, gewalttätiger Schritt. Gleich darauf wird die Matte beiseite geschleudert.

Ein Mann erscheint.

Bei seinem Anblick weicht Djamileh zurück, bis das raue Holz der Schiffswand ihr Halt gebietet. Bis jetzt vermochte nur ein Ding auf der Welt ihr Furcht und Bangen einzuflößen: die Augen Djaffars. Aber dessen Augen waren im Blaueis ihrer Kälte schön und waren die Augen eines Gebieters, und von dem Antlitz des Verhassten strahlte die düstere Majestät der gefallenen Engel.

Der Mann in der Tür flößt ihr keine Furcht ein – denn auch die Schauer der Furcht können süß sein und herzberauschend –, nein, Furcht fühlt sie nicht, sondern Entsetzen. Der Mann ist so groß, dass er sich ducken muss, um in die Kammer hineinzuschauen. Der Schädel, kahl geschoren und von Säbelnarben zerfurcht, steckt tief, wie hineingeschraubt, zwischen den klobigen Schultern. Nackt bis auf die hochgekrempelte Hose, zeigt er unter der bleifarbigen Haut Gebirge von Muskeln, deren träges Spiel an das schreckliche Leben in einem Lavastrom erinnert, und seine Augen – stier und böse, wie die Augen eines Oktopus – liegen lähmend auf ihr und saugen sich fest. Ja, seine Blicke tasten über sie hin gleich den Saugnäpfen eines Tintenfisches. Sie fühlt ihr Blut gerinnen. In ihren Schleiern fühlt sie sich schleierlos, in schamvollem Zorn verbrennend, erfrierend vor Grauen. Sie möchte fliehen und kann nicht an ihm vorbei, der den Rahmen der Tür zu sprengen scheint mit seinem glotzenden Dastehen. Sie möchte schreien und wagt es nicht. Sie sucht nach einem Versteck und findet keins. Sie fühlt sich von seinem Blick mit ätzendem Gift bespritzt und meint, bis an die Knie im Schlamm zu stecken, der sie hinunterziehen will in die Hölle der Unzucht.

Langsam, wie ein Tropfen schmutzigen Öls sich auf schmutzigem Wasser ausbreitet, geht ein Grinsen über das Gesicht des Unholds. Mit fürchterlicher Langsamkeit nähert er sich, als schlürfe er ihre Angst, die Sekunden dehnend, genussvoll in sich hinein. Doch in dem Augenblick, da er sie fast erreicht und schon die Hände hebt, um nach ihr zu greifen, duckt sie den schmalen Leib wie die Panterin, wenn sie flieht, und schnellt sich an ihm vorbei und zur Tür hinaus.

Da ist eine Treppe, schmal und schmutzig – hinauf! Da steckt eine brennende Fackel im Eisenring. Djamileh wendet sich schnell wie der Blitz und sieht den Unhold aus der Kammer auftauchen, der sich, vor Enttäuschung schnaufend, vornüber gegen die Stufen wirft, um das Weib, die Beute, die ihm entkommen will, bei den Füßen zu packen.

Djamileh reißt die Fackel aus dem Eisenring, schwingt sie steilauf wie ein Schwert und lässt sie niederkrachen. Aufbrüllend wie ein verwundeter Stier, fällt der Unhold rückwärts. Die Fackel rollt, noch flackernd, gegen die Tür. Die Matte, zunderdürr vor Alter, fängt Feuer im Nu. Im Nu schwelen Pfosten und Schwellen. Rauch klettert hoch. Schon züngeln Flämmchen die steilen Stufen hinauf. Der Unhold versucht, sie mit seinen hornigen Händen zu ersticken. Es gelingt ihm nicht. Rasend vor Schmerz und Wut schlägt er um sich und kreischt: ›Schlagt sie tot, die Hündin! Schlagt sie tot! Nein. Nagelt sie auf die Planken mit Händen und Füßen! Nein! Werft sie ins Feuer! Werft die Hündin ins Feuer!‹

Das Schiffsvolk achtet nicht auf sein Gebrüll. Sie haben genug mit dem Feuer zu tun, das um sich frisst, als habe es lange gehungert und wolle nun endlich einmal satt werden bis zum Platzen. Es springt und schlingt, es läuft am Schiffsrand entlang, tanzt hoch an den Masten und Rahen und wirft sich mit hohem Brausen gewaltig hinein in die sturmgewölbten Segel. Unrettbar verloren scheint das brennende Schiff.

Aber – groß ist die Macht des Allmächtigen! Er ist der Herr über Wasser und Feuer. Das Meer und der Sturm gehorchen dem Wink seines Fingers. Das Schiff brennt lichterloh von den Mastspitzen bis zu den Wellen. Doch es verbrennt nicht. Kein Steuermann steht am Rad, und doch hält das Schiff seinen Kurs. Der Widerschein der ungeheuren Flammen zuckt bis hinab zu den Tiefen, wo die großen Fische mit offenen Augen stehen und verwundert das Rotlicht der Mitternacht gewahren.

Von Grauen gepackt, beglotzen die Männer das Wunder. Ist es Gnade von Allah? Ist es Blendwerk des Teufels? Waltet unsichtbar ein Djin auf dem Schiff? Ist es die Frau, die das Feuer verzaubert hat?

Aus allen Winkeln kriechen sie auf sie zu, denn schrecklich versengt die Hitze das Holz des Schiffes und röstet die Glieder der Männer und ihre Augen. Doch wo Djamileh steht, ist Kühle und reine Luft. Um sie her wird der Sturm zur zärtlich streichelnden Brise, der Rauch zu erquickendem Duft, denn Allah hält sie im Arm.

Da taucht der Unhold aus der Treppe auf, ein Grausen anzusehen, vom Feuer gezeichnet bis zur Unkenntlichkeit, von Schmerzen toll und toll von Hass und Gier. Er taumelt auf Djamileh zu, der warnenden Schreie seiner Leute nicht achtend, die ihn zurückreißen wollen von der Unversehrbaren. Djamileh, ihrer selbst nicht bewusst – beim Anblick des Unholds, der näher und näher rutscht auf durchfressenen Füßen, vom gleichen Entsetzen gepackt, das sie bei seinem ersten Anblick erstarren ließ –, weicht rücklings vor ihm zurück bis an den Schiffsrand. Sie hebt die Augen zum Himmel in stummer Anrufung dessen, der auch den Seufzer einer Blume hört, die unter der Sichel fällt. Doch ihr wird keine Antwort aus Sternenhöhen, denn das Gewölbe des Rauchs, hoch über das Schiff gespannt, ist zwischen ihr und dem Himmel.

Aber was sie sieht, scheint ihr auch eine Antwort zu sein. Von der Spitze des höchsten Mastes weht eine schwarze Flagge, die trägt in grinsendem Weiß einen Totenkopf über zwei gekreuzten Knochen, das freche Wahrzeichen der Seeräuber. Und das Seeräuberschiff mit der Totenkopf-Flagge treibt unter brennenden, nicht verbrennenden Segeln, seinem unsichtbaren Steuermann gehorchend, langsam, langsam dem Hafen von Bagdad zu.

Da weiß die Prinzessin Djamileh, in wessen Gewalt sie sich befindet. Sie sieht den Unhold immer näher wanken, den Mann mit den Augen des scheußlichsten aller Tiere. Und ohne sich zu besinnen, ohne zu zaudern, schwingt sie sich auf den Schiffsrand und springt mit wehenden Schleiern hinunter ins Meer.

Jetzt, o Ihr Freunde, habt Ihr nicht Sinne genug zu erfassen, was während der nächsten Sekunden geschah, und ich selber, obwohl doch ein Erzähler von Beruf und großer Erfahrung, weiß nicht, was zuerst schildern, was zuerst berichten: das Freudige oder das Schauerliche, das Ernste oder das Heitere, das, was erschreckt, oder das, was die Herzen erhebt und zu dem hinlenkt, der von allen Weisen der weiseste ist.

Kaum ist die zarte Gestalt der Prinzessin in den dunkelgrünen, von weißem Schaum gekrönten Wogen verschwunden, als sie auch schon wieder auftaucht inmitten einer Schar von schneeweißen Delfinen, deren größter und stolzester sie auf dem Rücken trägt. Sie ruht auf ihm wie auf einer schwimmenden Barke, und weder ihre Schleier noch auch nur der Saum ihres Gewandes sind von Wasser feucht. Hinter dem schönen Delfin, der die Prinzessin trägt, schwimmt ein zweiter, der trägt auf seiner Stirn vorsichtig und aufmerksam die kleine Rotlacktruhe mit dem schwarzgoldenen Reiher über perlmutternen Wellen. Und der dritte im Zuge, der kleinste, trägt auf dem Haupt das Pantöffelchen, das die Prinzessin bei ihrem Sprung ins Meer verloren hatte. Die anderen Delfine spielen fröhlich um sie her.

Aber das Schiff, das verzauberte Schiff mit dem Unhold an Bord und seiner verruchten Mannschaft und der Totenkopf-Flagge versank mit Mann und Maus, noch immer brennend, dass man seinen Weg in die Tiefe noch lange verfolgen konnte. Es wurde kleiner und kleiner und sank und sank und brannte noch immer und leuchtete den Fischen, die von überall her kamen, das Zauberwerk zu bestaunen. Ein Korallenbaum, so groß wie ein Marktplatz, fing es endlich auf – und da liegt es nun, so tief, dass kein Taucher sich zu ihm wagen kann, und brennt noch immer ...

Ganz Bagdad war auf den Beinen in jener Nacht und drängte sich um den Hafen. Ein Sturm von bewundernden Rufen empfängt die weißen Delfine. Als seien sie ihrer eigenen Schönheit und der Schönheit, die sie getragen bringen, bewusst, ziehen sie in edler Ruhe zur Hafentreppe. Die gleiche Welle, in der sie untertauchen, schwemmt die Prinzessin, die Truhe, das Pantöffelchen sanft an den Strand, und noch ehe diensteifrige Hände das köstliche Strandgut aufheben können, seht, da verwandeln sich Djamilehs schwimmende Ritter in große, schneeweiße Vögel, die sich auf schimmernden Schwingen hoch in die Luft erheben, über dem Hafen kreisen, höher und immer höher, um endlich mit lautem melodischen Schrei in der Nacht zu verschwinden.

Ein ernster Mann im schwarzen Gewand eines Hakims beugt sich über die Prinzessin, die ohne Bewusstsein ist, und sieht sie an, als habe er sie erwartet. Prüfend fasst er nach dem Puls an ihrem schmalen Gelenk und schüttelt unfroh den Kopf.

›Bringt sie in mein Haus, zu meiner Schwester‹, befiehlt er wie ein Mann, der zu befehlen gewohnt ist. Und Djamileh und die Truhe und das Pantöffelchen werden aufgehoben und weggetragen, die Hafentreppe hinauf, die Gasse hinauf, durch einen gewölbten Torgang in einen Hof, in dessen Mitte ein Brunnen, umringt von Jasmin und Hibiskus, vor sich hin wispert, als flüstere er ein Liebesgedicht an die Nacht mit tausend unsterblichen Strophen.

Rings um den Brunnen liegen Teppiche, liegen schwellende Kissen, die zur Ruhe laden. Unter blühenden Büschen steht eine Lagerstatt, auf die man Djamileh bettet, die Truhe und das Pantöffelchen ihr zu Füßen. Dann ziehen die Träger sich ehrfurchtsvoll zurück vor der Schwester des Arztes, die sich erbarmend über die Ohnmächtige neigt.

Wo der Torbogen auf die Straße mündet, steht der Arzt und spricht mit einem Mann, der sein Haupt nach der Art der Wüstenbewohner mit dem Haik verhüllt hat.

›Lass sie ruhen, Herr‹, sagt er und sagt es bittend, aber sehr bestimmt. ›Lass sie ruhen, willst du ihr Leben erhalten wissen. Sie ist zart und hat, wie du mir sagtest, Dinge erlebt, an denen ein Mann, auf gleiche Proben gestellt, vielleicht den Verstand verloren hätte. Warum willst du die gefährden, die du liebst? Danke Allah, dass er sie für dich bewahrt hat, und gönne ihr Zeit zu genesen.‹

›Es ist gut, obwohl du meine Geduld auf unleidliche Art erschöpfst‹, sagt der Mann im Haik. ›Wärest du nicht der Arzt aller Ärzte, ich würde anders zu dir sprechen!‹

›Arzt aller Ärzte ist Allah allein‹, sagt der Hausherr. ›Was er will, das geschieht. Was er nicht will, geschieht nicht. Er schenke dir eine friedliche Nacht und einen gesegneten Morgen!‹

›Dein Morgen, Arzt, wird umso gesegneter sein, je bessere Nachricht du für mich hast, wenn ich komme, nach ihr zu fragen‹, sagt der Mann im Haik. ›Für heute lebe wohl!‹

Und lautlos entfernt er sich. Der Arzt schaut ihm nach, und wie schon am Hafen schüttelt er unfroh den Kopf. Seine Schwester naht, ihn zu rufen. Ihr gütiges Gesicht sieht bekümmert aus.

›Sie ist aufgewacht‹, meldet sie, ›aber nur, um unstillbar zu weinen. Willst du nicht kommen und sie zu heilen versuchen?‹

›Schwer ist es, eine Krankheit zu heilen, deren Wurzel das Herz ist. Die Krankheit ausreißen heißt das Herz ausreißen. Ich fürchte, Schwester, hier versagt meine Kunst!‹

Djamileh kauert auf dem Ruhebett und weint, als wolle sie mit ihren Tränen den Brunnen neben sich beschämen. Kaum hört sie den Schritt des Arztes, der sich nähert, als sie vom Lager aufspringt und, obwohl vor Schwäche taumelnd, aus einer Ecke des Hofs in die andere flüchtet, um dem Arzt zu entrinnen. Da bleibt er stehen.

›Jungfrau‹, sagt er in großer Güte, ›warum fürchtest du dich vor mir? Freundin der weißen Delfine, du, die Feuer und Wasser verschonen, ich sehe auf deiner Stirn das Siegel Allahs, das er denen aufdrückt, die seine Lieblinge sind. Warum fliehst du vor mir, deinem Arzt? Verdient das Silber in meinem Haar nicht dein Vertrauen?‹

›Vertrauen!‹, flüstert Djamileh, an die Mauer gedrückt, ›Vertrauen! Zu weißem Haar und der Würde des Alters! Im Bazar von Basra floh ich, gejagt von Gesindel, in die Obhut eines Mannes mit weißem Haar. Er gab mir zu trinken. Ich versank in Schwärze. Auf einem Seeräuberschiff kam ich wieder zu mir. Wer sagt mir, dass du nicht von gleicher Art bist? Gekauft von der gleichen Börse? Bestochen von der gleichen Hand? Ich werde nie mehr einem Menschen vertrauen – außer dem Einen, Einzigen, dessen Namen ich nicht kenne!‹ Sie lässt sich zu Boden gleiten und schluchzt in ihre Hände: ›O wärest du hier! O könntest du mich hören! Aber wie kannst du mich hören, da ich nicht weiß, wie ich dich rufen soll? Warum, o Allerbarmer, hast du mich aus der Hand des dreifachen Todes gerettet? Wenn du ein Arzt bist, Mann mit dem weißen Bart, lass mich nicht länger leiden, töte mich! Der Tod ist nicht schrecklich! Von dem Geliebten getrennt sein ist schrecklich! Heile mich von der Krankheit, die Leben heißt!‹

Der Arzt lässt sich unweit von ihr auf einem Teppich nieder, ohne sich ihr zu nähern.

›Sage mir, Jungfrau, wie ich dich nennen soll?‹

Sie zögert. Sie sieht ihn lange an. Aber sie antwortet doch.

›Mein Name ist Djamileh.‹

›Das ist der Name der Prinzessin von Basra.‹

›Ich bin die Prinzessin von Basra.‹

›Friede sei mit dir, du Holdselige!‹

Sie schluchzt auf: ›Nein, nenne mich nicht so! So nannte mich mein Geliebter, als er mir im Garten erschien wie ein Djin!‹

›Und du kennst seinen Namen nicht?‹

Sie schüttelt den Kopf.

›Hast du ihn vergessen?‹

›Ich – seinen Namen vergessen! Hätte ich ihn nur ein einziges Mal gehört, er wäre mir mit einem Silbergriffel auf die Netzhaut meines Auges geritzt!‹

›Heißt er nicht Djaffar?‹

Sie reißt sich empor. Sie steht und starrt auf den Arzt.

›Djaffar –?! Hast du Djaffar gesagt?!‹

›Also kennst du ihn doch?‹

›Und ob ich ihn kenne! Ist Djaffar der Mann, in dessen Auftrag du handelst?‹

›Ich handle nicht in seinem Auftrag, Prinzessin, obwohl er mich bat, für deine Genesung Sorge zu tragen. Er schien sehr besorgt um dich und schwor mir, dass du ihn liebtest!‹

›Wirklich?‹, murmelt Djamileh mit einem Lächeln, vor dem die Schwester des Arztes erschrickt.

›Er will‹, fährt ihr Bruder fort, ›am Morgen kommen und fragen, wie es dir geht. Was soll ich ihm antworten?‹

›Lass mich ein wenig nachdenken‹, sagt die Prinzessin leise und sieht vor sich hin. Der Arzt winkt seiner Schwester, sich mit ihm zu entfernen. Djamileh blickt nach dem Torgang.

›Wer hat die Wache da draußen aufgestellt?‹

Der Arzt schaut hin und schüttelt verwundert den Kopf.

›Ich weiß es nicht, Prinzessin.‹

›Nun, ich weiß es! Lass mich allein und zähle zweimal bis hundert. Bist du damit fertig, komm wieder zu mir. Dann werde ich dir die Antwort für Djaffar sagen!‹

Der Arzt und seine Schwester entfernen sich, das Haus betretend. Djamileh bleibt allein. Die Wachen stehen mit dem Rücken zum Tor, unbeweglich. Die Nacht ist fast vorüber. Es ist keine Zeit zu verlieren.

Djamileh geht zum Brunnen und bückt sich zu der kleinen Rotlacktruhe, die neben dem Ruhebett steht. Sie hebt sie auf das Lager und löst die seidenen Schnüre, die sie umschlingen. Sie schlägt den Deckel zurück. Bis an den Rand ist die Truhe gefüllt mit köstlichen Edelsteinen und edelsten Perlen, mit Ohrgehängen und Ringen und goldenen Spangen, mit Ketten, so schwer von Smaragden, dass sie den Nacken der Trägerin beugen müssen. Aber all das ist nicht, was Djamileh sucht.

Sie wirft das Geschmeide achtlos auf den Brokat, der das Lager bedeckt, bis sie vom Grund der Truhe etwas emporhebt: einen schmalen Dolch in schmaler, silberner Scheide, auf der mit winziger Schrift die neunundneunzig Namen Allahs eingegraben sind.

Djamileh zieht den Dolch hervor und betrachtet ihn lange. Das Licht der Fackel neben dem Ruhebett spielt auf dem blauen Stahl. Zweischneidig ist er und die Spitze, nadelscharf, rostrot verfärbt, als hätte sie Blut getrunken. Djamileh steckt den Dolch in die Scheide zurück und birgt ihn an ihrer Brust. Dann sitzt sie, still wartend, die Hände im Schoß gefaltet, und wenn ihr Blick nach dem Tor hin wandert, vor dem die Wachen unbeweglich stehen, geht ein kaum sichtbares Lächeln, wie es zuweilen um den Mund einer indischen Göttin zu spielen scheint, wenn sie ein Gebet verwirft.

Der Arzt kommt aus dem Haus zurück und nähert sich der ruhig Sitzenden, mit einem Blick des Staunens und der Bewunderung den Schatz betrachtend, den die Rotlacktruhe enthalten hat.

Die Hand Djamilehs deutet auf das Kissen, das neben ihr auf dem Boden liegt.

›Setze dich, Hüter des Lebens‹, sagt sie leise. ›Ich will dir meine Geschichte erzählen.‹

Sie tut es, und während sie spricht, ist es ihr, als wäre es gar nicht ihre eigene, die sie vor dem Arzt ausbreitet wie einen Bildteppich. Es scheint ihr tausend Jahre her zu sein, dass sie mit den Gespielinnen am Hofe ihres Vaters sich kindisch ergötzte und dass ein Tag nach dem anderen an ihr vorüberglitt wie die Perlen eines Rosenkranzes aus Bernstein und Gold. Hatte sie überhaupt gelebt? War sie nicht erst lebendig geworden, als sie zwischen den blauen Lotosblüten im Teich das Spiegelbild des Mannes erblickte, der sie in seine Arme nahm und sagte: ›Seit Anbeginn der Zeit – bis zum Ende der Zeit!‹ War das Lächeln, das ihm galt, nicht ihr erstes Lächeln? Hatte sein Kuss auf ihre Augen sie nicht sehen, der Kuss auf ihre Stirn sie nicht denken, der Kuss auf ihren Mund sie nicht sprechen gelehrt? Dumpf und eng war die Zeit um sie her gewesen – er stieß die Tore auf, die Welt lag vor ihr, und er hieß sie willkommen in der neugeborenen Welt, deren Schöpfung und Gottheit er war, ein Gott ohne Namen.

Aber Djaffar? Nein, wahrlich, Djaffar hieß er nicht!

Djamileh hat geendet. Sie richtet sich, die schmalen Hände noch immer im Schoß gefaltet, auf und sieht dem Arzt in die Augen, die dunkel von Sorgen sind.

›Helfer der Kranken‹, sagt Djamileh, ›du hast meine Geschichte gehört. Du weißt, wer Djaffar ist: ein Zauberer, der große Wunder tun kann, nicht Wunder von Gott, sondern Wunder der schwärzesten Hölle. Er hat mich in deine Hände gelegt. Er will, dass du mich, beruhigt, gestärkt und versöhnt, in seine Hände zurücklegst. Nun höre mich gut. Du siehst die Juwelen und Perlen und alles Geschmeide, den Schatz der Prinzessin von Basra, reich genug, zehn Menschen reich zu machen. Nimm ihn und hilf mir, aus Djaffars Gewalt zu entkommen, ohne dich oder deine Schwester zu gefährden. Denn mich schaudert bei dem Gedanken, euch seiner Bosheit auszuliefern. Kein Teufel ist teuflischer als ein lächelnder Teufel. Ich kann nicht fliehen. Dafür sorgen die Wachen am Tor. Und auch wenn ich fliehen könnte: Wo ist eine Zuflucht, die mich vor den Augen Djaffars verbärge? Ihm nahe, muss ich ihm doch unerreichbar sein. Atmend, doch tot für ihn, zwischen Leben und Nichtleben auf schmaler Brücke schwebend, dass ein zorniges Wort genügt, mich hinabzuschleudern ins Nichts. Djaffar wird nicht wagen, es zu sprechen, denn – Allah verzeihe ihm! – er liebt mich: Seiner Liebe gilt es auszuweichen. Wenn du das vermagst – und du musst ein viel vermögender Arzt sein, wie hätte sonst Djaffar dich seiner Beachtung wert befunden? –, dann empfange den Schatz der Prinzessin Djamileh und ihren Dank zugleich. Nie hat ein Kranker, den du gerettet hast, inbrünstiger den Segen Allahs auf dich herabgefleht, als ich es tun will nach meiner Rettung durch dich. Aber vernimm auch dies, du Auserwählter Gottes!‹

Sie greift mit einer Hand in ihren Schleier und streckt die andere gegen ihn aus, als wollte sie ihn fern halten.

›Ich bin nicht ganz so wehrlos preisgegeben, wie Djaffar denkt und du vielleicht erwartest. Ich habe eine Waffe in der Hand. Versuche ja nicht, sie mir zu entwinden! Denn – bei den neunundneunzig Lobpreisungen Allahs, die auf der Scheide eingegraben sind! – sobald du das versuchst, wird mich die Spitze des Dolches ein klein wenig ritzen, so als hätte ich mich an einem Rosendorn geritzt, und einen Lidschlag später bin ich tot. Das Gift ist rasch und hat kein

Gegengift. Es ist ein zuverlässiger Retter vor der verhassten Liebe Djaffars. Wenn du mir deine Hilfe verweigerst, weil du mir nicht helfen willst oder, mag sein, nicht kannst – es tut nichts, großer Arzt! Nur musst du dich entscheiden. In einer Stunde ist der Morgen da.‹

Der Arzt erhebt sich mit Würde.

›Es war entschieden, Herrin, ehe du sprachst. Lege den Dolch beiseite. Behalte deine Juwelen. Es bedarf keines Lohnes und noch weniger einer Drohung, um mich nach dem Willen des Höchsten handeln zu lassen. Das Siegel Allahs, das ich auf deiner Stirn erblicke, ist mächtiger als alle Wünsche oder Befehle Djaffars. Komm in mein Haus, du Schützling Gottes – es ist das deine!‹

So geschah es, o meine Freunde, dass Djaffar, als er bei Sonnenaufgang erschien, um nach Djamileh zu fragen und sie mit sich zu nehmen, er eine Schlafende fand, die zu wecken er nicht wagte, denn der Arzt warnte mit großem Ernst.

›Ihr Leben, o Kenner der Geheimnisse, hängt wie ein Tropfen Tau an der Spitze eines Grashalms. Der Flügelschlag eines vorüberschwebenden Schmetterlings kann ihn erschüttern, dass er fällt und zersprüht. Es wäre schade um den Tautropfen, Herr, denn er gleicht einem fehlerlosen Diamanten.‹

›Wie also, o Zuflucht der Bedrängten, lautet dein Rat?‹, fragt Djaffar. Und so beherrscht seine Stimme klingt – in den Winkeln der Augen glimmt die Zündschnur der Wut. ›Muss ich sie in deiner Obhut lassen? Kann ich sie mit mir nehmen auf mein Schiff? Oder erwartest du Besserung für ihr Befinden durch das Verweilen in Bagdad, der menschenreichen Stadt?‹

›Das zu entscheiden steht allein bei dir, o Herr‹, antwortet der Arzt gelassen.

Djaffar tritt an das Lager, auf dem die Prinzessin ruht. Sobald sein Blick sie berührt, beginnt sie ängstlich zu atmen und den Kopf verstört von einer Seite auf die andere zu drehen. Wenn er die Hand über ihre Hand legt, erstarrt sie zu Alabaster. Das Blut weicht aus ihren Wangen, sie atmet nicht mehr, und ihre Lippen verfärben sich aus roten in weiße Rosenknospen.

›Das ist der Auftakt des Todes‹, sagt der Arzt.

Djaffar wendet sich um.

›Lasst mich mit ihr allein!‹, befiehlt er heiser.

Da der Arzt in Besorgnis zögert, lächelt er.

›Wenn ich wollte, o Hakim, brauchte ich nur ein armes Hundertstel der Kraft, die mir verliehen ist von einer gewaltigen Macht.‹

›Von Gott?‹, fragt der Arzt sehr leise.

›Nimm an: von Gott! Er schenkte mir eine Schale seiner Gewalt über alles Erschaffene. Ein Tropfen davon, am Rande dieser Schale überquellend, würde genügen, dein Haus und alles, was es enthält, auf dem Rücken des Sturms davonzutragen bis zu einer Insel im siebenten der sieben Meere, deren sich selbst die Sonne kaum erinnert. Ich will diese Macht an dir nicht versuchen. Auch nicht an diesem Mädchen. Eine gewaltsam geöffnete Knospe welkt, ohne zu blühen. Darum fürchte nichts. Ich werde das Siegel ihres Schlafes nicht gewaltsam erbrechen. Ich werde seinen Ursprung nicht erforschen. Genügt dir das, dann lass mich mit der Schlafenden allein.‹

Der Arzt verneigt sich, die Hände zur Stirn erhoben. ›Ich höre und gehorche‹, sagt er ruhig und geht aus dem Zimmer.

Djaffar wartet, bis der letzte Hall der Schritte verklungen ist. Dann tritt er nahe an das Lager des Mädchens und betrachtet es lange, als tränke er mit den Augen, unersättlich.

›Djamileh!‹, sagt er, beschwörend, doch leise: ›Djamileh, höre mich! Du bist der Abendstern, der die zarte Sonne der Liebenden ist! Du bist die Morgenröte beim Anbruch des ersten Tages, denn die Liebe erschafft jede Welt von neuem, und vor der Liebe ist alles nur eine Zwischenwelt, ein Weg zum Tor, das sich einzig den Liebenden öffnet. Du bist der Hafen, der sich sturmverschlagenen Segeln auftut. Du bist der Tau, der das lechzende Feld erquickt. Djamileh, ich weiß, dass du mich hörst! Öffne mir das Wunder deiner Augen! Öffne deine Lippen! Sprich ein Wort, das mich aus der Hölle holt, in die ich verdammt bin, ich, der machtlos Mächtigste! Wende dich ab von dem anderen und mir zu! Höre mich, Djamileh!‹

Aber sie hört ihn nicht. Sie stöhnt in der Gruft ihres Schlafes. Sowie er sie berührt, schreit sie wimmernd auf: ›Djin! Djin! Djin, hilf mir!‹

Grau im Gesicht kehrt Djaffar sich ab von ihr. Jeder, der ihn jetzt zum ersten Mal erblickte, hätte denken müssen: Das ist der Bruder des Todes! Er öffnet die Tür und ruft nach dem Arzt, der erscheint. Djaffars Mund, obwohl von Grimm verzerrt, spricht seidig-höfliche Worte.

›Ich will deine Gastfreundschaft für diese Kranke nicht länger in Anspruch nehmen‹, und er winkt seinen Sklaven. ›Ich habe einen Freund in der Stadt, dessen Tochter, Halima mit Namen, sie gern aufnehmen und pflegen wird nach deinen Verordnungen. Du wirst, o weiser Mann, an jedem Tage dreimal nach ihr sehen und mir, sobald sich die geringste Änderung in ihrem Befinden zeigt, davon berichten. Ich ziehe es vor, nicht im Königspalast, sondern auf meinem Schiff zu wohnen, das vor Anker im Hafen liegt. Dort findest du mich!‹

›Ich höre und gehorche‹, sagt der Arzt.

Und so geschieht es nach dem Willen Allahs, dem von den Sternen am Himmel bis zu den Fischen im Meer alle Wesen gehorsam sind, dass auf der Straße zwischen dem Hafen und dem verwaisten Palast die Sänfte Djamilehs, von vier Negersklaven getragen, einem Bettler und seinem Hund begegnet, einem blinden Bettler mit seinem struppigen Hund.

Kaum hat der Hund den kleinen Zug erblickt – Läufer mit langen Bambusstäben, die sie roh gebrauchen, bahnen ihm den Weg, ein Sklaventreiber zu Pferde beschließt ihn –, als er wie ein Rasender, wie ein von Teufeln Besessener zu toben beginnt. Er ruckt am Strick, dem Leitseil für den Blinden, und kläfft und zerrt und bellt und jault und tanzt auf den Hinterfüßen und will und will sich nicht beruhigen.

Einer der Sklaven, die Djamilehs Sänfte tragen, versucht, ihm einen wütenden Tritt zu versetzen. Er verfehlt sein Ziel, aber nicht der Hund, der all seine blitzenden Zähne in die schwarze Wade vergräbt. Der Sklave brüllt, die Sänfte gerät ins Wanken. Die Leute kreischen auf. Der Sklaventreiber drängt sein erschrocken schnaufendes Pferd in die Menge hinein und sieht den Blinden hilflos eingekeilt, mit dem Hund am Strick, der sich keuchend und winselnd bemüht, durch den Vorhang der Sänfte zu springen.

›Abu!‹, ruft der Blinde und zerrt an dem Strick. ›Abu! Bist du toll geworden? Komm her! Hörst du nicht? Hierher! Zu mir!‹

Aber der Hund will durchaus nicht hören. Er gebärdet sich immer wilder.

›Allah verdamme dich und deinen Köter!‹, knirscht der Sklaventreiber den Blinden an und greift nach der Peitsche, um dem Hund oder seinem Herrn oder beiden einen Denkzettel zu versetzen. Der Hund, böse knurrend, lässt ab von der Sänfte, ist mit einem Satz auf dem Widerrist des Pferdes und schnappt nach der Faust, die die Peitsche hält. Hochauf bäumt sich das Pferd, der Reiter fliegt aus dem Sattel, kracht zu Boden und flucht die Hölle aus dem Schlaf. Aber als er sich aufrichtet und knirschend vor Wut und Beschämung nach dem Blinden und seinem Köter Ausschau hält, sind beide so spurlos verschwunden, als hätte die Erde sie verschluckt.

Die Läufer lassen ihre Bambusstöcke auf den Köpfen der Gaffer tanzen, die Sklaven nehmen die Tragstangen der Sänfte wieder hoch, der Sklaventreiber besteigt, noch immer fluchend, sein misstrauisch nach ihm schielendes Pferd. Der Zug geht weiter.

Und weder Ahmad, der blinde König ohne Thron, noch die schlafende Prinzessin von Basra ahnen, dass sie einander für die Dauer eines Straßenauflaufs zum Greifen nahe gewesen sind.

Das weiß nur Abu der Hund.

Ach, meine Freunde! Was würde Abu der Hund darum geben, nur für die Dauer eines Rosenkranzes die Sprache der Menschen zurückzugewinnen! Nur ebenso lange, einem glücklosen Mann, einem Liebenden ohne Hoffnung, das Glück der Hoffnung zu schenken! Ja, bei Allah! Ein braver Hund hat es schwer! Hat er nicht sein Äußerstes getan, Ahmad zu zeigen, dass man diese Sänfte keinesfalls vorüberlassen dürfte, ohne zu ergründen, wen sie birgt? Und warum, so fragt er sich und legt verdrossen den Kopf auf die Füße seines Herrn, warum hat das Mädchen in der Sänfte die Stimme Ahmads nicht erkannt? Rief er ihn nicht – und laut genug! – beim Namen? Er, Abu, hätte die Stimme seines Freundes aus Tausenden heraus erkannt und wäre zu ihm gelaufen, so schnell ihn die Füße trugen. Aber Djamileh? War sie taub? War sie dumm? War sie treulos?

Nein, Abu, nichts von allem! Sie lag nur in der Gefangenschaft des magischen Schlafes und merkte nichts von dem Lärm und Tumult um sie her, die sie locken sollten, durch den Vorhang zu spähen! Nun hat man sie in das Haus von Djaffar gebracht, und Halima hat sie aufgenommen, sie auf das schönste Lager des schönsten Raumes gebettet und hat lange, lange neben der Schlafenden gekauert und sie betrachtet und sich gewünscht, an Djamilehs Stelle zu sein, weil sie von Djaffar geliebt wird.

Unergründlich ist das Herz einer Frau. Ehe Djaffar im Kristall die Prinzessin von Basra erblickte, hat Halima an seinem Herzen gewohnt. Jetzt, von Eifersucht gequält, hasst sie die Nebenbuhlerin und tut doch alles, sie für den Mann, der sie begehrt, zu gewinnen. Alle Ärzte von Bagdad ruft sie zusammen, um Djamileh aus dem Schlaf zu erwecken. Die Ärzte kommen in Scharen. Trinken aus goldenen Tässchen süßen schwarzen Kaffee, rauchen unzählige Pfeifen des edelsten Tabaks aus Schiras, wiegen die grauen Köpfe und zucken die Achseln und ziehen unverrichteter Sache wieder ab.

Halima schickt nach den Zauberern, die in den Hafengassen ihre dunklen Buden aufgeschlagen haben, und die Zauberer verbrennen Weihrauch und andere fremde, betäubend duftende Kräuter, brauen seltsame Tränke, die sie vergebens der Schlafenden einzuflößen versuchen, nennen einander hirnlose Narren und rauben die Börse Halimas aus, ohne dass auch nur ein schnellerer Atemzug Djamilehs ihren Hokuspokus belohnt hätte.

Halima, unentwegt wie nur eine Frau, die einem Mann aus Liebe dient, lässt die Sterndeuter kommen. Sie befragen die gesetzvoll wandernden Gestirne viele Nächte hindurch, aber nur einer, der als Letzter bleibt, wagt es, ihre Antwort zu verkünden.

Nein, der Schlaf der Prinzessin Djamileh ist kein natürlicher Schlaf. Nein, sie zu wecken wäre schwerste Gefahr für die traumwandelnde Seele der Schläferin. Sie gewaltsam ins Bewusstsein zurückreißen hieße, einen Menschen rufen, der, vom Monde verlockt, in die silberne Sichel auf dem höchsten Minarett gestiegen wäre, um in das Meer der Nacht hinauszusegeln.

›Also gibt es kein Mittel, sie ins Bewusstsein zurückzuholen, in die Wirklichkeit ihres Lebens? Zu den Menschen, die sie lieben und sich nach ihrem Lächeln sehnen?‹

›Vielleicht‹, sagt der Sterndeuter mit einem langen Blick auf die Schlafende.

›Nenne es, Freund der Gestirne!‹

Djamileh seufzt tief auf und lächelt, flüstert vor sich hin.

›Sie träumt‹, murmelt der Sterndeuter. ›Immer den gleichen Traum. Sie träumt, und sie wartet. Auf die Erfüllung des Traums.‹

›Woher weißt du das? Siehst du Menschen ins Herz, wenn sie schlafen?‹

›Auf ihren Lippen ist ein Name, der kein Name ist.‹

Halima macht eine zornige Bewegung.

›Gib mir keine Rätsel auf, Sternkundiger! Ich bin nicht in der Laune, sie zu lösen! Wovon träumt Djamileh? Was heißt das: ein Name, der kein Name ist? Ist Djaffar kein Name?‹

›Es ist ein Name, aber ihn nennt sie nicht, Herrin des Hauses. Beuge dich über sie und horche auf das, was sie flüstert.‹

Halima gehorcht mit angehaltenem Atem. Sie hört:

›Djin! Djin! Bist du wieder zu mir gekommen? Tauchst du wie damals empor aus blauen Lotosblüten? Gib mir die Hand! Ach, nun entschwindest du! Wohin? Sag, wohin? Warum kann ich dir nicht folgen in das Reich der Geheimnisse? Ich stehe vor seiner Tür, aber niemand tut mir auf. Ach Djin! Mein Djin! Wann sehe ich dich wieder?‹

Halima richtet sich auf, blickt lange ins Leere. Dann streift sie die prunkenden Ringe von ihren Fingern, die goldenen Reifen von ihren Gelenken, wirft dem Sterndeuter das Geschmeide zu.

›Nimm, Freund der Planeten. Du hast mir einen großen Dienst erwiesen. Sei bedankt! Und sei verschwiegen. Geh!‹

›Was hast du vor, Gebieterin?‹, fragt der Sterndeuter halblaut.

›Den Djin der Prinzessin zu suchen.‹

›Er ist hier.‹

›Wo – hier?‹

›In Bagdad.‹

›Du kennst ihn?‹

›Ja und nein.‹

›Ich habe dich schon einmal gebeten, mir keine Rätsel aufzugeben!‹

›Du siehst den Mond. Aber kennst du ihn?‹

›Machst du dich lustig über mich?‹

›Fern sei das von mir, Gebieterin! Doch wenn du den Djin suchen willst: Du wirst ihn niemals finden ohne mich.‹

›Gibt es keine Geisterbeschwörer mehr in Bagdad?‹

›Mehr als zu viel. Aber der Djin der Prinzessin von Basra ist kein Geist des Wassers oder der Luft. Es ist ein Mensch, der einzige, der sie wecken kann. Es ist ein Mann. Ich habe ihn gut gekannt.‹

›Wie heißt er? Wo ist er?‹

›Er war ein König, Herrin. Sein Name: Ahmad. Er saß auf dem Thron von Bagdad, bis sein eigener Großwesir ihn verriet. Jetzt ist er ein Bettler und blind und hat einen Hund zum Freunde. Er steht auf der Brücke am Hafen und bittet die Vorübergehenden um eine Gabe im Namen Allahs des Barmherzigen.‹

Halimas Augen durchbohren ihn.

›Du kennst den Namen des Bettlers. Auch den des Großwesirs?‹

Der Sterndeuter steckt das Geschmeide Halimas in die weiten Taschen seines Gewandes. Er sieht sie ruhig mit bleichem Lächeln an.

›Herrin, es steht im Buche des Lebens verzeichnet – und ich habe es in den Sternen gelesen –, dass ich berufen bin, einen Tag vor dir diese Welt zu verlassen. Allah schenke dir ein langes Leben – und mir auch!‹

Ihr müsst wissen: Halima, die schöne Hüterin Djamilehs, galt als eine kluge und aufgeklärte Frau, wie wir es heute nennen würden, als eine Frau, die nicht an Träume glaubt, die vor schwarzen Katzen nicht erschrickt, die dem Flug der Tauben so wenig Bedeutung beimisst wie dem Flug der Krähen und sich um das Zucken eines Augenlids so wenig kümmert wie um den Lauf der Sterne. Aber es hieße, zu viel von ihr zu verlangen, dass sie ihren schwarzen Sklaven Djerid, der ein unvergleichlicher, nie fehlender Messerwerfer war, hinter dem Sterndeuter herschicken solle mit dem Befehl, seine Kunst an dem Mann zu beweisen. Denn es ist ein schönes Ding um Vorurteilslosigkeit. Aber lohnt es sich um ihretwillen, das Leben, von dem doch jeder Mensch nicht mehr als eines hat, auf die Probe zu stellen, ob die Sterne lügen oder die Wahrheit sagen oder ob ein Sterndeuter lügt, der gern unbehelligt nach Hause gehen möchte?

Halima wagt die Probe nicht. Der Sterndeuter erreicht unangefochten seine Hütte, wandert aber noch am gleichen Tage aus. Denn wenn er auch den Sternen vertraut, Halima misstraut er umso gründlicher und hält ein Weib durchaus für fähig, Venus und Mars und Saturn im Verein mit dem Mond und der Sonne und dem ganzen Firmament Lügen zu strafen.

Und nun wandern wir mit der Sänfte Halimas nach der Brücke am Hafen. Was herrscht da für ein Getümmel! Was für ein Laufen und Schreien, Drängen und Stoßen! Was für ein Durcheinander von Menschen und Tieren! Flinke, graue Esel, so hoch beladen, dass sie Hügeln gleichen, die auf vier Beinen laufen, weiße Esel aus Maskat, hochgezüchtete Träger verhüllter Frauen und Männer mit grünem Turban, Pferde mit reich verzierten Schabracken und vergoldeten Hufen, stolz die Köpfe tragend, schwer zu zügeln. In ihren Augen tragen sie noch die Glut und die Weite der arabischen Steppe, wo sie das schwarze Zelt ihres Reiters teilten und ihr warmer glänzender Leib sein Kopfkissen war. Und Kamele ziehen auf breiten Füßen langsam durch die Gassen und tragen auf ihren Höckern, die strotzend von Fett bei der Ausreise sind und schlaff und erschöpft bei der Heimkehr, ganze Gebirge knisternder Holzkohlensäcke für die Kaffeesieder und Zuckerbäcker und schauen mit trägen Augen auf die wimmelnde Menge hinab und sind einsam und mürrisch, denn sie verachten die pöbelhafte Aufgeregtheit der Stadt.

Und Hunde, unzählige Hunde durchstreunen die Straßen, und jeder einzelne ist ein gerissener Dieb, aber der Hund des Blinden übertrifft sie alle, und Ihr und ich, wir wissen, warum!

Halima hat sich verschleiert. Nur die Augen, funkelnd wie Onyx, spähen aus der schwarzen Hülle nach allen Seiten, denn sie liebt den bunten Wirrwarr von Mensch und Getier, den Singsang der Fruchthändler, die frisch geschälte Nüsse, wohl zehnerlei Arten Feigen, Melonen und Trauben auf großen grünen Blättern feilhalten, das Geklapper der Wasserverkäufer, die ihre schwappenden Ziegenhäute über der Schulter tragen, während die braunen Finger der rechten Hand Becher und Messingtellerchen gegeneinander tanzen lassen wie Kastagnetten, das Rufen der Fischer im Hafen, die ihre Beute, Aale so dick wie ein Arm und träge Langusten, gleich aus dem Boot heraus verkaufen möchten, den rauen Gesang der Matrosen von purpurn besegelten Schiffen, die den Hafen begrüßen und es nicht erwarten können, an Land zu kommen.

Aber durch all den Lärm und die Vielfalt der Stimmen und Töne klingt immer wieder ein Ruf an Halimas Ohr, einsam und müde und gar nicht laut: ›Eine Gabe um Allahs willen! Eine Gabe! Eine Gabe um Allahs willen! Eine Gabe!‹

Sie horcht auf. Sie beugt sich, den Vorhang beiseite schiebend, aus der Sänfte und gibt den Trägern einen Wink zu halten.

Das also ist er!, denkt sie und stemmt das Kinn auf die Faust. Das also ist der Mann, dem die Prinzessin von Basra nachträumt bei Tag und bei Nacht. Ein Bettler. Ein blinder Bettler nun, der ein König gewesen ist, bis er von seinem eigenen Großwesir verraten wurde. Jetzt steht er in Bagdad, der Stadt, die seine Herrlichkeit gesehen hat, an der Hafenbrücke, armselig gekleidet, hager und in dem schmalen Gesicht die nichts mehr sehenden Augen. Und der Hund ihm zu Füßen, dieser braune Pelzgeselle, der seine unermüdliche Aufmerksamkeit zwischen dem Freund und den Spendern der Almosen teilt. Und das ist auch nötig. Der dicke Abdullah ibn Soliman, ein reicher und gutmütiger Teppichhändler, dem im Bazar die schönsten Gewölbe, gefüllt mit unermesslichen Schätzen, gehören, wirft eine große Münze in die hölzerne Schale, die zwischen Mann und Hund am Boden steht. Denn jede Gabe, einem Unglücklichen dargebracht, wird von dem Engel, der die Taten der Menschen ins Buch des Lebens einträgt, mit goldenem Griffel verzeichnet, und tausendfache Frucht ist ihr verheißen. Aber der Hund des Blinden beginnt aus Leibeskräften zu bellen und hält zwischen blanken Zähnen den Mantel Abdullahs fest.

›Was ist das?‹, schnauft der dicke Teppichhändler, und sein rotes Gesicht wird blau wie eine Traube im Erntemond. ›Dein Köter klafft und fällt mich an? Ist das der Dank für meine Mildtätigkeit?‹

›Zürne nicht, o Freund der Bedürftigen!‹, antwortet die Stimme des Blinden, und der Schatten eines Lächelns geht über sein von mancherlei Schmerzen gezeichnetes junges Gesicht. ›Deine Mildtätigkeit mag echt sein, aber deine Münze ist falsch.‹

›Allah verbrenne deine Zunge!‹ Der Teppichhändler zerrt vergeblich an seinem Mantel: Der Hund hält ihn fest. ›Wie kann ein Blinder echt von falsch unterscheiden? Das einzig Falsche hier, du Gauner, scheint deine Blindheit zu sein!‹

›Wenn auch meine Augen erloschen sind und Tag und Nacht nicht unterscheiden können, so dienen mir die Augen meines Hundes umso treuer. Er sagt mir laut genug: Deine Münze ist falsch!‹

›Dein Hund?!‹

›Mein Hund!‹

›Du bist nicht nur ein Schwindler, sondern auch ein Prahler, ein Lügner und Betrüger! Wie kann ein Hund die Echtheit einer Münze bezweifeln oder bezeugen?‹

›Prüfe ihn selbst!‹

Das schwermütige Lächeln des Blinden geht dem dicken Teppichhändler nahe. Er blinzelt, als sei ihm eine Mücke ins Auge geflogen. Um die beiden und den vierfüßigen

Verteidiger der Rechte seines Herrn sammelt sich das schaulustige Volk zur Menge. Auch Halima hat ihre Sänfte verlassen und drängt sich herzu. Der Hund nimmt die Zähne aus dem Mantel des Teppichhändlers, setzt sich auf die Hinterbacken und sieht dem dicken Mann erwartungsvoll ins Gesicht. Er wedelt schwach, als sei er bereit, mit ihm Frieden zu schließen, sobald der Gerechtigkeit Genüge geschah. Seine dunklen Augen leuchten vor Eifer und Klugheit.

›Schön!‹, sagt Abdullah ibn Soliman. ›Hier hast du alle Münzen aus meiner Almosenkasse. Ich schütte sie vor dich hin. Und vor dich, du Wedler mit dem scharfen Gebiss! Suche die falsche heraus und zeige sie mir! Wehe dir und deinem Herrn, wenn du versagst!‹

Halimas Sklaven haben Mühe, der Herrin ihren Platz zu behaupten, so drängt sich die müßige Menge heran. Inmitten eines dicken Ringes von Gaffern scharrt und kratzt der Hund in den Münzen herum, holt sich eine heraus und schiebt sie, fröhlich wedelnd, mit der Pfote dem Teppichhändler zu. Der bückt sich schnaufend danach und hebt sie auf, dreht sie hin und her, beguckt sie von vorn und von hinten, schüttelt den Kopf und sieht sich im Kreise um.

›So wahr ich ein Mann bin‹, sagt er verblüfft, ›der Köter hat Recht! Die Münze ist falsch, und ich habe es selbst nicht gewusst! Verzeih mir, Blinder! Und nimm dieses Goldstück dafür, falls es der Prüfung deines Hundes standhält. Seht euch den Köter an! Er lacht, wahrhaftig! Das ist kein Hund, das ist die Wiedergeburt eines Steuereintreibers! Sag, Blinder, verkaufst du ihn?‹

›Wen? Meinen Hund?‹

›Er würde es gut bei mir haben!‹

›Meinen Hund verkaufen? Und wenn du mir sein Gewicht in Gold auszahlen würdest: Nein, Herr!‹

›Du bist arm. Du gehst in Fetzen. Deine Füße bluten, und ich glaube nicht, dass du jeden Tag satt wirst. Sei vernünftig!‹

›Verschachert man einen Freund? Seinen einzigen Freund? Der mit einem gehungert und gedurstet hat? Der mit einem gefangen war und vom Tode bedroht, dem Tode, dessen Klauen man nur durch die Klugheit des Freundes entkam?‹

›Er hätte bei mir ein Leben wie ein Prinz!‹

›Ach Herr‹, ein sonderbares Lächeln geht über das Antlitz des Blinden, ›was ist das Leben eines Prinzen wert? Der Atem des Schicksals weht es an, und es treibt im Winde, ein verdorrtes Blatt!‹

›Du bist ein Philosoph.‹

›Ich bin, was der Wille Allahs aus mir gemacht hat. Auch wäre es, da du gütig zu mir sprichst, ein Unrecht, dich zu betrügen. Denn der Hund würde nicht bei dir bleiben. Du könntest ihn nicht halten, mit Güte nicht und nicht mit Gewalt. Ich könnte dir seine Treue nicht mitverkaufen. Er würde dir entlaufen, um zu mir zurückzukehren.‹

›Aus meinem Palast in einen Straßenwinkel? Von vollen Schüsseln zu abgenagten Knochen? Das glaubst du von einem Hund?‹

›Und wenn du ihn auf einem Daunenkissen zu Füßen deiner Lieblingstochter schlafen ließest und ihn mit Bratwürsten füttertest, die seine Lieblingsspeise sind –‹ Ein helles Gelächter ringsum unterbricht den Blinden.

›Bei Allah, er leckt sich die Schnauze! Mir scheint, er versteht jedes Wort!‹, ruft Abdullah ibn Soliman entzückt.

›Das tut er, Herr! Frage ihn selbst, ob er mit dir gehen oder bei mir bleiben will!‹

›Schade, dass du blind bist, du, sein glücklicher Besitzer! Dass du nicht sehen kannst, wie dein Hund mich auslacht!

Ich hätte nie geglaubt, dass ich jemals einen blinden Bettler um etwas beneiden würde! Bei Allah, bei allen Kalifen, beim Barte des Propheten, ich werde nie mehr den Namen Hund als Schimpfwort gebrauchen! Friede sei mit dir!‹

Und noch immer den Kopf schüttelnd und noch manchen Blick zurückwerfend auf den Bettler und seinen Hund, entfernt sich Abdullah ibn Soliman mit einem Kometenschweif schwatzender Gaffer.

Halima bleibt fast allein zurück, denn es ist die Mittagsstunde. Ihre Augen haften mit einem finsteren Ausdruck auf dem Antlitz des Blinden. Die Gedanken bekämpfen sich hinter ihrer Stirn, in deren Glätte sich zwischen den schön geschwungenen Brauen eine senkrechte Falte tiefer und tiefer gräbt. Lange steht sie bei der wartenden Sänfte, umringt von verdutzten Sklaven, die nicht begreifen, was an dem Bettler so Sehenswertes ist, dass die hochmütige Herrin sich nicht von seinem Anblick zu trennen vermag.

Und wie Halimas Augen auf dem Blinden ruhen, grübelnd, erwägend und mit sich selber uneins, so ruhen die Augen des Hundes auf Halima.

Endlich scheint sie zu einem Entschluss zu kommen. Sie nähert sich dem Blinden und spricht ihn an.

›Bete, o Bettler, bete für mich zu Allah, dem Allerbarmer!‹, sagt sie halblaut. ›Bete für Halima!‹

Seine toten Augen wenden sich ihr zu.

›Wer bist du? Ich kenne dich nicht‹, antwortet er.

›Kennt man denn immer alle seine Freunde?‹

›Ich habe nur einen – diesen! – und frage nach keinem anderen.‹

›Willst du mir sagen, wie du heißest?‹

›Nein, Herrin. Ich habe meinen Namen in den Koran gelegt. Allah hält ihn versiegelt, bis seine Stunde kommt.‹

›Wer weiß, wann die Stunde kommt? Vielleicht ist sie schon da. Heißest du nicht Ahmad?‹

Das edle Gesicht des Bettlers wird aschfahl, und der Hund erhebt sich knurrend.

›Wer hat dir das verraten?‹
›Dies und noch mehr. Suchst du nicht eine Jungfrau namens Djamileh?‹
›Oh! Im Namen Allahs, wer bist du? Wer bist du?!‹
›Deine Freundin, Ahmad!‹
›Was weißt du von mir? Von Djamileh?‹
›Von dir? Sehr viel! Von Djamileh? Mehr als du!‹

Der Blinde streckt die Hände nach ihr aus.

›O Halima! Herrin! Gott wird dir nicht verzeihen, wenn du eines elenden Blinden spottest!‹
›Willst du mit mir kommen?‹
›Wohin? Zu Djamileh?‹
›Du musst mir vertrauen, ohne viel zu fragen.‹
›Aber ich trenne mich nicht von meinem Hund!‹
›Er ist mir willkommen. Gib mir deine Hand!‹
›Mein Hund pflegt mich zu führen.‹
›Der Hund ist klüger als du. Er hat es sich bereits in der Sänfte bequem gemacht. Folge seinem Beispiel! Die Bettelschale überlass getrost deinem Nachbar. Du wirst es nicht mehr nötig haben zu betteln. Du wirst in einem schönen Hause wohnen und wie ehemals, von Sklaven umringt, gleich einem König bedient werden. Nichts wird dir künftig fehlen als das Licht deiner Augen.‹
›Und dir soll ich all das verdanken? All das willst du für mich tun?‹
›Ja, Ahmad!‹
›Und warum?‹
›Du sollst für mich beten, blinder Bettler!‹
›Das ist sehr wenig für sehr viel!‹

›Es wird die Stunde kommen, da ich dich an diese Worte erinnern werde!‹

Sie hilft ihm in die Sänfte und setzt sich neben ihn. Der Hund legt den Kopf auf die Knie des Mannes, der ihn streichelt. Aber seine Augen blicken unentwegt, wachsam, mit dem Ausdruck des Zweifels auf die verschleierte Frau.

Im Hause Halimas, das – Ihr erinnert Euch? – das Haus von Djaffar ist, führen die Sklaven den blinden Bettler ins Bad. Ach! Wie lange hat er die Wohltat warmen, duftenden Wassers entbehrt! Wie lange die Pflege des Körpers durch wohl erfahrene Hände! Wie lange saubere Kleidung, neue Sandalen! Wie lang den Genuss einer erlesenen Mahlzeit, gekrönt vom Duft des Kaffees!

Ihr fragt: ›Und der Hund?‹

Ei, dass der Hund nicht vergessen wird, versteht sich von selbst. Er könnte zufrieden sein, aber – begreift Ihr ihn? – er ist es nicht! Er könnte, prall gesättigt wie noch nie im Leben, den Kopf auf die vorgestreckten Pfoten legen und schlafen. Aber er tut es nicht. Immer trottet er durch die Räume und schnüffelt und sucht alle Ecken aus und winselt und hat keine Ruhe.

Ahmad lockt ihn, legt ihm die Hand auf den Kopf.

›Geh, Abu! Geh! Rufe die Herrin her!‹

›Ich bin hier‹, sagt Halimas dunkle Stimme. Er hört das Knistern von Seide. Duft umschwebt ihn. Halima setzt sich und sieht ihn an.

›Nun gleichst du schon mehr dir selbst, dem König! Bist du zufrieden, Ahmad?‹

›Ich werde es sein, Herrin, Halima, wenn du das Siegel von deinen Lippen gelöst hast! Wenn du von Djamileh gesprochen hast! Ich war ein Ertrinkender im Meer der Verzweiflung. Du warfst mir ein Seil zu! Ich halte es! Lass es nicht los!‹

›Sage mir, Ahmad, möchtest du nicht das Licht deiner Augen wiedergewinnen?‹

›O nein! Was fragst du da?! O nein, nein, nein!‹

›Ich verstehe dich nicht. In Bagdad gibt es berühmte Ärzte. Sollte keiner dich heilen können?‹

›Wenn einer es versuchte, ich würde ihn töten!‹

›Warum wirst du so blass?‹

Er atmet wie in Qualen.

›Du kennst meinen Namen, Herrin. Kennst du auch meine Geschichte?‹

›Ich glaube, sie zu kennen.‹

Der Blinde wirft seine Hände ineinander, hebt sie zum Munde, beißt in die Knöchel. Auf seiner Stirn schwellen die Adern an, steht der Schweiß in großen Tropfen. Er wischt ihn ab.

›Weißt du, dass ich verflucht bin, blind zu sein, bis Djamileh ... bis die Prinzessin ... bis der Mann, der mich verflucht hat, sie, die ich liebe, in seinen Armen hält?‹

Seinen Worten folgt eine so unsägliche Stille, dass er den Kopf hebt und horcht. Unsicher fragt er: ›Bist du noch da?‹

Könnt Ihr Euch vorstellen, wie die Stimme einer Toten klingt? So klingt die Stimme Halimas: wie aus dem Munde einer toten Frau.

›Sprich weiter, Freund!‹

Er presst die Schläfen zwischen beide Hände.

›Was, glaubst du, ist schlimmer, Herrin, und schwerer zu ertragen: blind zu sein oder Djamileh in Djaffars Armen zu wissen? ... Du gibst mir keine Antwort? ... Du weißt es nicht?‹

Er streckt die Hand aus und berührt ihr gesenktes Gesicht.

›Du weinst, Halima?‹

Sie schiebt seine Hand beiseite und erhebt sich.

›Wir sind beide verflucht, Ahmad, verflucht durch den gleichen Teufel. Und ich bin es dreifach. Denn ich liebe ihn.‹

Er steht auf und steht sehr lange regungslos. Er hört, wie sie durch das Zimmer geht. Er hört das leise Tappen von vier Hundepfoten. Er spürt, wie der Kopf des Hundes sich unter seine Hand schiebt. Er streichelt ihn leise.

›Was nun, Halima?‹

Seine Stimme klingt ruhig, und er ist es auch. Denn das ist der Gewinn all derer, die viel ertragen müssen, dass ihre Seele gleichsam Muskeln bekommt, die stärker werden im Leiden. Seht, auch ein Lastträger schleppt am zehnten Tage ohne große Mühe eine Last, unter der er am ersten zusammengebrochen wäre. Und ein großes Schicksal sucht sich zur Vollendung gern solche Lastträger der Seele und wagt nur mit ihnen das Spiel der Zukunft, aus dem es die Schwachen verwirft.

So steht Ahmad, der König und blinde Bettler, aufrecht vor der Frau, und seine Stimme klingt bitter, aber gelassen.

›Du hast mich hierher gelockt. Du stehst im Solde Djaffars. Dies Haus ist Djaffars Haus, nicht wahr? Ich bin in deiner ... in seiner Gewalt. Was wirst du tun?‹

Eine Weile noch ist es still. Dann fühlt er ihre Hand, die seine Hand umschließt. Ihre Stimme sagt ruhig: ›Komm!‹

›Wohin?‹

›Zu Djamileh.‹«

*

»Nun muss ich Euch fragen, Freunde: Ist einer von Euch schon einmal so recht zu Tode betrübt gewesen? So ganz verloren in der furchtbaren Einsamkeit des Herzens? Geblendet, beraubt, nur einen Hund zum Gefährten, der über jedes Wort hinaus treu ist, aber stumm, ein Hund eben, zugleich mit seinem Herrn verflucht? Habt Ihr oder einer von Euch das Joch der Verbannten auf wunden Schultern getragen und das schwerere Joch unstillbarer Sehnsucht nach einer verlorenen Liebe? Wisst Ihr oder auch nur einer von Euch, was das heißt: sich Tag um Tag, der für den blinden Mann keine Sonne hat, keine Blume, kein Lächeln – nichts, das sein Herz erfrischen und stärken könnte –, durch die Stunden zu betteln, von Hunger und Durst gequält, frostgeschüttelt bei Nacht an den Hund geschmiegt, am Tage verbrennend vor Hitze, denn ein Heim hat der Bettler nicht, und die Sonne lässt den Schatten unter seinen Füßen schmelzen; Fetzen als Gewand – und üble Gefährten, die ihn höhnen, weil er hilflos ist –, und sein guter Hund kann ihn wohl gleichzeitig gegen drei Feinde verteidigen, aber nicht gegen zehn.

Und über allem die Sehnsucht, die ohne Hoffnung ist, die nichts hat, das sie nährt, und doch nicht sterben kann. Wisst Ihr – oder auch nur einer von Euch – was das heißt?

Ja, dann wünsche ich ihm, dass er zum Lohn seiner starken Geduld von der gleichen Woge des Glücks emporgetragen werde, die Ahmad packte und nach oben riss, als Halima sagte: ›Zu Djamileh!‹

Er erwidert nichts. Im Unglück hat man Träume, erlösende Träume: Einmal wird es sein, dass die Kerkertür der Verzweiflung sich öffnet. Du gehst hinaus, und draußen steht die Erfüllung. Man weiß: Du träumst nur. Das Erwachen ist bitter. Aber du kannst es nicht lassen zu träumen. Manche Träume, zäh gehegt und gepflegt, gehen in Erfüllung, wenn es Allahs Wille ist, die Unbeirrbarkeit deiner Seele zu belohnen.

Vielleicht träume ich jetzt auch, denkt Ahmad. Vielleicht ist die Hand der Frau, die mich führt, die Hand von

Azrael, dem Todesengel. Aber dessen Hand, so sagt man, sei kalt wie der Sturm um Mitternacht, und diese Hand ist warm.

›O Halima‹, murmelt der Blinde. ›Sag es noch einmal: Wohin führst du mich?‹

›Zu Djamileh.‹

Sie bleibt stehen. Sie lässt seine Hand los. Er hört ein Rauschen wie von auffliegenden Vögeln und kleine, hohe, erstickte Schreie flüchtender Frauen.

›Ein Mann! Ein Mann!‹

›O Herrin, was hast du getan?! Ein Mann unter uns – und wir sind unverschleiert!‹

›Seid unbesorgt!‹, sagt Ahmad und wendet dem Rauschen und Flüstern, das er vernimmt, sein trauriges Lächeln zu. ›Mir ist eure Schönheit verschleiert. Ich bin blind.‹

Das Rauschen wird schwächer. Das Flüstern kommt näher. Die dunkle Stimme Halimas befiehlt: ›Entfernt euch! Haltet Wache! Meldet mir, wenn der Gebieter unvermutet kommt!‹

›Wir hören und gehorchen!‹, flüstern die Stimmen.

Ein Vorhang rauscht. Eine Tür fällt leise ins Schloss. Die Finger Halimas umschließen den Arm des Blinden.

›Höre mich, Ahmad! Strecke die Hand aus, und du fühlst den Brokat eines Vorhangs. Schiebe ihn beiseite, gehe drei Schritte vorwärts, dann stößt dein Fuß an eine Stufe. Geh sie hinauf. Du rührst an einen Schleier, der verhüllt das Lager, auf dem sie ruht –‹

›Djamileh –?‹

›Djamileh!‹

›Oh! Lass mich –!‹

›Warte noch!‹

Sie hält ihn fest und durchforscht sein tief erblasstes und doch glühendes Gesicht mit den armen suchenden Augen.

Sie seufzt tief auf. Es klingt ihm wie ein Schluchzen. Schrecken erfasst ihn.

›Was hast du, Herrin?‹, stammelt er und verflucht zum tausendsten Male seine Blindheit. ›Was ist mit Djamileh?‹ Und mit einem Aufschrei, der ihr wie ein Messer durchs Herz fährt: ›Ist sie tot?‹

›Nein, nein!‹

›Ist sie krank? Hat Djaffar ...?‹

›Nein! Beruhige dich doch! Sie schläft. Sie schläft einen tiefen, magischen Schlaf, und nur du kannst sie daraus erwecken.‹

›Dann lass mich –‹

›Ahmad!‹ Nun klingen Tränen aus ihrer dunklen Stimme. ›Ich frage dich noch einmal: Willst du das Licht deiner Augen nicht wiedergewinnen?‹

›Um diesen Preis? Lieber sterben!‹ Er faltet die Hände: ›O Herrin, wenn du jemals geliebt hast und geliebt worden bist –‹

›Nimm an, es sei so.‹

›Dann hilf uns beiden um der Liebe willen!‹

Ihre Hand lässt ihn los, berührt seine Schulter.

›Geh!‹

Er geht. Brokat: der Vorhang. Dahinter: ein fremder Raum. Zwei Schritte: die Stufe. Hinauf. Der Schleier. Seine Hand zerteilt ihn zitternd. Der Rand eines Lagers. Er tastet behutsam. Er horcht. Da atmet ein Mensch. Ein Seufzer. Ein Flüstern: ›Djin! O Djin! Wann kommst du wieder zu mir?‹

Flüsternd antwortet er: ›Ich bin gekommen.‹

›Ach!‹ Traurig wendet Djamileh sich ab. ›Mein Traum! Und immer nur ein Traum!‹

›Kein Traum, Djamileh, Holdselige! Ich bin bei dir!‹

Sie schlägt die Augen auf. Sie sieht ihn an. Wo sind seine ach so geliebten Augen? Sie richtet sich in die Höhe.

Sie streckt die Hände nach ihm aus. Sie zittert: ›Djin! Warum siehst du mich nicht an? Warum sind deine Augen so traurig und so weit fort von mir? Erkennst du mich nicht?‹

›Erschrick nicht, du Geliebte! Ich bin blind!‹

›Blind –?!‹ Ihre Augen werden weit vor Entsetzen. ›Blind! Wie konnte das geschehen! Wer hat dir das angetan?‹

›Frage mich nicht, Holdselige! Wirst du mich weniger lieben, weil ich blind bin?‹

›Oh –!‹

Sie schlingt die Arme um seinen Hals. Sie drängt sich an ihn und schmiegt ihr Gesicht an seine Wange. Er fühlt, dass sie weint, und streichelt sie, stumm vor Gram und Entzücken. Seine dürstenden Lippen suchen ihren Mund und empfangen das Geschenk seiner Zärtlichkeit. Sie sprechen beide nicht mehr. Was sie fühlen, nach der Qual der Trennung und dem Schmerzglück des Sichwiederfindens, ist so aus dem tiefsten Born der Empfindung geschöpft, dass es alle armen Worte sprengen würde. Die ewige Frage der Sehnsucht: ›Liebst du mich?‹ bejahen ihre Küsse und sind Antwort genug.

Vor der Tür des Gemachs, in dem sie sich umschlungen halten, liegt ein wachsamer Hund und horcht nach drinnen und draußen.«

*

»Das Schiff mit den Purpursegeln liegt am Hafen und wartet auf seines Herrn Befehl. Djaffar späht nach der Brücke. Er sieht Halima, in schwarze Schleier gehüllt, aus der Sänfte steigen. Er geht ihr langsam entgegen. Sie ist blass wie der Tod und so atemlos, als sei sie Meilen und Meilen gelaufen. Aber auch einer Seele Wettlauf mit dem Unheil kann den Atem des Menschen erschöpfen.

Als Djaffars hohe Gestalt ihr in den Weg tritt, bleibt sie erschrocken stehen.

›Friede sei mit dir!‹, grüßt er sie spöttisch. Doch klingt seine Stimme sanft.

›Und mit dir, mein Gebieter!‹

›Nun?‹ Er mustert sie. Sie bebt in ihren Schleiern. Sie kommt von seinem Blick nicht los. ›Bringst du mir gute Nachricht?‹

›Sie ist aus ihrem Zauberschlaf erwacht.‹

Djaffars Lider zucken wie unter scharfem Licht.

›Dann ist ein Wunder geschehen! Wer hat es vollbracht?‹

›König Ahmad.‹

›Wer?‹

›König Ahmad.‹

Er holt scharf Atem.

›Es gibt keinen König Ahmad. Nur einen blinden Bettler, der von einem Hund geführt wird.‹

Unentwegt sieht die Frau dem Manne ins Gesicht.

›Muss er ewig ein blinder Bettler bleiben?‹

Djaffar lächelt: ›O nein! Nur so lange –‹

›Nur so lange …?‹

›Du weißt es, Halima. Bis ich die Prinzessin Djamileh in meinen Armen halte.‹

›Das ist dein unabänderlicher Wille?‹

›Hast du mich jemals wankelmütig gekannt?‹

›Du hast Recht.‹

Ihre weißen, mageren Hände, die Hände einer Frau, die in vielen langen Nächten schlaflos gelegen hat, ziehen den schwarzen Schleier fester zusammen, als fröre sie: ›Weißt du, was du tust? Du versuchst die Langmut des Himmels!‹

Sie streckt eine Hand, die wie ein Blatt im Winde bebt, gegen ihn aus: ›Du wirst sie erschöpfen, Djaffar. Hüte dich!‹

Er misst sie mit eisigen Augen von oben bis unten.

›Du bist es, die sich hüten muss! Du willst meine Pläne durchkreuzen. Das hat noch kein Lebendiger versucht, ohne es zu bereuen. Merke dir, Halima: Ich habe nicht die Langmut des Himmels! Du hast mir eine Zeit lang treu gedient. Das ist noch nicht vergessen. Sei froh darüber! Du weißt, wie ich strafen kann!‹

›Ich weiß es‹, murmelte sie und senkt den Kopf.

›Nun?‹

Wie aus dem Schlaf heraus fragt sie: ›Was erwartest du von mir?‹

›Gehorsam!‹

Ein düsteres Lächeln geht über das Gesicht der Frau: ›Ich werde gehorchen. Was befiehlst du?‹

Djaffar richtet sich auf. Sein Blick triumphiert. Er weiß, er hat gesiegt, wie er immer gesiegt hat.

›Du wirst Djamileh zu mir bringen, hierher auf mein Schiff!‹

›Ich –?‹

›Du!‹

Sie fährt sich mit der Hand über die Stirn, die schweißbedeckt ist: ›Und weiter?‹

›Du wirst zu ihr sagen: Auf dem Schiff ist ein Arzt, der Ahmad zu heilen vermag! Sie wird kommen! Was täte sie nicht um seinetwillen? Ich werde sie in meinen Armen halten –‹

›Und Ahmad –?‹

Sein Mund, der Mund des gefallenen Engels, verzieht sich in Hohn: ›Ahmad – wird wieder sehen!‹

Sie blickt vor sich nieder und wartet. Da er nicht weiterspricht, fragt sie: ›Das ist alles?‹

Djaffar scheint überrascht. ›Ja, das ist alles! Ist es nicht genug?‹

Die Frau holt langsam Atem: ›Es ist fast zu viel. – Und dann gehst du in See?‹

›Ja!‹

›Mit der Prinzessin von Basra an Bord?‹

›Ja!‹

›Und was wird aus mir?‹

Mit einem Ausdruck von Hochmut und Spott verneigt sich Djaffar vor ihr.

›Du hast vollste Freiheit, über dich und alle Schätze meines Hauses zu verfügen!‹

Halima lacht vor sich hin. Ihr Gesicht ist ein Stein:

›Du bist die Großmut selbst! Ich danke dir!‹

Und sie verneigt sich und wendet sich zum Gehen.

›Bring den Hund mit!‹, ruft er ihr nach.

Abu der Hund erhebt sich rasch von der Schwelle, als Halima fliegenden Fußes ins Zimmer tritt.

›Ahmad! Schnell! Du musst fort! Der Herr des Hauses kommt. Er darf dich nicht sehen – oder wir alle sind verloren! Geh mit den Dienerinnen, sie werden dir zeigen, wo du dich verbergen kannst! Um Allahs willen, nur schnell! Lass den Hund bei ihr!‹ Sie greift nach dem Strick, den Abu am Halse trägt. Zornig und ängstlich winselt der Hund. Die vielen Frauen, die durcheinander laufen und rufen, verwirren ihn. Warum lässt man ihn nicht bei seinem Herrn?

Verzweiflungsvoll klammert sich Djamileh an den Geliebten.

›Um Allahs willen, lass mich nicht wieder allein!‹

›Um Allahs und des Propheten willen, Ahmad, beeile dich!‹, ruft Halima und ergreift seine Hand. ›Wenn der Gebieter dich hier findet, wird er dich töten und Djamileh töten – es gibt keine Rettung vor ihm und seiner Rachsucht!‹

›Lass ihn mich töten!‹ Djamilehs Augen flammen die Drängende an. ›Lieber tot sein als getrennt von dem Geliebten!‹

›Und er?‹ Halima zieht sie beiseite und beugt sich nahe zu Djamilehs Ohr. ›Willst du ihn retten? Willst du, dass er wieder sehen kann, dass er weiterlebt und – wenn Allah ihm gnädig ist – zurückkehrt auf seinen verwaisten Königsthron? Denn er ist ein König – ein König, von Djaffar vertrieben! Und du allein kannst ihm helfen, Königstochter von Basra! Du allein!‹

Djamilehs Augen bohren sich in die Augen Halimas.
›Sprichst du die Wahrheit?‹
›Ja!‹
›Schwöre!‹
›Ich schwöre!‹
›Bei deinem Leben?‹
Halima lacht.

›Das wäre eine schlechte Bürgschaft! Nein, Djamileh! Ich schwöre bei der Gerechtigkeit Allahs, deren Hand ich sehe, wie sie sich ausstreckt gleich der Pranke des Löwen, um den zu erschlagen, der sie beleidigt hat! Komm, Ahmad! Merke dir diesen Namen, Prinzessin! Sage ihm, dass er sich retten soll – für dich! Höre, Ahmad, lass deinen Hund zum Schutz der Geliebten hier! Und geh nun, geh!‹

›Geh, Ahmad, geh, mein Geliebter!‹, weint Djamileh.
›Du schickst mich fort?‹, fragt der Mann in Bitterkeit.
›Freilich, was nützt dir der Schutz eines blinden Bettlers!‹
›Sprich nicht so, mein Geliebter! Rette dich für mich! Ich bin dein! Weißt du nicht, dass ich dein bin? Weißt du nicht, dass ich sterbe, wenn dir noch mehr Leid widerfährt? Nimm mich noch einmal in deine Arme! Küsse mich!

Nimm meine Seele in diesem Kuss! Gib mir die Hand! Hier, Halima, seine Hand! Führe ihn! Schütze ihn! Hilf ihm und mir, Halima!‹

Schluchzend reißt sie sich los und fällt zu Boden, birgt die Hände unter ihren Knien, um der Versuchung, sich an dem Geliebten festzuklammern, besser zu widerstehen.

Ahmad hört, wie sie weint. Sein Herz zerreißt in der doppelten Qual um ihrer Tränen, um der Trennung willen.

Er fühlt den Kopf des Hundes, der sich verzweifelt winselnd an seine Knie drängt. Er streichelt ihn, drückt ihn von sich: ›Bleibe bei ihr, Abu! Schütze sie, wenn es Not tut, denn ich kann es nicht!‹ Und er lässt sich von verängstigten Frauenhänden fortziehen und hört noch, wie hinter ihm das Weinen der Geliebten und das Aufheulen des Hundes zusammenklingen in einen Jammerlaut. Wäre er nicht schon blind gewesen, die Tränen, die ihm Schmerz und Zorn entpressen, hätten ihn geblendet.

Djamileh sieht ihm nach, die Arme um den Hals des Hundes geschlungen, der verbittert der unerwünschten Zärtlichkeit widerstrebt. Aber dann fällt ihm der Befehl des geliebten Herrn ein, und er fügt sich seufzend. Er soll die Frau beschützen! Er wird es tun! Aber wie kann er sich mit ihr verständigen? Und wenn er könnte: Wer hört auf einen Hund?

Halima blickt auf die beiden nieder, die am Boden kauern.

›Prinzessin‹, sagt sie halblaut, ›willst du, dass dein Geliebter sehend wird?‹

›Das fragst du noch?‹

›Ich kenne einen Arzt, der kann ihn heilen.‹

›Wo?! – Hier in Bagdad?‹

›Nicht in Bagdad selbst, doch ganz in der Nähe!‹

›Ich frage dich noch einmal: Sagst du die Wahrheit?‹

›Zweifelst du daran?‹

›Ja!‹

›Oh! Du bist sehr aufrichtig.‹

›Sei du es auch!‹

Die Blicke der beiden Frauen messen sich. Halima ist totenblass.

›Hast du vergessen, dass ich geschworen habe bei der Gerechtigkeit Allahs?‹

›Das ist wahr. Verzeih, ich hatte es vergessen.‹

›Allah wird es nicht vergessen. Komm! Ich führe dich!‹

›Sagtest du nicht, dein Gebieter sei gekommen? Musst du ihn nicht erwarten? Wird er dir nicht zürnen, wenn er hier erscheint und dich nicht findet?‹

›So oder so, er wird mir zürnen. Ich habe nur die Wahl zwischen seinem Zorn und dem Zorn des Erhabenen, der meinen Schwur gehört hat. Komm!‹

›Und der Hund?‹

›Geht mit dir.‹

Und sie gehen. Diesmal befiehlt Halima nicht die Sänfte. Sie wirft der Prinzessin den Schleier über. Sie verschleiert sich selbst. Weiß sind Gewand und Schleier Djamilehs. Halimas Schleier sind schwarz. Sie gehen zum Hafen.

›Wohnt der Arzt bei den Fischern?‹, fragt die Prinzessin.

›Nein. Auf einem Schiff. Auf dem Schiff mit den Purpursegeln. Du kannst es von hier aus sehen.‹

›Ich sehe die Schiffsleute in den Wanten. Es scheint, sie rüsten zur Fahrt.‹

›Du hast Recht. Wir müssen uns beeilen.‹

Mit gesenktem Kopf beschleunigt Halima die Schritte. Djamileh hält sich dicht an ihrer Seite. Der Hund umkreist sie ruhelos. Ein rauer Gesang klingt vom Schiff herüber. Abu kennt ihn. Schmerzlich heult er auf. ›Ich möcht' ein

Seemann werden, segeln übers Meer!‹ Ach, was ist aus deiner Sehnsucht geworden, du kleiner Dieb von Bagdad? Wo mag Sindbad der Seefahrer sein, der dich mitnehmen wollte zu den Wundern Indiens und der Fernen Inseln? Jetzt bist du ein Hund und der Hüter einer Frau, zwei Gründe, um mürrisch und betrübt zu sein. Und der dritte ist, dass man dich von deinem Herrn getrennt hat und dass er selbst es war, der dich weggeschickt hat, der blinde Bettler Ahmad.

Der Duft des Meeres steigt ihm in die Nase. Der Duft von Wasser, von geteertem Holz, von Fischen, Tang und Fäulnis, fremden Gerüchen, fremden Früchten, Duft vom Horizont, den der Seewind auf den feuchten Schwingen mitbringt, um sich in die Seele derer, die es nach Abenteuern gelüstet, wie in ein großes Segel hineinzuwerfen. Immer schwankt die Sehnsucht der Menschen zwischen zwei Zielen: den Anker aufzuholen im Hafen, den Anker auszuwerfen im Hafen. Sehnsucht ersehnt das eine wie das andere. Und die auf dem Meere bleiben, sind an der Sehnsucht zugrunde gegangen. Allah sei ihnen gnädig!

Der Hund Abu vergisst zum ersten Mal in seinem doppelten Sein als Dieb und als Hund das oberste Gesetz der Diebe und Hunde: Vorsicht. Ihn locken das Schiff und hinter dem Schiff das Meer zu stark. Er läuft Djamileh und Halima weit voraus, springt, fröhlich kläffend, über den Schiffsrand, fröhlich kläffend über die Schwelle eines weit offenen Raumes – und stürzt kopfüber in die Tiefe.

›In die Falle gegangen! Brav!‹, sagt eine Stimme, bei der sich alle Haare des Hundepelzes einzeln sträuben. Eine Schlinge fällt über seinen Kopf. Ein Sack umstülpt ihn. Er schnappt wie ein Rasender um sich, geifernd vor Wut, dass er, der Freund seines Freundes Ahmad, dem Ahmad einen Auftrag gegeben, dem er, verlockt von eigenen Zielen, für eine kleine, winzige Weile, die doch zu lang war, untreu geworden ist, dass er, sage ich, der Schlaueste der Schlauen, in eine so plumpe Falle gegangen ist. Nein, nicht gegangen – gelaufen, gerannt, mit allen vier Pfoten und fröhlich wedelndem Schwanz. Er wirft sich hin und heult in lang gezogenem Heulen, wie Wölfe den Mond anheulen, dass dem, der es hört, das Blut in den Adern gerinnt. Er heult nach Djamileh und Halima: eine Schande, wahrhaftig, für Abu den Dieb und den Hund, nach zwei Frauen zu heulen, zur Warnung für sie und um Rettung für sich! Eine Schande!

›Stopf ihm das Maul!‹, sagt die eisige Stimme, die er nur zu gut kennt. Ein Knüppel kracht ihm auf den Schädel. Nun liegt er lang gestreckt im Dunkel des Sacks und ist still. Denn man muss wissen, wann man heulen und wann man still sein muss, um an sein Ziel zu kommen, und Ihr glaubt nicht, Freunde, wie wenig Geschöpfe von allen geschaffenen wissen, wann das eine und wann das andere besser ist!

So viel von Abu! Jetzt müssen wir zu den zwei Frauen zurückkehren, die dem Schiff zustreben. Sie sind beide verstummt, und je näher sie den purpurnen Segeln kommen, umso düsterer brennen die Augen Halimas, umso ängstlicher schlägt das Herz der Prinzessin. Auf diesem Schiff soll der Arzt sein, der Ahmad heilen kann. Djamileh zweifelt nicht, denn Halima hat geschworen, einen Schwur, den niemand bricht, der Allah in Ehrfurcht bekennt. Aber welchen Preis wird er fordern, der fremde Arzt? Wo sind die Schätze geblieben, die der Hakim, der sie in Schlaf versenkte, zurückgewiesen hat? Welcher Mittel bedarf es, um Heilung zu erzielen? Wird es lange dauern, sie zu brauen? Denn sie weiß und ermisst es an ihrem eigenen Herzen, wie sich Ahmad, der geliebte Blinde, danach sehnt, dass sie sich wieder sehen! Wieder sehen! Ja, sehen! Seligkeit der Verheißung: Er wird sie wieder sehen! Gibt es ein Opfer, das zu groß ist für dieses Wiedersehen? Keines!

Sie betreten das Schiff. Kein Mensch kommt ihnen entgegen. Aber Halima scheint gut Bescheid zu wissen. Sie fasst nach der Hand Djamilehs und zieht sie mit sich fort. Sie bleibt wieder stehen, so dicht vor ihr, dass Djamileh die düstergoldenen Pünktchen in der nachtschwarzen Iris Halimas zählen könnte.

›Sprich nicht!‹, haucht sie. ›Und was auch geschieht: Hüte dich vor der blauen Rose!‹ Sie schlägt einen Vorhang zurück und verneigt sich tief: ›Tritt ein!‹

Djamileh gehorcht, verwundert über die Warnung Halimas nachdenkend. ›Hüte dich vor der blauen Rose!‹ Ist eine blaue Rose das Mittel zur Heilung Ahmads? Und wenn sie es ist, wie darf sie sich vor ihr hüten? Sie sieht sich um. Ein großes, schönes Gemach, aus Sonnensegeln gebildet, umgibt sie. Alles ist still. Nur von draußen, hoch oben, tönt der Gesang der Schiffsmannschaft. Der Leib des Schiffes bebt. Wo bleibt der Arzt? Wo bleibt Halima? Und – jetzt erst fällt er ihr ein! – wo bleibt Abu, der Freund ihres Freundes und ihr Beschützer?

Den holt eine grobe Faust aus dem Sack heraus und hebt ihn hoch wie einen jungen Wolf. Noch halb betäubt vom Schlag des Knüppels, der ihn getroffen hat, blinzelt Abu der Hund ins Licht. Sein Körper spannt sich mit einem wütenden Ruck. Er schnappt nach der Faust, die ihn im Genick gepackt hält – vergebens, sein Hals ist zu kurz. Ein grünes Flackern kommt in seine Augen. Ein knurrendes Keuchen kommt aus seiner Brust. Denn vor ihm steht Djaffar, der Feind seines Herrn und der seine, und lächelt, wie nur Djaffar zu lächeln versteht.

Der Mann, der Abu gepackt hat, braucht all seine Kraft, um den Hund zu halten, der in Wutkrämpfen zuckt.

›Komm näher!‹, winkt Djaffar dem Manne. ›Noch näher! Gut so! Nun, Abu, Dieb von Bagdad? Wie gefällt dir dein Leben als Hund? Unerträglich, nicht wahr? Wir wollen gnädig sein und ihm ein Ende machen!‹ Und er gibt dem Mann einen Wink: ›Wirf ihn über Bord, den Sohn und Enkel von Kötern!‹

Der Mann gehorcht nur zu gern. Einen Atemzug später klatscht ein Hundekörper neben dem Schiff mit den Purpursegeln ins Wasser, versinkt, taucht auf, versinkt ...

Ein Boot voll Wassermelonen ist kurz zuvor mit einem Fischerboot zusammengestoßen. Die dunkelgrünen Früchte tanzen auf den kurzen, geschwätzigen Wellen. Wer unter ihnen schwimmt, ist gut verborgen.

Djamileh hat gehört, dass etwas und nichts Leichtes ins Meer geworfen wurde. Unruhe befällt sie, schlimmer als zuvor. Sie will nach Halima suchen und dreht sich um.

Vor ihr steht Djaffar.

Sie ist vor Schreck wie gelähmt.

Er lächelt, verneigt sich: ›Sei willkommen, Prinzessin von Basra! Friede sei mit dir!‹

Sie schließt die Augen und befiehlt ihrem Herzen: ›Sei ruhig! Sei ruhig! Es geht nicht um dich, es geht um Ahmad, den König, der blind ist und wieder sehen, der ein Bettler ist und wieder König werden soll! Was sonst ist wichtig? Nichts!‹

›Ich wusste nicht, dass ich dir auf diesem Schiff begegnen würde, Djaffar!‹

›Hat man dir nicht gesagt, dass es mir gehört?‹

›Nein.‹

›Warum bist du dann gekommen?‹

›Man sagte mir, auf diesem Schiff sei ein Arzt –‹

›Bist du krank, Prinzessin?‹

›– der einem blinden Mann das Augenlicht wiedergeben könnte ...‹

›Man hat dir die Wahrheit gesagt.‹

›Wo ist der Arzt?‹

›Er steht vor dir, Prinzessin.‹

Djamileh schweigt und sieht ihn aus weit geöffneten Augen an. Ihr Herzschlag rast, wie ihre Gedanken rasen. Djaffar kommt langsam näher. Sie weicht nicht zurück. Sie denkt an den Schwur Halimas und an die Hand der Gerechtigkeit Allahs, und sie vertraut, wenn auch zitternd, dem Schwur und der Hand.

›Bist du der Arzt, der den blinden Bettler heilen will?‹

›Will? Herrin, das steht bei dir! Allein bei dir!‹

›Spottest du?‹

›Fern sei das von mir!‹

›Was also muss ich tun?‹

›Es ist sehr leicht, Djamileh! Ahmad, der blinde Bettler, wird wieder sehen, sobald ich dich in meinen Armen halte.‹

Eine Stille tritt ein. Der Schrei einer Möwe zerreißt sie. Eine Ankerkette klirrt und spannt sich. Die Winde kreischt.

Djamileh fährt sich mit der Hand über die Stirn. Sie fühlt es. Sie träumt also nicht. Vor ihr steht Djaffar und wartet. Worauf wartet er? Auf eine Antwort, so scheint es. Antwort von ihr.

›Willst du mir, was du eben gesagt hast, Djaffar, noch einmal sagen?‹, fragt sie höflich.

›Gern, Rose von Basra! Gern, Djamileh! Ahmad, der blinde Bettler, wird wieder sehen, sobald ich dich in meinen Armen halte!‹

Es ist also wahr. Sie fiebert nicht. Sie träumt nicht. Djaffar hat gesprochen, einmal wie das andere Mal. Ahmad, der blinde Bettler, wird wieder sehen ... Sie seufzt sehr tief, sehr leise auf. O Allah, o Allerbarmer ...! Sie denkt an den blinden Bettler, sieht ihn vor sich. Das viel geliebte Gesicht, das ihr zuerst im klaren Spiegel des Wassers zwischen blau blühendem Lotos erschienen ist, ein zärtlich lächelnder Djin. Kein Djin – ein Mann, der sie in den Armen hielt und Worte sagte, die unvergesslich sind ... Wie sagte er? ›Seit Anbeginn der Zeit – bis zum Ende der Zeit!‹ War das Ende der Zeit gekommen? Fast schien es so. Für sie, die Prinzessin Djamileh, war die Zeit erschöpft. Es gab nichts mehr, das sie von der Zeit oder Ewigkeit – ist beides nicht eins? – zu erwarten hatte. Sie stand am Ende von allem.

Sie konnte noch einmal eine Frage stellen, nur, um Gewissheit zu bekommen – nein, das war Lüge, nur um die Gewissheit ein paar arme Sekunden hinauszuzögern.

›Es gibt keinen anderen Weg für ihn oder mich?‹

›Nein, meine weiße Taube!‹

›Und wie, wenn du nicht Wort hältst?‹

›Worauf soll ich schwören?‹

Sie sieht ihn verzweifelt an.

›Du hast Recht. Worauf soll ein Mann wie du schwören? Bei einem redlichen Mann genügt ein Wort und ein Handschlag. Bei einem Mann, der mit allem, was er denkt, spricht und tut, des Ewigen spottet, wiegt ein Schwur nicht mehr als ein versengtes Haar.‹

›Ist es klug von dir, du unversehrte Perle, mich zu beleidigen?‹

›Vielleicht‹, sagt Djamileh leise, ›hoffte ich, du würdest mich töten im Zorn. Du hast es nicht getan. Ich beuge mich deinem Willen und bete, dass Allah, der Alleswissende, mir ins Herz sieht.‹

Sie schließt die Augen und senkt den Kopf wie eine welkende Blume. ›Allah erbarme sich meiner! Komm, Djaffar, nimm mich in deine Arme!‹

Nun, meine Freunde, seien wir gerecht! Djaffar, der Herr des Schiffes mit den Purpursegeln, ist ein halber Teufel, und vielleicht mehr als ein halber. Er hat Ahmed, seinen König, ins Elend gebracht, er martert sein Volk, er verprasst den Reichtum des Landes, es gibt nichts, das er nicht verraten würde, wenn der Verrat für seine dunklen Zwecke nötig wäre. Er ist ein Zauberer und weiß um Dinge, die nach dem Willen Allahs verborgen sind und es ewig bleiben sollten. Raub und Mord sind seine Spielgefährten. Er hat von allen Lastern die Hefe getrunken. Er ist ein Verlorener.

Aber eins ist gewiss: Er liebt Djamileh. Es ist eine düstere, eine verzweifelte Liebe, ruchlos und gnadenlos – doch Liebe ist es. Vielleicht, dass der Frevler Djaffar vom Pfade der Verdammten zurückzurufen war, wenn dieser unseligen Liebe das Lächeln Djamilehs geantwortet hätte. Aber ihr Lächeln galt einem anderen. Und meine Freunde, glaubt mir: Ein liebendes Weib ist weich wie ein Rosenblatt für die Hand des Geliebten, doch dem Ungeliebten eine Dornenranke, und ein glücklos Liebender ist sehr verwundbar. Aber das rührt die glücklos Geliebte nicht.

Djaffar streckt die Arme nach Djamileh aus. Sie wehrt sich nicht, schrickt nicht vor ihm zurück, als er sich ihr nähert. Er hält sie an seinem Herzen. Und da –

Doch nein, nichts mehr von Djaffar und Djamileh! Wir müssen zurück zu Ahmad, dem blinden Bettler. Er sitzt im Kreise der Dienerinnen im Hause Djaffars und hat den Kopf zwischen seinen Händen vergraben. Er wartet. Wartet auf Halima, auf Djamileh, auf Abu. Das Flüstern und Kichern der Frauen um ihn her foltert ihn bis aufs Blut, dass er stöhnen möchte. Er drückt die Hände über beide Ohren, um nichts mehr zu hören, wie er nichts mehr sieht. Und so hört er auch das ferne Brausen nicht, das vom Hafen her kommt, nicht das Rennen von zahllosen Füßen einer flüchtenden Menge, die mit hellem Geschrei auseinander stiebt. Er ahnt ja die Ursache nicht und nicht, wie nahe sie ihn angeht.

Denn plötzlich ist aus dem Wasser des Hafens ein Hund gesprungen, ein Hund mit dickem Fell, der Hund des blinden Bettlers – wer kennt ihn nicht? Wen hat er nicht schon einmal gezwickt oder angeknurrt oder, falls in die Schale des Bettlers ein Silberstück fiel, den Spender angewedelt oder gar ihm die Pfote gegeben? Und nun! Was geschieht vor den sehenden Augen der Leute, von denen der Hafen wimmelt? Der Hund, dem Wasser entsprungen, schüttelt sein dickes Fell, dass die Tropfen sprühen, und ist – Allah bewahre uns vor dem neunmal gesteinigten Teufel und dem Schrecknis der Zauberei! – kein Hund mehr, sondern ein Mensch, ein Junge! Ein – Allah segne unsere Augen! – ein allzu wohl bekannter Junge: Abu, der Dieb von Bagdad!

Die Menschen, die eben noch entsetzt auseinander spritzen, kehren, von Neugier gestachelt, zurück, um das Wunder anzustaunen. Aber Abu, der Wiedergekehrte, kümmert sich nicht um die Leute, ob sie nun den Himmel mit hochgeworfenen Armen lachend und schreiend zum Zeugen der Allmacht Gottes anrufen – und wahrlich, es ist kein Gott außer Gott, und Mohammed ist sein Prophet! – oder ob sie, früherer Erlebnisse eingedenk, die frisch gebratenen Fische, das frisch gebackene Brot, die frisch gepflückten Trauben in Sicherheit bringen. Abu hat nur einen Gedanken im Kopf – und das ist Ahmad. Er fängt zu laufen an und läuft auf nur noch zwei Beinen kaum weniger schnell als vorher mit vier und schreit, sobald er das Haus erblickt, in dem er Ahmad, seinen Freund, verließ, aus Leibeskräften: ›Ahmad! Ahmad!‹

Der Lärm der Gasse, das Rennen, das Rufen Abus dringen in das kühle Gemach der Dienerinnen. Sie laufen ans hölzerne Gitterwerk der Fenster, sie stecken die Köpfe übereinander und stauen sich an der Tür, die sie nur zu gern geöffnet hätten, doch den Mut dazu nicht finden, denn Halima ist streng.

Die steigende Unruhe drin und draußen dringt endlich auch in Ahmads gefangenes Bewusstsein. Er lässt die Hände von den Ohren, hört sich bei Namen rufen, von einer Stimme, die er in sehr verfluchten und sehr gesegneten Stunden oft gehört hat, und hebt den Kopf und schreit, springt auf und schreit in rasendem Jubel: ›Ich sehe! O Allah, ich sehe!‹ und gleich darauf, in rasender Verzweiflung: ›Ich sehe, o Allah, ich sehe! Ich sehe! Ich sehe!‹

Die Dienerinnen, die Unverschleierten, flüchten entsetzt und bestürzt, vom Wunder erschreckt, und durch die Flüchtenden drängt sich der Dieb von Bagdad, rücksichtslos mit groben Ellbogen rechts und links Püffe austeilend, dass die Getroffenen aufjammern, aber was kümmert das ihn? Er will zu seinem Freund, zu seinem Freund Ahmad.

Der stürzt ihm entgegen.

Abu jauchzt auf: ›O Wunder, Ahmad! Du siehst?‹

›Ja! Ich sehe! Und du, Abu, mein Freund, bist nicht länger ein Hund! Verflucht sei dieser Tag! Verflucht sei der Schoß, verflucht die Stunde, die mich geboren hat!‹ Er schlägt mit der Stirn an die Marmorsäule, die das Gewölbe trägt. ›O Djamileh! Djamileh! Mein Glück! Mein Leben! Mein Alles! Wäre ich doch gestorben, bevor ich dich zum ersten Male sah! Wäre ich doch als blinder Bettler zugrunde gegangen! Die Qual des Sehens, o Allah, o Erbarmer, des Sehens um diesen Preis wäre mir erspart geblieben!‹

Und er wirft sich stöhnend auf die Stufen, die zu den Fenstern führen, und rauft sich das Haar.

›Nun, wahrhaftig, das nenne ich Freundschaft!‹, sagt Abu und rüttelt ihn an der Schulter. ›Statt froh zu sein, dass du wieder siehst und dass ich kein Hund mehr bin –‹

›O Abu, verzeih mir! Verzeih mir! Du weißt, was du mir bist! Du weißt, wie lieb ich dich habe! Aber der Preis ist zu hoch. Er macht mich dreifach zum Bettler und dreifach elend!‹

Ein Gedanke durchzuckt ihn, er steht auf und sieht sich um: Wo ist Halima?

›Vielleicht noch auf dem Schiff.‹

›Auf welchem Schiff?‹

›Auf dem Schiff mit den Purpursegeln, Djaffars Schiff!‹

›Djaffars –?‹ Er packt den Freund an den Schultern. ›Djaffar auf einem Schiff?‹

›Das eben den Anker lichtet!‹

›Und Djamileh?‹

›Ist an Bord!‹

›Mit Djaffar?‹

›Mit Djaffar!‹

›Gott, Ewiger, behüte meinen Verstand! Drehe die Zeit um eine Stunde zurück! Lass mich wieder erblinden, aber dulde nicht, dass Djaffar die Frau, die ich liebe, anrührt, dass er Djamileh in seine verfluchten Arme nimmt! Oh! Der Gedanke brennt mir das Hirn aus! Wie kam sie auf das Schiff? Mit Halima – ja? Das veruchte Weib! Und du? Warum hast du dies Ärgste nicht verhindert? Du solltest sie beschützen, Abu! Ist das dein Schutz?‹

›Wenn du, statt zu toben und zu jammern, auf mich hören wolltest‹, sagt Abu gekränkt und stopft die kleinen Kuchen in sich hinein, die vom Mittagsmahl der Dienerinnen übrig geblieben sind, ›dann würdest du einsehen, dass man ein tüchtiges Schiff wie den Dreimaster Djaffars nicht mit Flüchen einholt, sondern allenfalls mit einem scharfkieligen Boot, bedient von zwei hellen Köpfen und vier kräftigen Fäusten. Jeder Augenblick, den du hier noch versäumst, ist Wind in die Segel Djaffars!‹

›Du hast Recht! Zum Hafen!‹ Und schon davoneilend, merkt Ahmad nicht, dass der kluge Freund seinem Namen alle Ehre macht, indem er sich die Hosentaschen füllt mit dem, was klein an Gewicht und groß an Wert ist.

Ahmad läuft aus dem Haus durch Bazar und Gassen zum Hafen. Manch einer, den er fast über den Haufen rennt, sieht ihm schimpfend nach und denkt verdutzt: ›Wo hab' ich den schon gesehen?‹ Die niemand kannte, seine Augen, täuschen die Erinnerung der Bewohner von Bagdad.

Sein brennender Blick, von Liebe und Hass geschärft, überstürmt das Meer, die Weite des ruhigen Wassers. Ein Schiff mit purpurnen Segeln strebt breitbrüstig hinaus.

Auf der Hafenbrücke steht eine Frau, allein, von schwarzen Schleiern verhüllt, und sieht dem Schiff mit den Purpursegeln nach. Ahmad stürzt zu ihr hin. Er hat sie noch nie mit sehenden Augen erschaut und kennt sie doch.

›Du bist Halima?‹

›Ja.‹

›Das Werkzeug Djaffars?‹

›Sein Werkzeug, ja.‹

›Du hast sie Djaffar in die Hände gespielt, die Jungfrau, die ich mehr als mein Leben liebe, die mir bestimmt war vom Anbeginn der Zeit?‹

›Um deinetwillen, Ahmad!‹

Er gräbt die Zähne in die Lippe, dass sie blutet. Sein Gesicht, von Qual verdunkelt und verzerrt, beugt sich nahe zu ihr.

›Sei verflucht, Halima!‹, sagt er leise.

›Das bin ich, Ahmad!‹ Und, sich von ihm wendend: ›Bete für mich!‹

Es ist etwas im Klang ihrer dunklen Stimme, das durch die Betäubung des Schmerzes in Ahmads Seele dringt. Ahmad schaut ihr nach, wie sie, eng eingehüllt in ihre schwarzen Schleier, durch die Gasse der Fischer davongeht und im Gewölbe des Bazars verschwindet. Erst Abus helle Stimme, die ungeduldig nach ihm ruft, weckt ihn aus der Erstarrung auf. Er schickt seine Augen über das Meer, das glatt ist wie Seide. Gleich einem purpurnen Schwan gleitet das Schiff von Djaffar in die Sonne hinein.«

*

»Nun wollt Ihr wohl hören, wie der Dieb von Bagdad es anfängt, sich, seinem Ruhm entsprechend, eines guten Bootes, ja, wenn irgend möglich, des besten von allen zu bemächtigen, ohne dass der Eigentümer es merkt. Aber – o Wunder der Wunder! – der Dieb von Bagdad stiehlt das Boot nicht, nein, er bezahlt es bar, woraus man vielleicht ersehen könnte, dass mancher kleine Dieb nicht stehlen würde, wenn er nur Geld zum Bezahlen hätte. Auch macht er den Handel richtig, ohne lange zu feilschen, denn auch er sieht die Segel Djaffars versinken im Horizont und findet, dass Zeit jetzt mehr wert sei als der sonst beträchtliche Triumph, einen zähen Verkäufer hirnlahm zu reden und zu guter Letzt noch hineinzulegen. Dass er das beste Segelboot des Hafens mit Golddinaren bezahlt, die aus dem Säckel Djaffars stammen, erhöht nur seine Freude an dem Kauf, und wahrlich, Abu wäre, wie er ins Boot hineinspringt, vollkommen glücklich gewesen und hätte lauthals sein Lieblingslied gesungen, wenn nicht ein Blick ins Gesicht seines Freundes ihm abgeraten hätte.

Denn Ahmads Gesicht ist grau wie der Staub der Straße. Nur ein dünnes Rinnsal roten Blutes sickert von der durchbissenen Lippe über sein Kinn. Und aus den Augen, die sich kaum dem Licht des Tages wieder geöffnet haben, glüht zwiefaches Verlangen: zu töten und zu sterben. Schweigend lenkt Abu das Boot aufs Meer hinaus, dem schwebenden Ziel der Purpursegel nach, und der Wind, ein spielerischer Wind, treibt es ehrgeizig rascher und rascher von dannen.

Ich aber, Freunde, fühle mich recht beklommen, wenn ich an Halima denke – mit gutem Grund! Sie geht nach Hause. Aber ist es denn ein Zuhause? Was macht ein Zuhause aus? Die Mauern nicht und nicht das Dach, die Teppiche nicht und nicht Diwane und Kissen, der Brunnen voll kühlen Wassers im Hofe nicht und nicht die rosenfüßigen Tauben, die ihn umgurren, und auch nicht der Überfluss an Sklaven, an Gold, an Schmuck und prächtigen Kleidern. Ein Mensch muss uns erwarten, wenn wir nach Hause kommen. Sein Blick muss uns sagen: ›Wie schön, dass du wieder da bist!‹ Wir wollen hören, dass wir vermisst worden sind, dass die Stunden der Trennung bleierne Schuhe hatten und dass die Stunden, die nun vor uns liegen, Stunden der Fülle sein sollen, reich an Schätzen der Zärtlichkeit und des innigen Zueinander-Gehörens, bis der Schlaf uns den Becher des Glücks von den Lippen nimmt, bis wir entschlummern mit der frommen Gewissheit: ›Morgen! Morgen ist wieder ein Tag mit dir!‹

Halima aber tritt in ein Haus, das ganz öde erscheint. Denn der Herr des Hauses wird es nie mehr betreten. In den dämmernden Winkeln scheint noch ein Echo seiner Schritte, seiner Stimme sich verborgen zu halten und darauf zu warten, dass es wieder geweckt, wieder lebendig wird. Aber es wartet vergebens. Die Stille ringsum raunt: Nie wieder! Nie wieder! Und so stirbt das Haus, langsam, zu Tode betrübt.

Halima ruft ihre Dienerinnen zusammen und verteilt an die ganz Verstörten Hände voll Gold. Sie heißt sie gehen. Sie sind frei. Sie, Halima, bedarf ihrer Dienste nicht mehr. Viele Tränen fließen, denn so streng Halima sein konnte, sie war auch großmütig und nie launenhaft, und wenn ihr eigenes Herz hochauf in Freude schlug, dann war es ein verschwenderisches Herz, das frohe Gesichter um sich schaffen wollte. Jetzt hat sie ein Gesicht wie aus Basalt, dass man nicht begreift, wie es jemals lächeln konnte, und sie ist den Dienerinnen so fremd, dass sie schaudern vor der fremden Frau.

Nun sind sie gegangen, und Halima ist allein. Sie blickt nach der Sonne, die untergehen will, und ein Frösteln erfasst sie, aber sie zögert nicht. Sie legt die schweren Riegel der Haustür vor und lässt nur das Seitenpförtchen offen, zu dem am Morgen der Milchverkäufer die Ziegen treibt, um mit ihrem Gemecker niemandes Schlaf zu stören. Sie füllt das Marmorbecken im Harem mit frischem Wasser und legt ihr Gewand ab. Sie facht das Feuer auf dem Herd an und verbrennt das Gewand. Sie taucht sich ins kühle Wasser bis über den Scheitel. Siebenmal taucht sie unter und spricht dabei stumm und inbrünstig die Gebote des Propheten – gepriesen sei sein Name! –, der Reinheit fordert des Leibes und der Seele. Sie wringt ihr Haar aus, flicht es eng in Zöpfe und umwindet es mit langem schwarzen Gebinde. Sie kleidet sich ganz in Schwarz. Sie nimmt keinerlei Schmuck. Sie geht auf nackten Füßen, wie Büßerinnen es tun. Sie wählt von ihren Schleiern den dichtesten und hüllt sich vom Scheitel bis zu den Knöcheln hinein. Wenn Ihr das Gesicht der Frau sehen könntet, wie es, krank von Geheimnissen, zwischen den Schleiern steht, Ihr würdet begreifen, warum sie zu Ahmad sagte: ›Bete für mich!‹

Nun ist sie fertig. Sie schaut sich um. Hat sie etwas versäumt? Ist etwas ungetan geblieben? Ja. Noch glüht das Feuer auf dem Herd. Sie löscht es mit Wasser, bis auch das letzte Fünkchen erloschen ist. Sie zählt, was ihr an Gold verblieb. Es reicht gewiss zu dem Kauf, den sie vorhat. Sie nimmt die Rotlacktruhe, die den Schatz der Prinzessin von Basra enthält, und deckt den Schleier darüber. Sie verlässt Djaffars Haus durch die kleine Seitenpforte, schließt sie ab und wirft den Schlüssel über die Mauer. Ohne noch einmal zurückzublicken, wendet sie dem verödeten Haus den Rücken und geht rasch auf nackten Füßen zu der Wohnung des Hakims, dem Djamileh vertraut.

›Er ist nicht daheim‹, antwortet seine Schwester erschrocken der Frage Halimas und starrt sie an, als stünde vor ihr ein Bote aus einer fremden und schrecklichen Welt. ›Doch kann es nicht mehr lange dauern, bis er zurückkommt. Willst du ihn hier erwarten, Herrin? Du siehst müde aus.‹

›Nein‹, sagt Halima. ›Ich bin auf einem Wege, der rasch gegangen werden muss, ohne Aufenthalt und ohne Rast. Ich bringe euch hier den Schatz der Prinzessin von Basra. Nehmt ihn in euren Schutz. Bewahrt ihn für Djamileh! Wenn Allah mir gnädig ist, wird der Tag kommen, da die Prinzessin von Basra wiederkehrt in den Hafen von Bagdad. Dann suche sie auf, gib ihr die Truhe und grüße sie von Halima. Und‹, fügt sie mit dem einsamen Lächeln derer hinzu, die immer geben und nie zurückempfangen, ›grüße auch Ahmad den König von Halima! Friede sei mit dir und deinem Hause!‹

Sie geht – und geht so eilig, dass die verzagte Schwester des Arztes nicht Zeit hat, ihren Friedensgruß zu erwidern. Sie ruft ihn ihr nach, doch er erreicht sie nicht mehr.

Als der Arzt nach Hause kommt, von Halimas Besuch erfährt und die Rotlacktruhe Djamilehs auf dem Teppich vor der Gebetsnische sieht, überfällt ihn schwere Bangigkeit. Er durchforscht die Truhe und findet bestätigt, was er gefürchtet hat: Es fehlt der Dolch.

Halima, ihrer Bürde ledig, eilt zu der Gasse, in der die Seiler am Werke sind. Sie sucht den Meister der Zunft, der das feinste und festeste Seil zu drehen versteht, nicht stärker als ein Lianenstängel, biegsam und kaum zerreißbar. Sie prüft seinen Vorrat, wählt und bezahlt das Gewählte mit Gold. Der Meister, wirbelig vor Freude über den Reichtum, der auf ihn herabfällt wie Manna vom Himmel, will der Käuferin das Seil nach Hause tragen, denn was hat er es nötig, heute noch zu werken und zu verkaufen? Doch Halima schüttelt den Kopf. Sie nimmt das Seil und entfernt sich. Die Segenswünsche, mit denen der glückliche Seiler die Gnade Allahs in Fülle auf sie herabfleht, fallen hinter ihr in den Staub, und kein Engel hebt sie auf, sie vor Allahs Thron zu tragen.

Halima geht zum Hafen. Sie schaut prüfend zum Himmel auf. Noch ist der Halbkreis der Sonne nicht ganz vollendet. Noch funkelt und flammt der Westen in Gold und Scharlach. Aber schon hebt sich im Osten ein bleicher, schmaler Mond aus dem fliederfarbenen Wasser und schwebt in den Himmel empor, der grünlich und kühl erscheint und unsagbar fern.

Halima sucht das Boot, das zum Hause Djaffars gehört. Sie winkt einen Hafenwächter herbei und befiehlt ihm, Segel und Ruder aus dem Boot zu entfernen. Er sucht das Antlitz der Frau zu ergründen, das ihm abgewendet ist, der Frau, die so Wunderliches von ihm verlangt. Aber Halimas Schleier ist allzu dicht, und ihre Stimme klingt, da er zögert, so drohend, dass er bestürzt gehorcht.

Fern unter dem Horizont versinken die purpurnen Segel. Fern auf dem ruhigen Meer strebt ein kleines, klug gesteuertes Boot den Entweichenden nach. Halima steigt in das Boot, das nicht Ruder noch Segel mehr hat, setzt sich, dem Meere zugewendet, legt das Seil vor ihre Füße und befiehlt dem Hafenwächter, das Boot mit einem kräftigen Stoß ins Wasser hinauszutreiben. Der Mann gehorcht. Doch die Kraft, die sogleich das Boot vom Landungssteg fortreißt, ist nicht eines Mannes Kraft. Kein Ruder, kein Segel hätte solche Gewalt.

Den Hafenwächter kommt ein Grauen an. Er stiert dem Fahrzeug nach, das ungesteuert, mit einem schwarz verschleierten Weibe an Bord, in das dunkelnde Meer hinausgleitet wie gezogen. Doch schon sieht er es nicht mehr. Er reibt sich die Augen und glotzt. Er stemmt die Hände auf die Knie und beugt sich vor und schüttelt den Kopf und glotzt. Vergebens. Ringsumher ist alles klar und rein zu erkennen und zu unterscheiden. Nur da, wo das Boot mit der Frau noch treiben muss, scheint ein dünner, blasser Nebel wie ein zart wehender Vorhang zwischen Meer und Himmel ausgespannt. Der Hafenwächter, dem die Knie schlottern, wirft sich vor dem Allwissenden in den Staub und verneigt sich furchterfüllt vor ihm, dem kein Geheimnis ein Geheimnis ist.

Die Sonne ist untergegangen. Der Mond, in ewiger, nie sich erfüllender Sehnsucht ihr zugewandt, steigt höher empor, um der Entschwundenen besser nachschauen zu können. Er breitet einen schmalen Gebetsteppich aus bläulichem Silber über das Meer, das sich unter seinem Schimmer seltsam belebt.

Fische, aus unerforschten Tiefen auftauchend, leuchtend wie Laternen, große und kleine, scharen sich um das Boot der verschleierten Frau zu einem weiten Ring. Vögel, nie gesehen, wie von unbekannten Inseln aufgestiegen, kreisen im Himmel unter den ersten Sternen. Sie singen nicht, aber der weiche, weite Schlag ihrer Schwingen fügt sich zum feierlichen Chor: ›Allah ist groß! Was auf Erden lebt, was im Wasser sich regt, was mit den Winden schwebt, bekenne: Allah ist groß!‹

Die Frau im Boot erhebt sich. Das kleine Fahrzeug gleitet so eben dahin, dass es nicht einmal schwankt. Die Frau nimmt das Seil auf, das ihr zu Füßen liegt, und hängt seine Last über ihren linken Arm. Und nun, mit der Rechten die erste der Schlingen ergreifend, schwingt sie sie hoch in die Luft, wo sie spurlos verschwindet, und nimmt die zweite und schwingt sie hoch und die dritte und vierte, und jede verschwindet sogleich, und die Seilschlingen auf dem linken Arm der Frau werden und werden nicht weniger.

Da beginnt die Frau, ihr Greifen und Schwingen und Werfen mit einem seltsamen Summen zu begleiten. Mit fest geschlossenem Munde summt sie im gleichen zwingenden Rhythmus, in dem sie das Seil ihrer Hand entgleiten lässt. Und kaum, dass sie damit begonnen hat – seht doch! seht doch! –, da tauchen die Mastspitzen des Schiffes, das sie verfolgt, wieder auf aus dem Abgrund des Horizonts. Ihr Boot, umringt von leuchtenden Fischen, überwölbt vom Baldachin der kreisenden Vögel, verdoppelt seine Fahrt. Djaffars Schiff aber scheint von einem gewaltigen Schleppanker gehemmt, ja, zurückgeholt zu werden. Es fliegt nicht mehr über das gehorsame Wasser. Die Schwingen des purpurnen Schwans sind plötzlich gestutzt und gelähmt. Nicht umsonst hat Halima in vielen einsamen, schlaflosen Nächten in dem Buche Djaffars gelesen, das Salomonis Siegel trug. Sie hat mit unsichtbarem Seil, in seinen der Hölle geweihten Schlingen, das schnelle Schiff Djaffars gefangen. Es kann nicht mehr weiter, es ist ein Riese in unzerreißbarem Netz. Die Segel beginnen, wild an die Masten zu schlagen. Auf glatter See torkelt das große

Schiff, und mit einem einzigen Satz wirft sich der Wind herum und trifft die Brüste der Segel mit hartem Stoß.

An Deck des Schiffes heult die verstörte Mannschaft. Der Steuermann, mit sich sträubenden Haaren bald Gebete, bald Flüche stammelnd, lässt das gebannte Steuerrad los, als hätte er sich an den Speichen die Finger verbrannt, und taumelt über das schiefe Deck der Treppe zu, die zu Djaffars Wohnung im Bauch des Schiffes führt.

Er weiß, der Steuermann, dass er sein Leben wagt, denn der Gebieter will noch in dieser Nacht mit der Prinzessin von Basra Hochzeit feiern, und eben jetzt wird die totenblasse Braut von zwei schwarzen Sklavinnen zum Fest geschmückt.

Aber ein Schiff, das sich gebärdet wie ein Pferd, das von Hornissen überfallen wurde, dessen Rahen sich schütteln, als würden sie von allen Winden des Meeres zugleich geritten, dessen Segel jetzt zu zerreißen drohen, jetzt schlapp hängen wie schlafende Fledermäuse, dessen Steuerrad von ungeheuren Kräften festgehalten wird, das trotzt jedwedem Verbot und jeder Androhung des Todes.

An der Schwelle seines Gemaches tritt Djaffar dem Steuermann wutvoll entgegen.

›Was, du Sohn eines Hundes, hast du hier unten zu suchen? Wo treibst du dich herum? Was, Verfluchter, ist los mit dem Schiff?‹

›Herr, ich weiß es nicht! Komm an Deck! Sieh selbst! Das Schiff ist von Geistern besessen! Das Schiff ist gebannt!‹

Der Peitschengriff in Djaffars Faust zuckt vor und trifft den Stotternden zwischen die Augen, dass er zusammensackt. Djaffars Fuß tritt über ihn weg. Der Mann, der großen Zaubers mächtig ist, ersteigt das Deck und schickt seine Augen auf Kundschaft. Das Schiffsvolk, angstgeschüttelt, drückt sich in den Ecken zusammen. Es wäre wohl schwer zu entscheiden, ob sie sich mehr vor den Geistern, von denen das Schiff besessen scheint, oder vor Djaffar fürchten, der in der Wut grausamer ist als ein Hai. Einer liegt auf den Planken, die Stirn gegen Mekka gerichtet. Sein Oberkörper mit den zur Stirn erhobenen Händen bäumt sich auf und fällt aufs Gesicht, wieder und wieder. Seine Stimme, heiser vor Grauen, leiert in blechernem Beten:

›Preis sei Allah, dem Erhabenen, der da herrschen wird am Tage des Gerichts! Zu ihm wollen wir beten, zu ihm wollen wir flehen, dass er uns führe den rechten Pfad, den Weg der Gerechten und nicht der Ungerechten und nicht den Weg derer, die ihn erzürnen. Denn es ist kein Gott außer Gott, und Mohammed ist sein Prophet!‹

›Memmen!‹

Djaffars Hohn brennt wie umherspritzende Schwefeltropfen. Er überfliegt mit Himmel und Meer ausschöpfenden Blicken die lebendige Dunkelheit, die, von Lichtern und Tönen erfüllt, sich vom Heck des verhexten Schiffes bis zum Horizont erstreckt und einen schmalen, immer breiter werdenden Keil des Rätselhaften durch die Nacht treibt, die das Schiff umklammert.

In diesem Keil schwimmt ein Boot, ein Boot ohne Ruder und Segel. Aufrecht im Boot steht die schwarze Gestalt einer Frau. Aus den starren Falten ihres Schleiers leuchtet wie Phosphor ein grünlich-weißes Gesicht. Djaffar erkennt es. Sogar sein frecher Hohn fühlt eine klammernde Faust an der Gurgel beim Anblick dieses fahl glimmenden Gesichts, und sein Puls kommt aus dem Takt, als die Stimme der Frau in der ungeheuren Stille – denn das Brausen der Vogelschwingen, das gelle Pfeifen des Windes bei glatter See, das höhnische Knattern der Segel ist verstummt –, als die Stimme der Frau beschwörend zu ihm herauftönt:

›Djaffar! Djaffar! Djaffar!‹

Der Mann gibt der Beschwörung keine Antwort. Er sieht den funkelnden Ring der Laternenfische rund um das Boot der regungslosen Frau, die ihre rechte Faust vor die Brust gedrückt hält, etwas umklammernd, das er nicht zu erkennen vermag. Er sieht das schwebende Dach aus weißen Vögeln zwischen ihr und dem frommen Himmel. Seine Stirn ist schweißbedeckt und kalt wie Tau. Er spürt eine Macht, die stärker ist als er, weil sie mehr zu opfern bereit ist als er. In der bannenden Stille hört er das murmelnde Beten der Schiffsmannschaft, die zu dem Schöpfer von Himmel und Erde fleht: ›Rette uns, Allerbarmender, vor dem Zugriff des ewig Verfluchten, den du in die Finsternis gestoßen hast! Befiehl deinen Engeln, uns mit ihren Schilden zu decken! Halte uns fest am Abgrund, in den das Verderben uns reißt, wenn du uns nicht rettest, Allgütiger, Allerbarmer! Oh, ihr Gläubigen, sprecht: Es ist kein Gott außer Gott, und Mohammed ist sein Prophet!‹

Die Frau im Boot erhebt ihre rufende Stimme zum zweiten Male:

›Djaffar! Djaffar! Djaffar!‹

›Was willst du?‹, fragt heiser der Mann. Es ist, als fragte nicht er, als fragte das Schiff, das in Todesangst regungslos auf dem Wasser verharrt.

›Mache Frieden mit Gott! Bereue! Kehre um!‹

›Nie!‹

›Gib Ahmad dem König sein Reich zurück! Unterwirf dich seinem Gericht! Demütige dich!‹

›Nie!‹

›Gib die Prinzessin von Basra heraus!‹

›Nie!‹

Und er lacht.

Es ist, als seufze die unbewegliche Gestalt im Boot. Es ist, als seufze das ganze Schiff.

›Djaffar! Djaffar! Djaffar! Bei dem unverletzlichen Siegel Salomonis, dem alle Geister gehorsam sind! Nie wirst du Hochzeit halten mit der Prinzessin Djamileh!‹

›Heute Nacht, Halima!‹

›Nie!‹

›Noch heute Nacht!‹ Er wirft die Hand hoch: ›Halima, ich lade dich zur Hochzeitsfeier ein! Sage zu! Du bist mir willkommen!‹

›Ich werde kommen, Djaffar! Doch nicht zur Hochzeit! Gott sei dir gnädig – und mir!‹

Sie hebt die Faust, die sie vor die Brust gedrückt hält.

›In deinem Namen, Widersacher Gottes!‹

Ein schmaler blauer Blitz zuckt auf. Der Dolch Halimas hat eine blutige Scheide gefunden. Lautlos fällt die Frau im Boot vornüber. Im gleichen Augenblick versinkt ihr Fahrzeug. Kein Strudel bildet sich. Das Meer hat stumm seinen Mund geöffnet und geschlossen. Verschwunden sind die Fische und die Vögel. Himmel und Meer halten den Atem an. Das festgebannte Schiff richtet sich auf. Die Segel blähen sich sanft im freundlichen Wind, der nach Süden weht. Der Steuermann greift, noch verstört, in die Speichen des Rades. Es fügt sich willig der erprobenden Hand. Das Schiffsvolk rafft sich auf, und jeder geht wieder an seinen Posten. Der purpurne Schwan nimmt die Fahrt wieder auf.

Im reich geschmückten Gemach erwartet die reich geschmückte Braut den Bräutigam.

Die schwarzen Sklavinnen ziehen sich demütig zurück. Musik ertönt, so sanft, als käme sie von den Zweigen der Bäume im Paradies, deren Blüten Glocken sind, von duftendem Wind geläutet.

Djaffar tritt ein ins hochzeitliche Gemach.

Ihr seid nicht schreckhaft, Freunde – oder doch? Dann denkt daran, dass alles, was geschieht, nach Allahs Willen geschieht und dass seine Weisheit, oft so tief verborgen wie das Gold im Felsen, wie die Perle in der Muschel, sich zuletzt doch herrlich offenbart. Denn Allah ist groß!

Die schön geschmückte Prinzessin Djamileh steht vor dem Lager, das die Sklavinnen für sie und den Gebieter bereitet haben. Nie war eine Braut so bleich unter dem weißen Schleier, aus starren, weit geöffneten Augen blickt sie dem Mann entgegen, der sich, sein flammendes Blut beherrschend, ihr langsam nähert.

›Willst du mich nicht begrüßen, wie die Braut den Bräutigam begrüßt, o Djamileh?‹

›Sei gegrüßt, Verhasster!‹, flüstert die Prinzessin.

›Du hast dich versprochen, meine Perle! Du wolltest sagen: Sei mir gegrüßt, mein Geliebter! Komm! Deine Braut erwartet dich, Ersehnter meines Herzens!‹

›Der Mann, den mein Herz ersehnt, heißt Ahmad, nicht Djaffar. Du weißt es und stehst doch vor mir? Verächtlich ist der Mann, der sich Liebe erzwingen will!‹

›Ich will nicht Liebe erzwingen, ich will sie dich lehren. Denn noch weißt du nichts von Liebe, Djamileh! Dein Herz ist ein unwissendes Kind und Ahmad ein Knabe, der mit schlafenden Sinnen im Garten der Liebe umherging und nichts erfuhr von der Seligkeit des Himmels Frau. Ich weiß darum und sehne mich danach, für dich und mich den Himmel zu erschließen. Komm! Komm, meine zitternde Taube! Komm, meine unversehrte Perle! Lass mich trinken am Quell deiner Schönheit! Entschleiere dich!‹

Er tritt zu ihr und streckt die Hand nach ihr aus. Und lässt die Hand wieder sinken. Denn seht – o seht doch! –, dicht an der Schulter der Braut steht Halima, entkörpert, fahl das Gesicht. Aus der schmalen Wunde des Herzens tropft langsam das Blut auf ihre nackten Füße. Die Augen lidlos auf den Mann gerichtet, sieht sie ihn starr und unentrinnbar an.

Die Hand Djaffars fällt herab wie vom Schlag getroffen. Was er fühlt, der Mann, der das geschmückte Gemach als Bräutigam betrat, die Braut zu umarmen, ist Grimm ohne Maß und Grauen ohne Maß. Er überwindet das Grauen und greift nach der Hand Djamilehs. Doch er fasst eine andere, eine eisige, entblutete Hand, die feucht ist, als käme sie aus dem Reich der Fische. Er reißt seine Hand tief schaudernd zurück und steht betäubt. Doch er gibt sich noch nicht geschlagen.

›Setze dich, Djamileh! Wirf den Schleier ab! Zeige mir deine Schönheit, die ich ersehne, seit ich dich sah in meinem Kristall. Es war beim Einbruch der Nacht. Du enttauchtest dem Bade, kindlich heiter die Gespielinnen neckend mit duftenden Wassertropfen. Du nahmst eine Frucht, die eine Freundin dir bot. Du nanntest sie Zorah, sie schien dir lieb zu sein. Du teiltest die Frucht mit ihr. Abwechselnd drücktest du, drückte sie die kleinen Zähne in das scharlachfarbene Fleisch. Da, Djamileh, schwor ich mir, dass ich eines Tages so eine Frucht mit deinen Lippen teilen würde. Nun ist die Stunde da. Nimm von der Silberschale die schönste Frucht und teile sie mit mir!‹

Djamileh rührt sich nicht. Sie hat die Augen geschlossen. Doch eine Hand, durchsichtig hager, nimmt den scharlachfarbenen Granatapfel von der gebuckelten Silberschale, eine andere Hand gesellt sich dazu, bricht die Frucht auseinander und reicht sie dem Manne dar.

›Bei der Hölle!‹, stöhnt Djaffar auf. ›Willst du mich zaubern lehren, Halima, Hexe? Willst du mir rauben, was ich mir geraubt habe? Willst du verhindern, dass ich mich der

Prinzessin von Basra vermähle? Oder willst du die Küsse zählen, die ihr Mund mir schenken wird? Mach den Possen ein Ende! Geh vor die Tür, Gespenst! Lieg auf der Schwelle! Bewache das Brautgemach! Sorge dafür, dass uns niemand stört! Djamileh und ich, wir wollen allein sein!‹

Aber das stumme Gespenst weicht nicht von Djamilehs Seite. Die Hände des Mannes, ausgestreckt in Gier und Wut, können die Jungfrau nicht berühren. Immer steht zwischen ihr und Djaffar der Schemen mit den meerfeuchten Gewändern, mit der blutenden Herzwunde, von der es langsam, Tropfen um Tropfen, auf ihre nackten Füße tropft. Kein Fluch, kein Flehen vertreibt das stumme Gespenst. Es streckt die durchsichtige Hand nach Djaffar aus, es weist ihm die Tür, er geht, er verlässt das Gemach.

Djamileh, auf den Tod erschöpft von Kummer und Angst um sich selbst und mehr noch um Ahmad, sinkt auf das Lager, sinkt in traumlosen Schlaf. Der Schemen hält Wache, neben ihr auf dem Teppich kauernd, bis die Nacht vorbei ist. Bei Sonnenaufgang aber kreist ein schöner Vogel über dem Schiff. Sein Gefieder ist strahlend schwarz. Er trägt auf dem Kopf eine Krone aus sieben Federn, so zart, dass die Krone zu schweben scheint. Auf seinem Herzen glüht ein Tropfen, rot wie ein Rubin, von dem Ihr ja wisst, dass der edelste die Farbe vom Blut einer Taube hat.

Der Vogel schwebt und kreist und ruht zuweilen auf einer Mastspitze aus, setzt sich wohl auch auf den seewärts gerichteten Schnabel des Schiffes und zeigt keine Scheu vor der Mannschaft.

›Nimm Pfeil und Bogen und schieße den Vogel!‹, befiehlt Djaffar dem Steuermann, den er als sicheren Schützen kennt.

Der Steuermann sieht sich nach allen Seiten um. ›Welchen Vogel, Herr?‹, fragt er verwundert.

Djaffar antwortet nicht. Er ist krank vor Wut und Scham. Er wandert auf dem Deck hin und her wie ein gefangener Wolf. Sein Mund ist schmal wie ein Strich und zuckt in den Winkeln. Die Augen, überwach und brennend von einer durchfluchten Nacht, spähen umher nach einem Opfer, das zu vernichten ihm Erquickung wäre.

Plötzlich funkeln seine Augen auf. Vom Mastkorb schreit eine Stimme singend aus: ›Segel in Sicht!‹

Ein Schiff, das den roten Schwan verfolgt? Kein Schiff. Ein Boot, ein kleines, schmales Segelboot, pfeilschnell und meisterhaft gesteuert. Es jagt den roten Schwan wie ein Falke den Reiher. Will es ihn rammen? Lächerlich! Will es den roten Schwan zum Zweikampf herausfordern? Nicht weniger lächerlich! Oder rechnen die zwei, mit denen das Boot bemannt ist, auf Meuterei unter der Mannschaft Djaffars? Das wäre so töricht nicht, denn Djaffar weiß, wie groß ihr Hass gegen ihn ist, seiner Grausamkeit bittere Frucht. Er wird es nicht auf die Probe ankommen lassen. Zu erwünscht, zu nahe ist die Gelegenheit, sich von dem Nebenbuhler zu befreien.

Djaffar steht auf der Brücke. Seine hohe, herrische Gestalt reckt sich mantelbreitend ins Blau. Er sieht auf das glatte, hellgrüne Meer hinaus, das wie ein vernünftiges Kind mit sich selber spielt. Er sieht auf der stillen Weite das rasche Boot. Er sieht am Steuer den Mann, der ihm verhasst ist wie das Antlitz von Pest und Aussatz. Er glaubt das helle Lachen zu hören, mit dem der Dieb von Bagdad das Segel bedient, das sich geschmeidig fast bis zum Wasserspiegel neigt.

Da hebt Djaffar beide Arme. Seine Stimme, Beschwörung halb, halb Befehl, ruft den Helfer herbei.

›Wind!‹, ruft er über das Meer. ›Wind! Wind! Komm, Wind!‹

Der schwarze Vogel mit dem Blutstropfen an der Brust stößt einen klagenden Schrei aus. Djaffars Augen höhnen zu ihm hinauf.

›Nun, Retterin? Wo bleibt deine Hilfe, Freundin Ahmads und Djamilehs?‹

Der schwarze Vogel kreist um das Schiff und klagt, aber er fliegt nicht fort. Er lässt den Herrn des Schiffes nicht allein mit der Prinzessin von Basra. Er lässt Ahmad den König im Stich um Ahmads willen, denn Djamileh verlassen heißt Ahmad verlassen, und Allahs Hand ist mächtig auch im Sturm.

Glaubt Ihr nicht, Ihr kleinmütigen Herzen, dass es dem Schöpfer der Welt ein Leichtes wäre, den Wind, den Djaffar beschwört, nach Hause zu schicken, in die Felsschlucht zurück, wo er geschlafen hat? Wenn er es zulässt, dass der Wind aufspringt und stärker und immer stärker wird, wenn er das Boot von Ahmad und Abu packen und schütteln und voll Wasser schöpfen darf, wenn er das Segel zerfetzt, das Steuer zerbricht, wenn er die Wogen des Meeres, weiß gekrönte, grüne Gebirge, hoch und höher türmt und mit fürchterlicher Wucht auf das kleine Fahrzeug niederbrechen lässt, dass es wie ein Kinderspielzeug zerknickt wird, wenn das Meer seine Trümmer verschluckt und wieder ausspeit, wenn es durch eine unbarmherzige Woge die beiden Freunde auseinander reißt und den einen hierhin, den andern dorthin schleudert, dass selbst ihre Schreie sich nicht mehr erreichen – und die Hand der Allmacht greift doch nicht wehrend ein, dann glaubt mir, Freunde, dann liegen Vernichtung und Trennung in den Plänen des Höchsten, und es ziemt keinem Sterblichen, mit Allah zu streiten.

Dieser Glaube, nein, diese Gewissheit hält Djamileh wie starke Hände aufrecht, als sie, von Djaffars böser Höflichkeit an Deck gerufen, weit draußen auf dem zornigen Meer die Trümmer eines Bootes schwanken sieht. Sie weiß, wer allein es wagen konnte, den roten Schwan in einer Nussschale zu verfolgen.

Sie richtet den schweren Blick auf Djaffar und fragt: ›Ist er tot?‹

›Glaubst du, ein Sterblicher entkommt diesem Aufruhr des Meeres?‹

›Für die Gnade Gottes‹, sagt Djamileh, ›ist Raum genug zwischen Berg und Tal einer Welle. Bedenke, Djaffar, was du sagst! Wenn Ahmad, den ich liebe, tot ist oder stirbt, dann bin ich frei, ihm nachzusterben, und das werde ich tun.‹

Sie schweigt und wartet. Der strahlend schwarze Vogel kreist über ihrem Haupt. Er kreist sehr hoch. Der Blick seiner scharfen Augen reicht weithin über das Meer, bis zu der Küste, an deren Felsen sich die Wogen zerschlagen, bis zu dem flachen Strand, auf dessen Öde Sturm und Wellen die Trümmer warfen, mit denen sie des Spielens überdrüssig wurden.

Der schwarze Vogel stößt einen hohen, hellen Schrei aus. Es ist ein Freudenschrei. Djamileh hebt die weinenden Augen zu ihm empor und flüstert: ›Allah ist groß! Viel größer, Djaffar, als du!‹

Lange, lange blickt der Mann auf Djamileh. In dieser Stunde erkennt er, dass er bis auf den heutigen Tag nichts vom Weibe gewusst hat. Er erkennt: Wenn es einen Weg gibt zum Herzen der sich Versagenden – der Tod des Geliebten ist es nicht. Tod ist keine Grenze für die Treue. Die Frau, ihres Glücks beraubt, schließt sich ein in ihr eigenes Herz und macht es zum Tempel für den Verlorenen.

Zum ersten Male entmutigt, tritt Djaffar zurück von der Jungfrau: ›Wohin soll ich dich führen, Prinzessin?‹

Sie antwortet ohne Zögern: ›Heim! Nach Basra!‹

Djaffar wendet sich. Er ist totenbleich. Seine heisere Stimme hallt über das Schiff: ›Nach Basra!‹

Der rote Schwan breitet, sich wendend, die Flügel und macht sich gehorsam auf den Weg nach Basra.

Der schwarze Vogel fliegt dem Schiff voraus.

Lassen wir Djamileh in Halimas Obhut, Freunde! Lassen wir Djaffar im Schmelztiegel der Reue über ein Leben voll Irrtum und Unwissenheit! Denn ich denke mir, Ihr wollt nun erfahren, was aus den beiden Schiffbrüchigen geworden ist, die das höllische Unwetter auseinander gerissen hat.«

*

»Abu, der Dieb von Bagdad, ist von der Brandung weit auf den Strand hinauf geworfen worden, wo nichts ist als Sand und Öde und Verlassenheit. Da liegt er, ausgestreckt, auf dem Gesicht und weiß nichts von sich, und wenn es Euch recht ist, Freunde, mag er da liegen bleiben, bis wir wissen, was aus Ahmad dem König geworden ist.

Mit ihm hat das Meer es weniger gut gemeint als mit seinem Freund. Es hat den halb Ertrunkenen zwischen die Felsen geworfen, die den unfreundlicheren Teil der Küste bilden. Mit zerfetzten Gewändern, der Sandalen beraubt, aus mancher Wunde blutend, zerschlagen vom Aufprall der Wogen, zerquält von Durst, hängt er im Gestein, auf das die Sonne ihre Gluten ausgießt.

Es dauert lange Zeit, bis Ahmad erwacht und sich auf alles besinnt, was geschehen ist. Er stöhnt in Schmerzen des Leibes und der Seele. Djamileh! Abu! Er weiß, wo Djamileh ist – oder glaubt es zu wissen, was für sein Herz die gleiche Qual bedeutet –, aber wo ist Abu, sein Freund? Hat ihn das Meer behalten? Hat er sich retten können? Ist er verletzt oder heil? Und er selbst, aus dem Fluch der Blindheit hineingestoßen in den Fluch des Sehens – wohin ist er verschlagen worden? Welcher Tod ist ihm zugedacht: Verschmachten oder Ertrinken? Die Flut ist im Steigen. Hat er noch Kraft genug, ihr zu entfliehen? Lohnt sich diese Flucht unter Höllenschmerzen, um desto gewisser in der Felsenöde zugrunde zu gehen?

Seine Gedanken schwappen durcheinander wie Wasser und Sand zwischen Meer und Küste, fliehen und kommen zurück, bis einer aufspringt und sich festrammt inmitten der Verstörtheit: Djamileh!

Die Kundschafter der Flut werfen ihre Schaumperlen in die Felsenspalte, die Ahmad gefangen hält. Ist es Hoffnung oder Verzweiflung, was ihn zwingt, sich hochzureißen aus den steinernen Klammern und sich auf den Weg zu machen, wie er noch keinen gegangen ist in Mühsal und Schmerzen? Djamileh!, denkt er. Er denkt: Abu! Er taumelt zwischen den Steinen, kaum dem Schiffbruch entronnen, schutzlos der Mittagshölle preisgegeben, mit einem Grobschmied als Pulsschlag im Schädel. O Djamileh! O Abu! Geliebte! Freund! Seine Gedanken irren zurück in die Zeit, die hinter ihm liegt. Er begreift nicht, dass er jemals glauben konnte, im Elend zu sein. Verbannt, gefangen, vom Tode bedroht durch den Mann, der ihn verbannte und gefangen nahm, fand er im Kerker den Freund seines Lebens. War das nicht Gnade von Gott? Die Begegnung mit Djamileh, die Offenbarung der Liebe, die Gewissheit, dass ihr Herz ihm gehörte, war das nicht Reichtum aus dem Himmel Allahs? Und als er blind wurde und der Allerfahrene ihn zu prüfen beschloss, wie er wenige prüft, war da nicht ein Hund sein Gefährte, aus Treue zu ihm, ein Hund, der ihn bewachte und führte, der für ihn kämpfte und stahl? Er war ein Bettler gewesen und blind: War das denn Elend? Fand er nicht immer Brot genug für sich und seinen Hund? Und auf der Suche nach Djamileh, war es nicht bittersüße Lust, sie zu suchen, zu wissen: Wo du auch gehst, du bist auf dem Wege zu ihr?

Aber jetzt? Jetzt war er wirklich elend geworden! Er hatte einen Freund, einen Freund unter Tausenden!, an seiner Seite gehabt und ihn verloren. Er hatte Djamileh in den Armen gehalten und sie verloren! Und an wen? An Djaffar! Sie hatte, sich opfernd, den Fluch der Blindheit von ihm genommen, und seine sehenden Augen dienten ihm nur zu erkennen, dass ohne Djamileh die Schöpfung leer war und sein Leben ein langsam schreitender Tod.

Ja, Freunde, das waren Ahmads Gedanken, als er landeinwärts wankte und kroch und endlich zusammenbrach und abermals das Bewusstsein verlor und wieder zu sich kam, von den Qualen des Durstes gefoltert, mit rissig verbrannten Lippen irre redend und wieder versinkend in Nichtsmehrwissen und fast in Nichtmehrsein.

Die Sonne geht unter, und die Nacht kommt herauf. Ahmad liegt am Boden, ein regungsloser, kaum noch atmender dunkler Klumpen im bleichen Gestein. Da nähern sich aus der Felsenwirrnis tastende Schritte. Ein Mann, ein Fischer, wie es scheint, ein Graukopf mit verknittertem Gesicht, gebückt und ohne Eile. Er geht so versunken brummelnd vor sich hin, dass er fast über Ahmad stolpert, der ihm im Wege liegt. Er stutzt, erschrickt und bückt sich tiefer zu ihm, versucht, dem Regungslosen ins Gesicht zu sehen, legt ihm die Hand auf die Schulter und rüttelt ihn.

›He, Freund! Was machst du hier mitten in der Nacht? Hast du kein besseres Lager, um dich auszuschlafen? Bist du ein Büßer, dass du dir spitze Steine als Ruhestatt suchst? Oder bist du ein Narr?‹

Da er keine Antwort bekommt, legt er das Netz beiseite, kniet neben dem Ohnmächtigen nieder und versucht, ihn aufzurichten. Und da könnt Ihr sehen, Freunde: Der Alte hat nur eine Hand. Die rechte fehlt ihm, abgehackt am Gelenk. Aber mit der linken ist er geschickt genug. Er hebt den Kopf Ahmads hoch und sieht die verkrusteten Wunden an Stirn und Kinn und fühlt das Fieber der Schläfen und hört das leise Stöhnen aus tiefster Ohnmacht: ›Wasser! Um Allahs willen! Wasser!‹

Der Alte kratzt sich hinter den Ohren.

›Ja, Wasser, guter Freund, wo soll ich denn Wasser hernehmen? Wasser ist da genug, ein ganzer Ozean voll, aber wer davon trinkt, wird toll. Du hast doch nicht etwa davon getrunken?‹

Da er keine Antwort bekommt, nur wirre Reden, wie sie das Fieber den Fiebernden über die Lippen hetzt, und Klagerufe – ›Abu! Djamileh! Abu!‹ –, so seufzt er ein bisschen, schimpft nicht eben heftig vor sich hin und macht sich daran, den halb Bewusstlosen hochzuzerren. Er bringt ihn auch wahrhaftig auf die Füße und schleppt ihn, mit dem linken Arm ihn stützend, mit dem rechten auf den Stock seines Netzes gestemmt, Schritt um Schritt den Schmalpfad im Felsen zurück, auf dem er gekommen ist. Dabei spricht er freundlich-mürrisch auf ihn ein.

›Komm, komm, gebrauche deine eigenen Beine, tragen kann ich dich nicht, dazu bin ich nicht mehr kräftig genug! Hoppla, nicht stolpern! Halt dich nur gut an mir fest! Es geht schon! Siehst du? Es geht schon! Ja, ja, das Fieber, das Fieber! Armer Kerl! Aber warte nur, ich bringe dich zu einer schönen, klaren, guten Quelle! Die hat heilendes Wasser, das wissen alle Tiere, die in der Wildnis hausen. In

Scharen kommen sie und trinken davon und kühlen darin ihre Wunden, wenn ein Pfeil sie nur gestreift hat oder wenn sie sich um ein Weibchen gerauft haben, was eine Dummheit ist. Gibt es nicht Weiber genug? Muss es gerade die eine sein, die sich ein anderer auch in den Kopf gesetzt hat? Nun, Allah sei Dank, das sind meine Sorgen nicht mehr. Aber deine wahrscheinlich. Ja, Freund, das gibt Wunden, im Kopf und im Herzen, ja! Geht's nicht mehr weiter? Doch, doch, es geht schon noch! Nicht hinsetzen, nein, dann bring ich dich nicht mehr hoch. Wir sind ja fast da, keine hundert Schritte mehr! Siehst du, da hast du gleich wieder Mut! Fall nicht, hier liegt ein Stein! Den hat der Sturm der letzten Nacht heruntergeworfen. So alt ich bin, es freut mich doch, dass er mir nicht auf den Kopf gefallen ist. Was man hat, das weiß man, aber weiß man, was man bekommt? So, siehst du, im Schwatzen vergeht die Zeit, und der Weg wird kurz. Jetzt noch zehn Schritte, jetzt nur noch sechs ... Na, du wirst mir doch im letzten Augenblick nicht zusammensacken? Komm! So! Brav! Da sind wir!‹

Aufatmend – ›Junge, du hast ein ganz hübsches Gewicht auf die Dauer, für meinen alten Rücken!‹ – lässt er Ahmad niedergleiten und bettet ihn neben der rieselnden Quelle, so sanft er kann. Dann schöpft er Wasser mit der linken Hand, der die Schwester fehlt, träufelt dem Fieberheißen die Erquickung in den lechzenden Mund, wäscht ihm mit einem Zipfel seines Gewandes das Blut vom Gesicht und den Gliedern und kühlt ihm die Stirn, an der die Adern klopfen wie Hämmer.

Allmählich kommt Ahmad zu sich. Sein Auge wird klar und begegnet dem Blick des Alten. Ein schwaches Lächeln geht über sein blasses Gesicht.

›Du warst sehr gut zu mir‹, sagt er leise. ›Ich kann es dir heute nicht danken. Ich bin ärmer, oh, viel ärmer als ein

Bettler, ein blinder Bettler auf der Hafenbrücke von Bagdad!‹

›Was solltest du mir danken, Freund?‹, fragt der Alte und schüttelt den Kopf. ›Dass ich dich hergeschleppt habe? Gesetzt den Fall, ich hätte dich liegen lassen und stöhnen in Blut und Fieber, was hätt' ich davon gehabt? Ein schlechtes Gewissen und einen strafenden Traum! Oder das Wasser, das du geschluckt hast und mit dem ich dir die geschundenen Glieder und die Wunde an der Stirn gewaschen habe? Dafür musst du Allah danken, nicht mir! Hast du Schiffbruch erlitten? Ja, ja, das Meer! Das Wasser dieser Quelle rinnt auch ins Meer. Und die Quelle hat noch keinem was zuleide getan, aber das Meer schon vielen. Wunderlich, dass so ein böses Meer aus lauter guten süßen Quellen entsteht! Wo geschieht es und wann, dass die Quellen böse werden, die doch erst so rein und freundlich sind? Bekommen sie Zank miteinander, weil so viele zusammenfließen in dem großen Meer? Warum denn? Sie haben doch alle Platz? Ist das Meer schon jemals übergelaufen? Ich verstehe das nicht. Na, ich bin ja auch nur ein dummer alter Fischer. Allah, der das Meer und die Quellen verwaltet, der fügt es nach seiner Weisheit und hat immer Recht!‹

›Immer?‹, fragt Ahmad murmelnd.

Der alte Fischer sieht ihn an. Dann nickt er heftig.

›Immer!‹

›Ich zweifle daran!‹

›Weil du Schiffbruch erlitten hast? Guter Freund, wer einem Schiffbruch entkommt, hat eine Menge gelernt. Bist du klüger als Allah? Nein? Was willst du dann? Heute Nacht konnte ich nicht schlafen. Ich wälzte mich mal nach rechts, mal nach links. Ich dachte: ›Ibrahim, das hat keinen Sinn, steh auf, alter Faulpelz, nimm dein Netz und geh ans

Meer und sieh zu, was dir Allah beschert!‹ Er hat mir dich beschert – oder mich dir, wie du willst! Müssen wir ihm nicht dankbar sein dafür?‹

›O Ibrahim, du hast Recht! Allah verzeihe mir! Mein Kopf ist verwirrt, ich habe zu viel gelitten!‹

Der alte Fischer sieht ihn nachdenklich an.

›Viel?‹ Er wiegt den Kopf. ›Das will ich dir glauben. Aber zu viel? Wer kennt das Maß außer ihm, der alles zumisst und zuwiegt?‹ Er erhebt sich und nimmt sein Netz. ›Jetzt wollen wir gehen, sonst wird es zu heiß. Komm, ich helfe dir auf!‹

›Ich danke dir, Ibrahim! Wohin wirst du mich bringen?‹

›Nach Hause. Zu mir. Du musst vorlieb nehmen. Eine Höhle ist kein Palast.‹

›Eine Höhle?‹

›Ja. Wir alle wohnen in Höhlen.‹

›Und wer seid ihr?‹

›Eine bunte Gesellschaft, Freund! Aber ganz gut zu leiden.‹

›Wenn alle so sind wie du ...‹

›Mein Lieber, an mir ist nicht viel dran. Und an den anderen eigentlich auch nicht. Aber wir leben verträglich zusammen, da geht es schon.‹

Ahmads Blick fällt auf den Arm, der ihn stützt.

›Du hast nur eine Hand, mein Freund.‹

›Ja. Meine rechte hat sich ein Hund zum Frühstück geholt, im Hof des Königspalastes.‹ Er lässt das Netz fallen und greift nach dem Mann, der mit aufgerissenen Augen taumelt. ›Na, na, was ist denn? Gehen wir dir zu schnell?‹

›Im Hof des Königspalastes?‹

›Was erschreckt dich daran? Es ist schon eine Weile her.‹

›Wie lange?‹

›So genau kann ich dir das nicht sagen. Unser guter König Ahmad hatte gerade den Thron bestiegen. Und zur Feier des Tages hielt er sein erstes Gericht.‹

›Oh Allah! Da wurde dir die Hand abgeschlagen?‹

›Die rechte, ja.‹

›Warum?‹

›Warum? Na, weil ich gestohlen hatte! Weißt du nicht, dass man den Dieben die rechte Hand abschlägt? Der Spaß war nur, dass ich ein Linkser bin und immer mit der linken Hand gestohlen habe. Aber das konnte unser guter König Ahmad nicht wissen, und ich habe den Mund gehalten. Ich wollte die linke Hand nicht auch noch verlieren. Es gibt aber zu viel Diebe auf der Welt und besonders in Bagdad. Da bin ich ein Fischer geworden. Und von den anderen ist einer Weber, und einer ist Koch, und einer hat einen Garten angelegt und hat drei Gehilfen, und einer holt täglich das Wasser von der Quelle, denn in der Höhe gibt es kein Wasser, leider.‹

›Was sind das für Männer, von denen du sprichst?‹, fragt sein Schützling und trocknet sich den Schweiß von der Stirn.

›Wirst du's auch keinem verraten?‹

›Nein, beim Propheten!‹

›Wir sind eine Hand voll Leute, die aus den Kerkern entwischt sind.‹

›Aus den Kerkern eures guten Königs Ahmad!‹

›Du musst das nicht so bissig sagen! Ich glaube, dass er gut war. Nur nicht zu uns. Er war jung und hatte einen schlimmen Berater. Sein Vater starb zu früh, und seine Mutter hat er nie gekannt.‹

›Du sprichst von dem Mann, der dir die Hand abhacken ließ!‹

›Na, ich war doch ein Dieb! Ich hatte einen Hammel gestohlen!‹

›Einen Hammel! Und dafür eine Hand!‹

›Das ist so Gesetz.‹

›O allbarmherziger Gott! Ein König, der solche Gesetze duldet – wie soll man den strafen?‹

›Wenn er Strafe verdient, wird Allah ihn strafen. Denn es gibt keinen Gott außer Gott, und Mohammed ist sein Prophet!‹

Ahmad stöhnt auf.

›Oh, ich sehe, ich sehe, wie Allah sich erhebt von seinem Thron und nach dem Schwert der Vergeltung greift!‹

Ibrahim der Fischer sieht ihn bekümmert an.

›Es ist arg mit deinem Fieber, Freund! Du musst zur Ruhe kommen. Jetzt verwünsche ich's, dass mir nur noch eine Hand geblieben ist. Willst du hier niedersitzen und warten, bis ich ein paar Freunde zur Hilfe gerufen habe?‹

Ahmad schüttelt den Kopf.

›Nein! Weiter! Weiter!‹

Er ringt mit dem schmalen, spitzsteinigen Weg, der sich höher und höher windet und sich aufzustellen und auf ihn herabzudrohen scheint. Der gespaltene Gipfel des Felsens vor ihm glüht in der Morgensonne. Ihr blitzendes Licht bemächtigt sich des Himmels. Ein Windhauch, so kalt, dass er ihn schaudern macht, weht der nackten Brust des Fiebernden entgegen. Seine Zähne schlagen aufeinander, er beißt sie zusammen. Geradeaus starrt er und hebt die zerschundenen Füße mühsam, als zöge er sie bei jedem Schritt aus zähem Schlamm.

›Wie weit ist der Weg noch?‹

›Bis zur Höhe, Freund. Gleich hast du's bezwungen.‹

›Und diesen Weg‹, fragt Ahmad keuchend, ›geht einer von euch um jeden Tropfen Wassers?‹

›Oftmals am Tage, ja. Was bleibt uns übrig? Hier oben ist keine Quelle, und eine Zisterne können wir nicht graben im Gestein. Die Tiere wollen trinken, und unser Gärtchen will gepflegt und gegossen werden, sonst verhungern wir.‹

›Was für ein Leben!‹, murmelt der Wankende. ›Warum habt ihr euch diese Felsen zur Wohnung ausgesucht? Warum nicht ein Tal, wo süßes Wasser fließt und eure Tiere weiden können?‹

Der alte Fischer lächelt, halb schlau, halb wehmütig.

›Warum? Ja, guter Freund, weil wir hier sicher sind vor dem neuen König Djaffar, den Allah verfluchen möge, und seinem Henker, der, wenn er unsere Augen und Hände zählt, noch immer ein paar zu viel entdecken könnte. Nein, nein, du darfst unsere Einöde im Fels nicht mit scheelen Augen ansehen. Sie ist kein Paradies, das stimmt, aber auch nicht die Hölle der Angst, dass hinter jeder Ecke ein Häscher steht. Und nun sind wir oben, siehst du! Nun kannst du rasten!‹

Der Pfad hat sich geebnet. Hinter dem engen Tor der beiden Felswände öffnet sich eine Mulde, leidlich eben, von den gröbsten Steintrümmern befreit, umschlossen von Felswänden, in denen, schmal und schwarz, sich Höhlen öffnen. Menschen stehen davor. Sie wenden sich den Kommenden entgegen.

Aber nur Ibrahim geht auf die Seinen zu. Ahmad sucht mit dem Rücken Halt am Fels. Er greift mit beiden Händen in die rauen Schrunde. Ein Erstickender im Rauch einer Feuersbrunst atmet nicht angstgequälter als er.

Ja, es sind Menschen, die vor den Höhlen stehen. Aber keiner gleicht dem Menschen, wie Allah ihn schuf. Dem einen fehlt die Hand, dem anderen ein Auge, dem einen der rechte oder der linke Fuß, und einige sind darunter, denen beide Füße fehlen, dass sie auf Krücken sich schleppen müssen, und einige sind blind, und einige können nicht mehr gerade gehen, und alle sind verhärmt und abgemagert, ärger als die herrenlosen räudigen Hunde in den Straßen von Bagdad. Ihre Rippen wölben sich unter der fahlen Haut, die das einzige Zeichen ist, dass dies lebendige Menschen sind und keine Totengerippe.

Ein großer, hagerer Mann mit schlohweißem Haar über noch jungem Gesicht nähert sich Ahmad. Ibrahim trabt ihm zur Seite.

›Dies‹, sagt er zu seinem Schützling, ›ist unser Ältester, obwohl er der Jüngste ist. Wir haben ihn gewählt, weil er am meisten gelitten hat und sein Elend am stärksten besiegt, denn er ist gütig geblieben. Er heißt dich willkommen durch mich. Sein Mund ist stumm. Der Henker hat ihm die Zunge ausgerissen, weil er auf offenem Markte laut begehrte, mit König Ahmad selber sprechen zu dürfen. Sein Name ist Faruk ibn Hassan. Willst du uns nun auch deinen Namen nennen, o Fremdling?‹

Ahmad richtet sich auf. Seine brennenden Blicke, erfüllt von Fieber und der reißenden Not seines Herzens, sind auf den Stummen gerichtet, der ihm in die Augen sieht. Er will sprechen, will sich zu sich selbst bekennen, will sich niederwerfen vor die Füße seines Richters, dass sie ihn zertreten sollen im Namen aller, die durch ihn, den Nichtsahnenden, elend geworden sind.

Aber der Stumme hebt rasch die Hand und legt sie, Schweigen gebietend, sich selbst auf die Lippen. Seine Augen, beredter als ein Mund je war, sagen dem Fremden: ›Ich kenne dich, König Ahmad!‹ Eine schöne Gebärde aber ruft ihn näher: ›Sei uns willkommen, Gast!‹

Ahmad wankt auf den Knöcheln, die ihm den Dienst versagen. Er streckt die Hände aus nach dem Fischer, nach Faruk. Er erreicht sie nicht. Er fällt vornüber auf sein Gesicht und liegt wie ein Toter. Der Stumme hebt ihn auf starken Armen empor und winkt Helfer herbei, und unter dem lauten Jammer Ibrahims tragen sie den fremden Mann in dessen Höhle und betten ihn auf Lumpen und Ziegenfelle. Er dankt ihnen nicht, er weiß nichts mehr von sich, und ehe die Sonne sich neigt, rast er im Wundfieber.

Drei Tage und zwei Nächte hält dieses Rasen an, und kein heilendes Wasser hilft, die Glut zu dämpfen, die den Kranken verbrennen will. Vergebens steigt der Rauch von geweihten Kräutern zu seinen Häupten und Füßen empor. Sie können die Dämonen nicht vertreiben, mit denen er keuchend kämpft. Sobald ein Mensch sich ihm nähert, beginnt er zu schreien wie ein Gefolterter, und seine Stimme klingt so herzzerreißend in ihrer Not, dass der alte Fischer Ibrahim selbst an der Weisheit des Allweisen, an der Barmherzigkeit des Allerbarmers – gepriesen sei sein Name! – zu zweifeln beginnt und seine arme, einzige Hand erbittert gegen den Himmel schüttelt.

Der alte Fischer hat nicht das Auge Allahs, vor dem die Zukunft aufgeblättert liegt. Ihm ist der fremde Jüngling ans Herz gewachsen, warum, das weiß er nicht, vielleicht, weil er ihm helfen konnte, was ein vortrefflicher Grund ist. Und die klagende Stimme des Fiebernden, die Stimme des Schmerzes selbst, rührt an sein Herz und bringt es zum Weinen und zum Aufruhr gegen die Taubheit und Stummheit Allahs. Rechtet nicht mit ihm, Freunde! Wenn die Stunde kommt, werdet Ihr sehen, dass die Meuterei einer braven Fischerseele den Schöpfer der Welt zum Lächeln brachte. Denn er sieht im Anfang das Ende und liebt in der Blütenknospe schon die Frucht.

In der dritten Nacht aber liegt der Kranke plötzlich ganz still. Sein Schreien verstummt. Er rührt weder Hand noch Fuß. Seine Augen stehen offen, doch ohne Regung. Nach oben gerichtet, wo sich die Wölbung der Höhle im Dunkel verliert, scheinen sie starr auf etwas geheftet, das nur ihnen sichtbar ist. Sein Atem stockt. Sein Herz verlangsamt den Schlag, als wollte es stillstehen. Er ist so kalt wie ein Toter.

Der alte Ibrahim ruft ihn jammernd an und rüttelt ihn am Arm. Er merkt es nicht. Der Stumme, lange Zeit über den Unbeweglichen gebeugt, richtet sich plötzlich auf und dreht sich um, als sei er angerufen worden. Er winkt allen, die in der Höhle sind, sie möchten gehen. Wie von plötzlicher Furcht erfasst, gehorchen sie hastig. Nur Ibrahim der Fischer sträubt sich, den Kranken zu verlassen. Faruk drängt ihn hinaus. Wer den Stummen ansieht, erschrickt, denn sein Gesicht ist wie ein Feld, über das der Pflug ging, und seine Lippen zittern.

Vor der Höhle, in der Totenstille herrscht, sinkt Faruk auf die Knie, das Antlitz nach Mekka gewendet, und der Stumme beginnt zu beten. Und einer nach dem anderen, so gut oder schlecht er's vermag, sinkt neben ihm zu Boden und ruft den Schöpfer der Welten an, und die Stimmen der Betenden hallen feierlich an den nächtlichen Felsen empor und schwingen sich auf ins All.

Und Ahmad? Ahmad ist allein und doch nicht allein. Er liegt in der Höhle und doch nicht in der Höhle. Er liegt auf seinem Lager aus Lumpen und Fellen und doch nicht auf seinem Lager, sondern auf Stein. Vor ihm erhebt sich, kaum erkennbar, ein Baum. Es ist ein sehr alter Baum, der Blitz hat ihn verbrannt, der Sturm ihn der Krone beraubt. Dunkel steht er gegen den helleren Himmel, den die schroffen Felsenwände rahmen. Auf einem verkrümmten Ast, dem tiefsten, der ohne Blätter sich zur Seite streckt, hocken – Ahmads Herz beginnt zu schlagen wie ein Tempelgong – zwei Wesen mit Menschenleibern, die gefiedert sind, mit Vogelköpfen, aber Frauengesichtern: zwei Djinnis, eine schwarz, die andere weiß. Sie rühren sich nicht. Es herrscht eine große Stille, die fast unerträglich ist, doch der Mensch kann sie nur erdulden, nicht zerbrechen.

Endlich rüttelt die schwarze Djinni ihre Federn, die locker und spitz den Vogelleib umhüllen, schaut nach dem Himmel und sagt:

›Dies ist die Nacht des Verhängnisses, da Allahs Hand den Baum des Lebens schüttelt. Der Mensch, dessen Blatt zu Boden fällt, der stirbt im kommenden Jahr. Das Leben Ahmads des Königs ist ein geknicktes Blatt. Es wird fallen, und Ahmad wird sterben. Es ist nicht schade um ihn.‹

›Mir tut es Leid um Ahmad‹, antwortet die weiße Djinni, ›und Leid um Djamileh. Denn sie liebt ihn mit jener Liebe, die an der Wunde des Geliebten stirbt.‹

›Narrheit!‹, sagt die schwarze Djinni. ›Djaffar wird sie zu trösten wissen. Er ist der Herr von Bagdad, und es wird nicht lange dauern, dass er auch der Herr von Basra ist.‹

›Aber Djamileh ist treu.‹

›Was hilft es? Es liegt ein Fluch auf Ahmad, den kann sie nicht lösen.‹

›Wer kann das?‹

›Niemand.‹

›O wehe! Dann ist Ahmad für ewig verflucht?‹

Die schwarze Djinni zögert. Sie glättet ihr Gefieder.

›Es gäbe wohl einen Weg.‹

›Du kennst ihn?‹

›Ich kenne ihn, aber Ahmad kennt ihn nicht. Und wenn er ihn kennte, würde er ihn nicht gehen. Und wenn er ihn ginge, käme er nicht ans Ziel.‹

›Warum nicht?‹

›Der Weg ist zu schwer.‹

›Glaubst du nicht, dass Ahmad es dennoch versuchen würde, den schweren Weg zu gehen?‹

›Nein. Seine Seele ist nicht stark genug.‹

›Und wenn ihm einer hülfe?‹

›Dann geht er vergebens.‹

›Ach, armer König Ahmad!‹

Die weiße Djinni seufzt. Die schwarze putzt mit Sorgfalt ihr Gefieder.

›Was ist es denn, das den Weg für König Ahmad so schwer macht?‹, fragt die weiße nach einem langen Schweigen. ›Ich fühle, dass seine Seele aus allen Kräften strebt, sich von dem Fluch zu befreien, der auf ihm liegt.‹

›Aus allen Kräften? Nun, das will nicht sehr viel heißen bei König Ahmad!‹

›Bedenke, er ist krank!‹

›Nicht er, sein Wille ist krank.‹

›Hat er nicht Mut und Kraft genug bewiesen, als er um den Besitz der Prinzessin von Basra kämpfte?‹

›Das war nicht Mut noch Kraft, das war Begehren. Jedes Tier in der Brunft folgt kämpfend dem gleichen Begehren. Das ist nichts.‹

›Was also verlangst du von ihm, schwarze Djinni?‹

›Du plagst mich!‹

›Ich möchte den Weg für König Ahmad kennen.‹

›Nun gut, ich sage ihn dir, damit ich Ruhe habe vor deinen Fragen. Doch sind es verlorene Worte, weiße Djinni. Das Urteil des Großen Rechts ist gegen ihn. Nur eine große Tat aus großer Güte könnte das Urteil entkräften. Doch dafür besteht keine Gefahr. Ahmad der König kennt weder Größe noch Güte. Er lebt nur für sein Verlangen nach Djamileh.‹

›Er liebt sie!‹

›Wenn er frei werden will von der Last des Fluchs, muss er Djamileh vergessen.‹

›Horch! Hast du nichts gehört? Es klang, als stöhnte ein Mensch!‹

›Der Nachtwind stöhnt in den Felsen.‹
›Sprich weiter, schwarze Djinni!‹
›Was weiter? Wenn er rein werden will, muss er sich opfern für die, die seine Opfer sind.‹
›Das war die Schuld von Djaffar!‹
›War Djaffar König oder er?‹
›Ahmad war König, doch er war fast noch ein Knabe! Richte ihn nicht zu hart!‹
›Ich bin sein Richter nicht. Das sind seine Taten. Und auch unterlassen ist eine böse Tat.‹
›Sprich weiter!‹
›Aber unterbrich mich nicht so oft! Das Werk, das König Ahmad zu seiner Reinigung vollbringen müsste, ist für einen Riesen zu schwer, ja für zehn Riesen kaum zu vollbringen. Er müsste den Baum, auf dem wir rasten, wieder zum Grünen bringen.‹
›Wie kann das geschehen?‹
›Er müsste seine Wurzeln tränken mit dem süßen Wasser einer Quelle.‹
›Wo fände er die Quelle?‹
›Wenn die Sonne über den Felsen aufgeht, wirft sie den Schatten des Baums über den Steingrund. Unter der Spitze des Schattens schläft die Quelle.‹
›Wie tief?‹
›Wohl dreimal Mannslänge.‹
›Und wie kann er sie wecken?‹
›Deine Fragen sind müßig, weiße Djinni. Denn König Ahmad müsste mit seinen eigenen Händen den Fels aufgraben, wo die Quelle schläft.‹
›Mit eigenen Händen? Ohne Werkzeug?‹
›Mit seinen eigenen Händen. Den Fels.‹
›Ach, armer König Ahmad!‹
›Nun siehst du, dass alle deine Fragen müßig sind.‹

›Und doch kann ich sie nicht lassen. Wie können Menschenhände im Felsen graben?‹

›Freilich, da heißt es, sich plagen. Schweiß von seiner Stirn, Blut von seinen Händen würden den Stein zermürben.‹

›Das möchte wohl lange dauern!‹

›So viel Jahre, als er Sünden hat. Und wenn er sich Ruhe gönnte, einen einzigen Tag, eine einzige Stunde, wüchse der Fels wieder zu, und er müsste von vorn beginnen. Siehst du nun, dass es König Ahmad nie gelingen wird, den Fluch zu zerbrechen?‹

›Und wenn es ihm doch gelänge? Und wenn er die Quelle ausgrübe? Und wenn er den toten Baum mit ihrem Wasser tränkte und der Baum wieder grünte, schwarze Djinni – was dann?‹

›Ja dann! Ja, weiße Djinni, das wäre ein herrlicher Tag! Dann würde der Himmel sich auf die Erde neigen, und die Engel Allahs würden jauchzen über König Ahmad, und die Hölle würde trauern, weil sie den Sieg verloren hätte, der ihr gewiss erschien. Doch warum so viel Worte verlieren über Sinnloses? Die Nacht des Verhängnisses ist fast vorbei. Allah hat den Baum des Lebens geschüttelt. Viele Blätter liegen an seinem Fuße. Azrael, der ernste Engel, zählt sie und streicht ihre Namen aus dem Buch des Lebens. Die guten Taten und die bösen Taten wägt Allah auf der Waage der Gerechtigkeit. Der auserwählte Mensch wird von seinen Engeln über die Brücke des Todes geleitet. Doch den Verworfenen geleitet kein Engel. Die Last seiner Sünden zerrt ihn in die Tiefe, und die frohlockende Hölle fängt ihn auf. Was, weiße Djinni, wird Ahmads Schicksal sein?‹

›Ich glaube, stärker als ein Fluch ist die Kraft der Reue, und größer als Allahs Zorn ist Allahs Gnade‹, sagt die weiße Djinni und breitet ihre schimmernden Flügel aus.

›Ja‹, sagt die schwarze und folgt ihrem Beispiel, ›aber nur für den, der sie verdient.‹

›Und wer verdient sie?‹

›Wer guten Willens ist‹, antwortet die schwarze Djinni.

Sie schwingen sich in die Luft, ein dunkler und ein lichter Schatten, und schweben durch das enge Felsentor hinauf in den nächtlichen Himmel – und sind verschwunden.«

*

»Als Ibrahim, der gute alte Fischer, eine Stunde nach Mitternacht durch leises Stöhnen geweckt, sich vom rauen Lager zu Füßen seines Schützlings aufrichtet und nach ihm schaut, findet er ihn auf den Fellen sitzend, den Arm auf das Knie, das Kinn in die Hand gestützt, unbeweglich wie ein Steinbild. Er ruft ihn behutsam an und bekommt keine Antwort. Er fragt, ob er trinken wolle. Der Kranke rührt sich nicht. Da legt er sich bekümmert wieder hin. Und als der Morgen kommt und das erste Gebet der Gläubigen noch vor dem Sonnenaufgang den Schöpfer preist, findet Ibrahims Blick das Lager des Kranken leer.

Er sucht ihn. Er ruft ihn. Er fragt jeden Einzelnen, der mit ihm in den Felsen wohnt, nach seinem Schützling. Keiner hat ihn gesehen. Der Wächter, der allnächtlich den schmalen Pfad aus der Tiefe mit seinem Leibe sperrt, hat einen leisen Schlaf und hört den Flug einer Fledermaus, die vor dem Nachtfalken flieht. Von dem Kranken aber hat er nichts gemerkt. Der alte Fischer ist außer sich vor Kummer und Sorge um den Verschwundenen. Er klagt Faruk sein Leid. Dessen Stummheit lächelt ihm zu: ›Gräme dich nicht, Ibrahim! Steht nicht alles in der Hand des Erbarmers? Willst du ihm nicht das Schicksal deines Freundes anvertrauen?‹

Ibrahim seufzt und ergibt sich und beschließt, auf die Stunde zu warten, die sein Warten belohnt. Und ich glaube, meine Lieben, wir können nichts Besseres tun, als seinem Beispiel zu folgen. Denn lange genug haben wir nichts von den anderen gehört, die Euch, wie ich hoffe, auch lieb sind und deren Schicksal Euch ebenso am Herzen liegt wie das Schicksal Ahmads des Königs.«

*

»Da ist zunächst die Prinzessin Djamileh. Doch um sie brauchen wir uns jetzt nicht zu sorgen – später umso mehr! Sie ist, wie wir wissen, auf dem Wege nach Basra, zu ihrem Vater, und wir wissen auch, dass der schwarze Vogel mit dem Blutstropfen auf dem Herzen über sie wacht. Darum wollen wir uns jetzt zu dem aufmachen, den wir beim Scheitern des kleinen Segelbootes verlassen haben, tief unten an der Küste des Meeres, wo nichts als Sand ist und Öde und Glut und Verlassenheit.«

*

»Er liegt, wo die Brandung ihn hingeworfen hat, die Arme weit von sich gestreckt, auf Brust und Gesicht, und die Sonne versengt ihm die Haut. Er zuckt und wendet sich träge auf den Rücken, öffnet die Augen und sieht sich, noch liegend, um. Der Himmel weiß, wo seine Gedanken umherschwirren. Vielleicht in Bagdad auf dem Markt, wo es weiße Brotfladen und Honig und saftige Früchte und gebratene Fische in Fülle gab für einen kleinen schlauen und flinken Dieb, oder auf der Hafenbrücke, wo ein blinder Bettler die Vorübergehenden im Namen Allahs des Erbarmenden um eine Gabe bat und wo ein treuer Hund sehr aufpassen musste, dass sein geliebter Herr nicht betrogen wurde, oder in dem kleinen, mit gutem Gold bezahlten Segelboot, das kühn genug war, sich zur Verfolgung des roten Schwanes aufzumachen und unter seidenblauem ruhigem Himmel in einen brüllenden Sturm geriet und von der treulosen See unwirsch zerschlagen und auf den Strand geworfen wurde.

Mit einem Ruck setzt Abu sich auf. Jetzt hat er seine Gedanken wieder beisammen. Er sieht sich um. Was für eine abscheuliche Gegend! Kein Haus, kein Dorf, keine Stadt, kein Feld, kein Garten, kein Baum – nichts als glühender Sand und die träge atmende See und zwischen See und Sand ein wirres Durcheinander von kläglichen Trümmern und Segelfetzen, den Überbleibseln eines tapferen Bootes.

Abu rafft sich auf und läuft darauf zu. Halb hofft er, halb fürchtet er, in dem trübseligen Wirrsal eine Spur des Freundes zu finden. Er findet nichts. In all der Weite und Leere nichts von Ahmad. Er ruft den Namen des Freundes, nicht, weil er hofft, Antwort zu bekommen, nein, um der eigenen Verlassenheit eine Stimme zu geben. Aber nicht einmal das Echo antwortet ihm.

Er reibt sich den heißen Kopf und findet das Leben hässlich. Hunger hat er und hat Angst um den Freund. Vor kurzer Zeit noch hätte ihn das Alleinsein wenig gekümmert, denn er war daran gewöhnt. Aber seit er sein junges sprödes Herz an das Schicksal Ahmads des Königs verlor, ist er gleichsam nur halb, sobald er nicht bei ihm ist, und jetzt wünscht er fast, er wäre ein Hund geblieben, Ahmads treuer Gefährte, Beschützer und Freund. Damals brauchte er nur den Kopf zu heben, um Ahmad neben sich zu sehen und sein trauriges Lächeln in dem blinden Gesicht. Damals brauchte er sich nur an ihn zu schmiegen, um die geliebte Hand des Herrn und Freundes auf seinem dicken Pelz zu spüren, wie sie ihn klopfte und streichelte, und seine Stimme zu hören, wie sie sagte: ›Ja, mein guter Abu! Ja, mein Freund!‹

Und nun? Wo war er? Wo sollte er ihn suchen? Hatte das Meer ihn verschluckt, als ihr Boot zerschellte? Seit dem kürzlich Erlebten hat Abus Liebe zur See einen bösen Stoß bekommen. Oh, der Koran hat Recht, wenn er die Männer vor dem Weibe warnt! Kam nicht alles Unglück, das über Ahmad und ihn hereingebrochen war, von einem Weibe? Von zweien sogar, wenn man Halimas Spiel erwog? Und die See, war sie nicht auch ein Weib, launisch und unzuverlässig und aller bösen Ränke kundig?

Abu wirft der Tückischen einen Blick voll Zorn und Kummer zu. Der Blick trifft ein seltsames Etwas, das am Strande liegt, von letzten schlaffen Wellen überspült. Abu läuft darauf zu. Es gibt wenig Dinge, die ein flinker Junge nicht irgendwo irgendwie einmal brauchen kann, wenn sie ihm von selbst oder mit ein wenig Nachhilfe in die Finger geraten. Das Ding hier, das die Brandung auf den öden Sand geworfen hat, ist wunderlich geformt, von trüber Durchsichtigkeit, unten breiter, oben enger, und, wo es am engsten ist, auf eine unbekannte Art verschlossen. Das Ganze sieht alt und absonderlich aus und so, dass man es ohne Zögern aufs Genaueste untersuchen muss.

Abu dreht den dunklen Pfropfen heraus, und in der nächsten Sekunde lässt er den Fund, auf den Tod erschrocken, fallen und läuft Hals über Kopf davon. Denn aus dem Inneren der Flasche erhebt sich ein solches Gebrüll, als brächen drei hungrige Löwen aus der Gefangenschaft aus und forderten ihre saumseligen Wärter als Frühstück.

In einiger Entfernung aber bleibt Abu stehen und schaut sich um, denn wenn seine Angst auch groß ist, seine Neugier ist noch größer, und sie wird belohnt. Denn – was denkt Ihr, was vor seinen Augen geschieht?

Aus dem engen Hals der weggeworfenen Flasche hebt sich ein dünner, schwarzer Rauch, steigt himmelhoch und verdichtet sich immer mehr und wird zuletzt – oh! Allah behüte uns vor den unheiligen Mächten der Hölle! –, wird zuletzt eine Riesengestalt, ein Djin, so groß wie eine tausendjährige Zeder des Libanon, nackt bis auf den Lendenschurz, das ungeheure Haupt ganz kahl geschoren, nur vom Schädelwirbel hängt ihm ein Etwas wie ein Pferdeschwanz, schwarz und dünn, doch derb – und an den Zehen und Fingern hat er Krallen, dass man bei ihrem Anblick friert.

Werdet Ihr mir glauben, wenn ich Euch sage, dass Abu, der Dieb von Bagdad, beim Anblick dieses Ungetüms an allen Gliedern schlottert? Ja, Ihr müsst mir glauben, denn ich sage die Wahrheit! Und den möchte ich sehen, dem es anders ergangen wäre! Selbst ein Mann in Waffen, ja zehn Männer hätten vor diesem Djin aus der Flasche gemeinsam die Flucht ergriffen. Aber wohin? Weit und breit nur Sand und nicht die kleinste Höhle, in der sich Abu hätte bergen können, und wenn da auch eine Höhle gewesen wäre, wie sollte er sie flink genug erreichen? Das Ungetüm brauchte ja nur einen kleinen Schritt zu tun, um Abu jeden Fluchtweg abzuschneiden, ihn unter seinen fürchterlichen Sohlen wie eine arme Fliege zu zerquetschen. O Allah, o Erbarmer, wie wird der Dieb von Bagdad diesem grässlichen Abenteuer entkommen?

Erst hofft er noch, der Djin würde ihn nicht bemerken, aber das ist eine irrige Hoffnung. Zu lange und zu gründlich hat der Geist, als er noch in der Flasche steckte, das

Menschlein betrachtet, das sich mit seinem Gefängnis zu schaffen machte. Jetzt lacht er nur über die tölpelhafte Flucht, und sein Gelächter klingt, als polterten zehntausend Tonnen Steine einen Berghang hinunter.

›Hohohoho, du Zwerg! Willst du mir etwa entwischen, du Nichts? Du Missgeburt? Glaubst du, ein Djin meiner Abkunft lässt mit sich spielen? Ein Djin, der so wild und so störrisch von Natur war, dass der große weise König Salomo sich vor seiner Wildheit entsetzte und ihn ergrimmt in diese Flasche bannte und die Flasche ins Meer versenken ließ, um nur ja vor ihm sicher zu sein? Zweitausend Jahre habe ich in dieser verdammten Flasche gesteckt! Zweitausend Jahre! Weißt du, was das heißt, du Gewürm? Jetzt bin ich frei – frei – frei! Und jetzt komm her! Jetzt breche ich dir die Knochen!‹

Abu hat sich vom ersten Schreck erholt und beschließt, all seinen Witz zu brauchen, um den Riesen zu übertölpeln. Denn das merkt er wohl, dass Schlauheit die einzige Waffe ist gegen Riesengewalt.

›Du großer Lümmel!‹, sagt er. ›Schämst du dich nicht? Mir, deinem Befreier, der dich aus dem unwürdigen Gefängnis erlöst hat, mir willst du die Knochen brechen? Auf die Knie solltest du dich werfen vor mir und mir in Dankbarkeit die Füße küssen! Stattdessen drohst du mir? Noch einmal: Schämst du dich nicht?‹

Das Ungetüm lacht wieder, dass das Meer erbebt und die Erde zu wackeln beginnt.

›Ich dir die Füße küssen? Du Laus! Du bliebest mir ja wie ein Kuchenkrümel an den Lippen kleben! Um meinen Dank zu verdienen, hättest du mich früher befreien müssen! Ja, vor zweitausend Jahren! Da schwor ich, dem, der mich befreite, sein Leben lang als Sklave zu dienen! Vor tausend Jahren schwor ich, meinen Befreier zum reichsten Menschen auf der Welt zu machen, ihm alle Schätze zu schenken, die im Gestein der Felsen und in den Muscheln der Meere verborgen sind. Beide Schwüre verhallten ungehört. Da schwor ich mir, wenn jetzt noch einer käme, der mich aus dem Gefängnis der Flasche befreite, ihn meiner Rache zu weihen und umzubringen. Und, kleiner Floh, zu deinem Unglück bist du der Gegenstand des dritten Schwures! Also zapple nicht lange, sprich dein letztes Gebet und mache dich bereit, zur Hölle zu fahren!‹

›Nicht so hastig, du Vater, Sohn und Enkel der Undankbarkeit!‹, sagt Abu und rückt vorsichtig näher. ›Glaubst du wirklich, ich hielte auch nur ein Wort von allem, was du da faselst, für wahr? Da müsste ich noch dümmer sein als du! Salomo, der König aller Könige auf Erden, der so weise war, dass er die Sprache der Vögel verstand und sich mit den Sternen des Himmels unterhalten konnte – Salomo sollte sich vor dir entsetzt haben? Sollte dich, du Großmaul, wegen deiner Wildheit in die Flasche gebannt haben? Für wie leichtgläubig hältst du mich? Ein Kind von drei Jahren würde dich auslachen und mit Fingern auf dich zeigen: ›Ha! Seht euch den Lügner an! In dieser Flasche will er gewesen sein, der Kerl, der einen Mastbaum als Krücke gebrauchen könnte! In einer Flasche, die ich mit meinen Händen zu umspannen vermag! Wenn du willst, dass man deinen Lügen glauben soll, dann musst du schon gescheiter lügen!‹ Und wenn ein Kind von drei Jahren so zu dir sprechen würde, was sage da ich? Ich sage nichts, ich lache!‹

Und er setzt sich in den Sand, wirft die Beine in die Luft und lacht aus voller Kehle.

O Himmel, jetzt wird der Riese aber wild!

›Lügen? Ich soll lügen?‹

›Nein! Eben nicht! Du sollst die Wahrheit sagen, du Plumpsack!‹

›Ich habe die Wahrheit gesagt!‹

›Was! Du willst in der lächerlichen Flasche da gesteckt haben?‹

›Ich will nicht – ich habe!‹

›O König Salomo! Komm aus dem Grabe herauf und strafe diesen Prahlhans für seine Frechheit, wie er's verdient!‹

›O ihr Propheten! O ihr Kalifen! O ihr Geister zwischen Himmel und Erde und im unendlichen Meer! Dieser Floh da, dieses winzige Geziefer, will bezweifeln, dass ich in der Flasche gesteckt habe! Allah verbrenne dich, du Tropfen Bosheit!‹

›Tropfen Bosheit! Tropfen Bosheit!‹, äfft Abu ihn nach. ›Bildest du dir ein, du wirst glaubwürdiger, wenn du schimpfst? Geh auf den höchsten Berg hier in der Runde und halte dir das Meer als Spiegel vor, und dann wage noch einmal zu behaupten, dass du in dieser Flasche gefangen warst!‹

›Warte, du elender Verleumder! Warte, du giftige Natter! Du hässlicher Skorpion! Ich werde dir beweisen, wer von uns beiden lügt! Ich werde dir zeigen, ob ich zu groß für diese Flasche bin!‹

Der Djin, blaurot vor Wut im Gesicht und stotternd und stammelnd vor Ingrimm, murmelt eine Beschwörung vor sich hin, und seht nur, seht, da wird er dünner und dünner, wird wieder zur Rauchwolke, oben breit und unten schmal wie ein Lanzenschaft, und schlüpft – eine Eidechse ist nicht gewandter noch schneller! – durch das enge Halsloch der Flasche in diese hinein.

Unser Abu, die Gewandtheit und Schnelligkeit des Djin weit hinter sich lassend, stürzt auf die Flasche zu, drückt den Stöpsel schleunigst auf die Öffnung und bricht in ein jubelndes Gelächter aus.

›Gefangen!‹, jauchzt er und tanzt auf einem Bein. ›Gefangen! Übertölpelt! Zum Narren gemacht! O Djin, was bist du für ein dummer Djin! Hast dich von einem Floh, von einer Laus, von einem winzigen Geziefer an deiner riesengroßen Nase herumführen lassen! O Djin, an deiner Stelle würde ich mich zu Tode schämen! Wenn ich nach Bagdad komme, mache ich dich zum Gelächter der ganzen Stadt! Das heißt – ich weiß noch nicht: Soll ich dich mitnehmen und auf dem Markt und im Bazar für Geld sehen lassen, oder soll ich dich wieder ins Meer werfen, da, wo es am tiefsten ist, dass du noch einmal tausend und abermals tausend Jahre darüber nachdenken kannst, was du deinem nächsten Befreier zuschwören willst? Ja, so verlockend es ist, bei Allah!, mit dir die Leute zum Lachen zu bringen, so glaube ich doch, es ist besser, ich werfe dich wieder ins Meer! Ich schwimme ganz weit hinaus, und dann lasse ich dich fallen und schaue zu, wie die Fische sich freuen, dich wieder zu sehen!‹

Der Djin in der Flasche ringt die Hände und wirft sich, nun plötzlich so klein wie ein Däumling, auf die Knie und fleht und jammert und schreit. Aber der Dieb von Bagdad tut, als sei er taub, singt und pfeift und watet ins Meer hinaus, und erst, als er schon ein gutes Stück weit draußen ist, scheint er zu hören, dass eine Stimme ihn vom Himmel zur Erde beschwört, Mitleid mit ihm zu haben und ihn nicht zu versenken.

›Menschlein! Menschlein! Höre doch, was ich dir sage! Menschlein, lass mich hinaus!‹

›Ja, jetzt kannst du betteln, du großmäulige Rauchwolke! Aber dein Gebrüll vorhin hat mich leider taub gemacht! Ich verstehe dich nicht! Unterhalte dich mit den Fischen!‹

›Menschlein! Ich bin, wenn ich nicht in dieser vermaledeiten Flasche stecke, ein sehr mächtiger Djin! Es gibt nichts, was ich dir nicht verschaffen könnte! Lass mich hinaus!‹

›Ich möcht' ein Seemann werden, segeln übers Meer!‹, singt Abu, denn er kennt kein anderes Lied, und watet weiter.

›Gnade, Gnade, mein Gebieter!‹, schreit der Djin in der Flasche.

Abu bleibt stehen: ›Was hast du eben gesagt?‹

›Mein Gebieter! O großer und gnädiger Herr! Lass mich hinaus! Ich will dir drei Wünsche gewähren!‹

›Drei Wünsche?‹, fragt Abu, die Ohren spitzend.

›Drei Wünsche, großer und mächtiger Gebieter!‹

›Haha! Und das soll ich dir glauben?‹

›Ich schwöre's dir zu – bei dem Siegel dessen, dem auch die größten Djins unterworfen sind!‹

›Du schwörst?‹

›Ich habe geschworen!‹

›Und wenn ich dich herauslasse, fängst du wieder an mit ›Tropfen Bosheit‹ und ›Laus‹ und ›Knochen zerbrechen‹! Nein, nein, es ist doch besser, du bleibst in der Flasche und verschwindest wieder im Meer!‹

›Nein, nein, nein, nein, du klügster und edelster aller Nachkommen Adams!‹, bettelt der Djin, und die dicken Schweißtropfen laufen ihm übers Gesicht, so plagt ihn die Angst vor dem dritten Jahrtausend der Gefangenschaft. ›Ich beschwöre dich bei der Sonne, dem Mond und den Sternen, bei Himmel und Hölle, bei Salomo, bei Allah und Mohammed – sein Name sei gepriesen, denn auch die Geister bekennen, dass er der Prophet des alleinzigen Gottes ist –, ich beschwöre dich, mein Gebieter, lass mich hinaus und empfange als Dank die Erfüllung deiner drei Wünsche!‹

›Man sollte meinen‹, sagt der Dieb von Bagdad nachdenklich, ›dass selbst ein ungewöhnlich schlimmer Djin einen solchen Schwur nicht brechen wird!‹

Und langsam, manchmal stehen bleibend, um seinen Gefangenen gehörig in Angst zu halten, watet er an den Strand zurück. Doch bevor er den Djin aus der Flasche lässt, stellt er noch eine Bedingung.

›Wirst du dich jetzt benehmen, wie es sich gehört? Nicht mehr drohen und brüllen? Nicht mehr prahlen?‹

›Nichts mehr davon, mein Gebieter!‹, antwortet der völlig erschöpfte Djin in der Flasche.

›Siehst du wohl?‹, sagt Abu lobend. ›So lernt auch das ärgste Großmaul, sich gesittet zu betragen!‹, und damit bückt er sich und öffnet die Flasche.

Nun wollen wir sehen, wie ihm das bekommt. Denn Abu ist schlau, und der Geist hat sich, eben weil er ein Großmaul ist, von ihm überlisten lassen. Aber es ist noch nicht aller Tage Abend, und Hochmut kommt vor dem Fall und wie die Sprichworte alle heißen, die sich hier anführen ließen. Also warten wir es ab, Freunde, und schauen wir zu!

Der Djin, anfangs von Groll verzehrt – denn es ist für solch einen Geist eine rechte Schande, zum Sklaven eines Menschleins wie Abu zu werden –, macht jetzt schon bessere Miene zum bösen Spiel. Denn je länger er Abu betrachtet, desto mehr Wohlgefallen findet er an ihm, ein grimmiges Wohlgefallen freilich, aber ein grimmiglächelndes.

›Nun?‹, brummt er und stemmt die ungeheuren Fäuste in die ungeheuren Hüften. ›Du siehst mich zu deinen Diensten! Hast du noch keinen Wunsch?‹

Abu sieht ihn mit schiefem Kopfe an. Drei Wünsche? Das ist sehr viel und ist sehr wenig. Aber – geschehe, was da wolle! – Abu hat Hunger, und wenn er Hunger hat, muss er essen. Das ist das Gesetz, nach dem der Dieb von Bagdad gelebt hat, seit er für sich selber sorgen musste.

›O ja!‹, antwortet er, tief aufseufzend, und hat plötzlich nicht mehr das Gesicht eines Jünglings, sondern ein Kindergesicht. ›Ich hätte schrecklich gern ein paar Würstchen, wie meine Mutter sie zu braten pflegte, als ich noch an ihrer Schürze hing!‹

›Hören und gehorchen sind eins!‹, sagt der Djin und stellt, sich gewaltig bückend, eine Kupferpfanne vor Abu in den Sand. Darin brutzeln vier der köstlichsten Bratwürste und verbreiten verlockenden Duft.

Abu lässt sich nicht nötigen. Er setzt sich neben der glänzenden Pfanne nieder und vertieft sich in seine Mahlzeit.

›Das war dein erster Wunsch, mein kleiner Gebieter‹, meint der Unhold eitel, da er sieht, wie es Abu schmeckt. ›Habe ich ihn nicht rasch und prächtig erfüllt? Wie lautet nun der zweite?‹

›Nicht so eilig!‹, sagt Abu. ›Jetzt habe ich nur noch zwei. Die muss ich für meinen Freund Ahmad aufheben. Du kennst ihn noch nicht. Wir wurden getrennt, als unser Boot scheiterte. Kannst du mir sagen, wo er sich befindet? Aber halt, halt! Das ist kein Wunsch, verstehst du? Das ist nur eine Frage! Kannst du sie beantworten?‹

›Ich will es versuchen, Herr und Meister!‹, antwortet der Djin, die Augen schließend, um besser nachdenken zu können. Ein nachdenkender Djin von dieser ungefügen Art, das ist ein Anblick, den zu genießen ich Euch gönnen würde! Es ist, als versänke ein Berg in Grübelei. Er zieht den Kopf in die Schultern, die sich vorwölben, als hätte sich die Last seines Kopfes verzehnfacht. Die Beine spreizt er, stemmt die Hände auf die Knie und schnauft wie eine

Herde Büffel. Das dauert eine Weile. Dann richtet er sich langsam auf, öffnet die Augen und starrt mit rotem Kopf zu Abu hinüber.

›Kleiner Gebieter‹, sagt er verlegen, ›ich kann ihn nicht entdecken!‹

›Und dazu brauchst du so lange?‹, fragt Abu verächtlich.

›Urteile nicht so hart über deinen demütigen Sklaven! Ahmad, dein Freund – was kann ich dafür? –, ist nicht auf dieser Erde, nicht im Wasser noch im Feuer, noch in der Luft!‹

›So ist er tot?‹, schreit Abu, und es ist etwas in diesem Schrei, das den Djin veranlasst, sich zu räuspern. Es klingt, als bereite ein Vulkan sich zum Ausbruch vor.

›Nein!‹, sagt er nach einer Weile mit Nachdruck und schüttelt den Kopf, dass der Pferdeschwanz auf seinem kahlen Schädel ihm um die Ohren schlägt. ›Im Reich der Toten ist er nicht.‹

›O Allah, ich danke dir!‹, ruft Abu glücklich.

›Aber im Reich der Lebenden ist er auch nicht!‹, fährt das Ungetüm, sich wundernd, fort.

Abus zornige Augen funkeln ihn an.

›Willst du mich foppen?‹, fragt er. ›Nimm dich in Acht! Sonst nutze ich meinen zweiten Wunsch, dich wieder in die Flasche hineinzuzaubern! Soll ich …?‹

›Nein, nein, nur das nicht! Nur das nicht!‹, winselt der Djin.

Der Dieb von Bagdad stampft mit dem Fuß auf.

›Wo ist Ahmad, mein Freund?‹

Der Unhold brummt verlegen. Es klingt wie ein fernes Gewitter.

›O Herr, ich kann dir wohl sagen, wo Ahmad nicht ist, aber wenn Allah selbst ihn verborgen hält – wer blickt hinter die Schleier seiner Geheimnisse?‹

›Was kümmert mich, wo Ahmad nicht ist! Wo er ist, will ich wissen! Ich will ihn wiederfinden, ich will ihn befreien, wenn er in Not und Gefahr ist! Und wenn ich ihn unter der Quaste vom Schwanz des Teufels suchen müsste oder unter dem goldenen Schemel, darauf der Schöpfer der Welt seine Füße ruhen lässt am Feierabend! Ich will zu meinem Freund! Merk dir das und richte dich danach!‹

Der Djin kratzt sich den Kopf und lässt ein Schnaufen hören, als enttauche ein Dutzend Walfische dem Meer und blase den Atem aus.

›Herr und Gebieter‹, sagt er kleinlaut, ›an diesem Rätsel scheitert all meine Weisheit! Ich möchte dir gehorchen, möchte dir helfen, aber wo ich auch forsche, ich kann ihn nicht entdecken!‹

›Und damit, glaubst du, werde ich mich zufrieden geben? Wie viel an Weisheit steckt denn unter deinem lächerlichen Schopf? Schade, dass ich keinen Spiegel zur Hand habe! Dann könntest du sehen, wie ein Djin aussieht, der sich entsetzlich schämt! Was nun? Hast du die Absicht, bis ans Ende der Zeit hier stehen zu bleiben wie das Kamel am Berge? Fällt dir kein Ausweg ein? Ich sehe schon, alter Freund, ich muss dich doch wieder in die Flasche stecken! Vielleicht kommt dir dann die Erleuchtung!‹

›O mein erhabener Gebieter!‹, jammert der Unhold und wirft sich auf die Knie, dass der Sand turmhoch in die Höhe wölkt. ›Es gäbe wohl einen Ausweg, aber ich fürchte, er ist nichts für dich!‹

›Überlass das mir zu entscheiden, Tölpel!‹, sagt Abu und schüttelt sich den Sand aus den Haaren. ›Wer, wenn dein Wissen zu klein ist, was mich nicht wundert, wer kann mir sagen, wo sich Ahmad befindet?‹

›Sagen? Niemand zwischen Himmel und Erde! Aber zeigen!‹

›Zeigen? Wo Ahmad steckt? Du weißt es also doch?‹

›Mein Himmel, nein! Kleiner Gebieter, du verstehst mich nicht! Du bist so schrecklich hastig! Lass mich in Ruhe erzählen!‹

›O Allah, Allah, schenke mir Geduld!‹

›Es gibt‹, beginnt der Djin, und seine Stimme klingt ehrfürchtig, ›ein Auge, das alles sieht! Wer in dieses Auge blickt, dem bleibt nicht das Größte noch das Kleinste von dem verborgen, was in der Schöpfung sich regt, nicht der Gang der Gestirne am Himmel, nicht der Weg eines Regenwurms in der feuchten Erde.‹

›Was, o du Erfinder der Schwerfälligkeit, gehen mich die Sterne und die Regenwürmer an! Ich will wissen, wo mein Freund Ahmad ist!‹

›Im Allsehenden Auge würde er sich dir zeigen!‹

›Und wo finde ich das, um hineinzuschauen?‹

›Das Allsehende Auge, das ich meine, o Herr und Gebieter, ist ein rot glühender Karfunkelstein in der Stirn der Göttin des Lichts.‹

›Wer ist das: die Göttin des Lichts?‹

›Das weiß ich nicht! Das weiß nur, wer ihren Tempel betreten hat.‹

›Und du hast ihn nicht betreten?‹

›Mein Herr und Gebieter, das kann nur ein Knirps wie du!‹

›Ist denn der Tempel so klein?‹

›Er ist groß wie die Weisheit Allahs, aber durch den Eingang geht höchstens meine Hand!‹

›Hast du denn versucht hineinzugelangen?‹

›O ja!‹

›Warum? Wolltest du auch in das Allsehende Auge schauen?‹

›Ich wollte es stehlen, denn sein Besitz verleiht Allwissenheit!‹

›Stehlen? Von der Stirn der Göttin stehlen? Das wäre etwas für mich!‹

›Hohohoho!‹ Der Unhold lacht, dass durch den Atemstoß sein Gegenüber in die Luft hinausgewirbelt worden wäre, wenn Abu sich nicht geistesgegenwärtig mit beiden Händen am großen Zeh des Hünen festgehalten hätte. ›Stehlen! Du! Das Allsehende Auge! Hohohoho! Von der Stirn der Göttin! Im Tempel der Dämmerung! Hohohoho!‹

›Lache nicht!‹, schreit Abu zornentbrannt. ›Was gibt es da zu lachen? Weißt du nicht, wer ich bin? Ich bin der Dieb von Bagdad!‹

›Da bist du auch was Rechtes!‹, schnauft der Unhold. ›Geh weg da, du kitzelst mich!‹, und er schüttelt Abu von seinem großen Zeh. ›Was magst du schon gestohlen haben, Prahlhans! Einen Kohlkopf, ein Kupferstück, ein Nichts und kein Etwas!‹

›Du fängst schon wieder an, frech zu werden! Nimm dich in Acht! Es ist noch nicht so lange her, dass ich einem Großmaul von Djin den Mut aus der Seele gestohlen habe!‹

›Verzeihung, Verzeihung, o Herr!‹

›Nur, wenn du mich unverzüglich zum Tempel der Göttin bringst, auf deren Stirn das Allsehende Auge funkelt!‹

›Mein kleiner Gebieter, es ist so entsetzlich weit!‹

›Hast du nicht zweitausend Jahre Zeit gehabt, dich auszuruhen? Vorwärts, Faulpelz!‹

›Die Reise geht durch die Luft, mein Herr und Meister! Wird dir nicht schwindlig werden?‹

›Nimm mich auf die Schulter, dann kann ich mich an deinem Schopf festhalten!‹

Der Unhold brummt, aber er sträubt sich nicht länger, denn der Zähigkeit Abus ist er nicht gewachsen. Er nimmt ihn vorsichtig zwischen zwei Finger, setzt ihn sich ins Genick und steigt auf in die Luft, höher und immer höher, bis das große Meer nur noch wie ein Teich zu ihren Füßen liegt.

Dem Dieb von Bagdad ist nicht wohl zumute.

›Djin! Djin!‹, schreit er. ›Djin! Ich fürchte mich!‹

›Hahahaha!!‹

›Lache nicht, Unverschämter!‹

›Hahahaha, hohohoho! Das ist der Held, der das Allsehende Auge rauben will! Nein, nein, du bist und bleibst ein kleiner Dieb und ein großer Prahler! Am besten, ich bringe dich wieder zur Erde hinab!‹ Und schon beginnt er zu sinken.

Abu beißt die Zähne zusammen. Er denkt an Ahmad, den verschwundenen Freund.

›Nein! Flieg weiter! Zum Tempel der Göttin des Lichts! Und höre, Djin, wenn ich schreie: ‚Djin, ich habe Angst!' oder ähnlichen Unsinn, dann kümmere dich nicht drum! Flieg weiter! Flieg weiter!‹

›Hören und gehorchen sind eins!‹, brummt der schlecht gelaunte Djin und hebt sich abermals hoch und immer höher, bis über die Wolken, bis über den Flug der Adler.

Und für diesen langwährenden Flug zum Tempel der Göttin des Lichts, die schweigend in ewiger, ewiger Dämmerung thront, können wir Abu und seinen mürrischen Diener, den Djin, eine Weile getrost sich selbst überlassen. Wir wollen Ahmad, den unserem Blick entrückten König von Bagdad, wiederfinden. Doch bevor wir uns dessen unterfangen – und ein Unterfangen, Freunde, ist jeder Menschenversuch, in Allahs des Erhabenen Geheimnisse einzudringen, und wenn er misslingen sollte, rechnet es mir nicht an! –, bevor wir uns, sage ich, dessen unterfangen, werfen wir einen Blick auf Basra, das gewaltsam verlassene.

Der rote Schwan ist im Hafen eingeflogen, hat die breiten Schwingen zusammengefaltet und sich an der Mole zur Ruhe gelegt, als wollte er lange dort bleiben. Die Ankunft des wohl bekannten Schiffes ist dem Vater Djamilehs gemeldet worden, und der Weißbart hat die Sklaven, die ihm, einer über den anderen wegpurzelnd, als Erste die Freudenbotschaft bringen wollten, durchprügeln lassen, weil er glaubte, sie wollten seiner spotten oder sich einen Botenlohn erschwindeln, ehe die Wahrheit geprüft werden konnte.

Aber es kamen immer mehr mit der gleichen Botschaft angelaufen, und dann drang ein Freudenlärm, vom Hafen her anschwellend, an die ungläubigen Ohren des alten Sultans, und endlich – er konnte unmöglich noch länger zweifeln! – erschien Djaffar selbst, feierlich-köstlich gekleidet, ein Lächeln auf dem Antlitz des gefallenen Engels, und hinter ihm brachten vier riesenhafte Mohren eine zierlich geschnitzte Sänfte aus Elfenbein getragen, setzten sie, auf einen Wink von Djaffar, dem Weißbart zu Füßen und verschwanden, mit tief gesenkten Köpfen und auf der Brust gekreuzten Armen rückwärts schreitend, aus dem Saal.

›Friede sei mit dir, erhabener Herrscher von Basra!‹, grüßt Djaffar höfisch.

›Und mit dir!‹, murmelt der Sultan, etwas ungewiss dreinblickend, denn er weiß nicht recht, was er von der Rückkehr Djaffars und dem ganzen Aufzug halten soll. Halb fürchtet, halb hofft er, in der Sänfte sei wieder ein Geschenk Djaffars verborgen, das ihn teuer zu stehen käme, wie er's bei dem fliegenden Pferd erleben musste.

Aber plötzlich – der Atem stockt ihm! – erscheint zwischen den Falten der brokatenen Vorhänge eine kleine, zarte, ach so wohl bekannte, ach jetzt so abgezehrte Hand und schiebt den Vorhang auseinander, und dann biegt sich das Köpfchen Djamilehs heraus und dem Vater entgegen, und ein paar Herzschläge später liegt die vor Freude und Erleichterung zitternde Gestalt der Tochter in den vor Freude und Erleichterung zitternden Armen des Vaters, die sich über ihr schließen, als wollten sie schwören, sie nie mehr, nie mehr loszulassen.

Eine gute Weile ist in dem Saal des Sultanpalastes, wo Vater und Tochter sich umschlungen halten, nichts zu hören als ihr flüsterndes Stammeln, der schluchzende und lachende Austausch ihrer Erlebnisse, Ängste und Hoffnungen. Der alte Sultan hat Djaffar vergessen und Djamileh ihren treuen Freund, den schwarzen Vogel mit dem Rubintropfen auf dem Herzen. Er hat sich auf dem Elfenbeindach der Sänfte niedergelassen, und seine Augen blicken unentwegt auf Djaffar, der mit gekreuzten Armen ruhig wartend an einer Säule lehnt und ihn scheinbar nicht beachtet.

›O meine Tochter, meine Tochter!‹, murmelt der Weißbart und streichelt die zarte Schulter Djamilehs, ›verzeih deinem alten törichten Vater! Ich weiß, ich habe meine Pflichten gegen dich erbärmlich vernachlässigt! Ich habe die Leidenschaft für meine schönen Spielzeuge ... Ach, aber sind sie nicht wirklich schön, Djamileh? Ja, was wollte ich sagen? Ich habe sie manchmal scheinbar – scheinbar, mein geliebtes Kind, mein Juwel! – über dich gestellt, und das war eine große Sünde! Allah der Erbarmer verzeihe mir! Aber nun bist du mir wiedergegeben, Preis sei dem höchsten Gott! Und ich hoffe, es ist dir nichts Übles widerfahren!‹

Djamileh denkt an den Teppichhändler im Bazar von Basra, an das Sklavenschiff, an die Fahrt unter purpurnen Segeln, aber sie schüttelt den Kopf.

›Ich hatte einen treuen Beschützer, mein Vater!‹, antwortet sie sanft und sieht sich, Djaffars Blick vermeidend, im Saale um. ›Komm, Freund! Komm, du unbestechlicher Wächter!‹, lockt sie und streckt die linke Hand aus. Der strahlend schwarze Vogel mit der Federkrone lässt sich behutsam darauf nieder. Seine funkelnden Augen, klar und kalt wie gebeizter Onyx, ruhen auf Djaffar.

Djaffar lächelt.

›O Herrscher von Basra, o Herrscherin meines Herzens!‹, sagt er, vom Vater auf die Tochter blickend. ›Gestattet mir, euch dem Glück des Wiedersehens zu überlassen! Ich bleibe hier im Hafen, an Bord meines Schiffes. Es bedarf nur eines Gedankens, um mich herbeizurufen. Ja, Djamileh, Herrin, sobald der leiseste Blutschlag deines Herzens flüstert: ‚Djaffar, komm!‘, bin ich bei dir und lege dir die Welt zu Füßen.‹

›Ich frage nicht nach der Welt und nicht nach dir!‹, antwortet Djamileh frierend und lehnt sich, den schwarzen Vogel an ihr Herz drückend, im Arm des Vaters zurück. ›Ich frage nur nach einem, und du weißt es!‹

›Auf diese Frage gibt es keine Antwort!‹, sagt Djaffar, verbeugt sich tief und geht.

Aber schon auf den Stufen des Palastes bleibt er wieder stehen. Er breitet die Arme aus und reckt sich hoch, wie damals auf dem Meer, als der kühne kleine Segler den roten Schwan verfolgte.

›Luft‹, raunt er dunkel, ›Luft! Belauscherin der Lippen! Luft, allgegenwärtige Brücke vom Mund zum Ohr! Sei mir gehorsam! Lausche am süßen Munde der Prinzessin von Basra! Flüstre mir ins Ohr, was du erlauschtest! Fange auch das Narrengeschwätz des Sultans auf! Trag es mir zu! Vergiss nichts! Verliere kein Wort! Aber, Luft!‹, fährt er fort, und seine Stimme wird Eis. ›Versage dich künftig den Flügeln des schwarzen Vogels mit der rubinroten Feder auf dem Herzen!‹

Ein Wehen umfängt ihn, dass sein Mantel sich bauscht. Das Wehen flüstert: ›Hören ist gehorchen!‹

Djaffar lächelt stolz. Er kehrt zum Hafen zurück. Aber der schwarze Vogel, der sich von der Hand der Prinzessin erhoben hat und sie liebend umkreist, stößt einen Klageruf aus und sinkt zu Boden.

›Was ist dir, mein Freund, mein Beschützer?‹, fragt Djamileh erschrocken und kniet bei ihm nieder. Der Vogel hebt mit Mühe das schöne, gekrönte Haupt, senkt den Schnabel und reißt sich den Blutrubin aus dem Seidengefieder der Brust. Er spricht nicht, schon ein Flüstern wäre Verrat. Aber sein Auge, beredt wie das Auge der Liebenden, deutet: ›Nimm diese Feder und wahre sie wohl!‹

Djamileh gehorcht. Sie birgt die Feder an ihrem Herzen. Da ist der Vogel verschwunden. Aber seine Stimme spricht wie ein Hauch an ihrem Herzen: ›Hüte dich, Djamileh!‹

Die Prinzessin erhebt sich. Sie atmet beklommen.

›Die Mauern des Palastes ersticken mich! Lass uns in den Garten gehen, Vater!‹

›Ach, Kind!‹, sagt der alte Sultan und schüttelt den Kopf. ›Das ist der jämmerlichste Platz der Welt!‹

›Es ist der schönste Platz der Welt, mein Vater! Er umschließt einen Teich, bedeckt mit blauem Lotos. Ein Baum überwölbt ihn, der wurzelt im Paradies! Die Nachtigall hat ihr Nest im Hibiskusgebüsch erbaut. Sie singt das Lied einer unsterblichen Liebe!‹

›Ach, meine Tochter, du irrst dich! Der Garten ist tot und verdorrt, der Teich von Binsen erstickt. Der Baum ist geborsten. Seine gelbbraunen Blätter bedecken den Rasen und ersticken ihn. Und die Nachtigall floh aus dem Nest im Hibiskusgebüsch, als du aus meinem Palast geflohen bist!‹

›Ich bin zurückgekehrt. Auch die Nachtigall kehrt zurück!‹

›Ach, meine Tochter, meine Tochter!‹ Der alte Sultan sieht sich ängstlich nach allen Seiten um. ›Bist du sicher, dass du für immer zurückgekehrt bist? Ist es ratsam, Djaffar zu trauen?‹

›Djaffar!‹, ruft die Prinzessin und hüllt sich entsetzt in den Schleier; Scham überflutet ihr Gesicht. ›Sprich seinen Namen nicht aus, es sei denn als Fluch!‹

›Hüte dich, hüte dich, Djamileh!‹, haucht die Feder an ihrem Herzen.

Die Prinzessin vernimmt es nicht in der Erregung. Eng an den Vater geschmiegt, erzählt sie ihm, was sie erlebt hat. Nur von der ersten Nacht auf dem Schiff mit den Purpursegeln wagt sie vor dem Vater nicht zu sprechen.

Der alte Sultan seufzt in Ratlosigkeit.

›Und wenn er wiederkommt, um dich zum Weibe zu fordern?‹, fragt er und rückt mit beiden Händen den Turban hin und her. ›Er ist ein Zauberer! Allah verbrenne seine schwarze Seele! Ich habe nicht die Macht, ihm zu widerstehen!‹

›Vater!‹, schreit Djamileh auf und wirft sich ihm zu Füßen, umklammert seine Knie und weint und schluchzt. ›Schwöre mir bei deinem teuren Leben, dass du mich Djaffar nicht ausliefern wirst, solange in dir und mir noch ein Atemzug sich regt! Ich liebe Ahmad, den edlen König von Bagdad, den Djaffar um Thron und Reich betrogen hat. Allah versenke ihn dafür in die ewige Finsternis! Ich habe mich Ahmad anverlobt! Wir haben unsere Seelen getauscht! Zwinge mich nicht, o mein Vater, ihm die Treue zu brechen! Es wäre das Ende meines Lebens, Vater! Gib mich, dein einziges Kind, nicht in die Hand des Verhassten! Schwöre mir, Vater, schwöre mir, dass du mich eher töten als Djaffar ausliefern wirst, und wenn er dir die Planeten als Spielzeug schenkte!‹

›Hüte dich, hüte dich, Djamileh!‹, flüstert die rubinrote Feder an ihrem Herzen.

›Ich schwöre dir, meine Tochter‹, sagt der alte Sultan, aufs Tiefste bewegt und gerührt, ›ich schwöre dir bei Allah und dem Propheten – gepriesen sei sein Name! –, solange dein Vater lebt, wird Djaffar dich nicht in die Hände bekommen!‹

Die Tochter wirft sich aufschluchzend in seine Arme, die sich voll Zärtlichkeit über ihr schließen.

›Hüte dich, hüte dich, hüte dich, Djamileh!‹, flüstert die rubinrote Feder an ihrem Herzen.

Ach, sie hat wohl Grund zu warnen, die treue Feder! Ach, alles, was Djamileh und ihr Vater gesprochen haben – die knechtische Luft hat es Djaffar hinterbracht! Es fehlt kein Wort, keine Klage, keine Verwünschung! Nur das Flüstern der Feder ist unbeachtet geblieben, doch leider, leider auch von Djamileh!«

*

»Die Prinzessin ergeht sich im Garten, von allen Gespielinnen umringt, die, Zorah an der Spitze, sich nicht genugtun können in Zärtlichkeiten und Fragen und Mädchenneugier. Für Djamileh ist der verwahrloste Garten der Garten des Paradieses. Sie plaudert von dem Geliebten – wann würde eine Liebende jemals müde, von dem Geliebten zu plaudern? Jeder Blick, jedes Wort, jedes Lächeln von ihm aus der Schatzkammer, Herz genannt, heraufgeholt, wird wieder geboren und blüht beseligend und kostbar wie am ersten Tag der Liebe. Und während sie spricht – o Wunder! –, blüht auch der Garten wieder auf. Die welken Blätter verschwinden, der Baum steht lenzlich grün, der Rasen wird zum Teppich aus Smaragd. Im Wasser, klar wie Kristall, schwimmen die blauen Lotosblüten. Aus dem Scharlachschleier des Hibiskusgebüsches lockt das zärtliche Träumen der Nachtigall.

Das Herz der Prinzessin schlägt hochauf. Der Teich liegt so berückend im Sonnenlicht, sie wirft den Schleier ab, die goldenen Sandalen. Die Freundinnen schälen den zarten, schauernden Leib aus den Seidengewändern, lösen das enge Mieder. Da fällt die rote Feder ins blaue Wasser des Teiches. Djamileh, am Ufer kniend, streckt vorgebeugt, erschrocken, die Hand nach ihr aus ...

Da rauscht es über ihr – die Mädchen schreien auf – ein Falke schwingt sich aus der Höhe zur Tiefe und will die Feder greifen – sie wird zum Fisch, der blutrot durch das blaue Wasser schießt – der Falke wird zum Reiher, stößt nach dem Fisch, erhascht ihn, schwingt sich mit ihm in die Luft – da wird der Fisch in seinem Schnabel zur Flamme – der Falke brennt auf und stürzt ins hochschäumende Wasser.

Doch aus der Flamme schwingt sich der Vogel Phönix, der keine Füße hat und nirgends ruhen kann, bis er das Paradies erflogen hat und in die Hände eines Engels sinkt.

Ja, Halima weiß: Sie hat Djamileh gerettet, und wenn sie sich jetzt emporschwingen wollte zum Garten des Allerbarmers, das goldene Tor würde sich öffnen für sie. Aber wo ist der traurigen Liebe zu einem Verdammten die Grenze gesetzt? Muss sie nicht immer wieder den Kampf mit dem Bösen kämpfen? Muss sie nicht über seiner verlorenen Seele wachen, auch wenn er sie verhöhnt und sie hasst und ihr flucht?

Ein Tropfen Blut, in einen Ring gefasst, fällt in den Schoß der Prinzessin Djamileh. Sie, noch halb bewusstlos vom Schreck, ergreift ihn und küsst ihn und steckt ihn weinend an ihre rechte Hand, und sie hört mit dem Herzen die lautlose Stimme des Steins: ›Hüte dich, hüte dich, hüte dich, Djamileh!‹

Die Freundinnen, ganz verstört vom eben Erlebten, hüllen sie zitternd in ihre Gewänder und drängen fort von dem unheimlichen Platz. Aber Djamileh will nicht in den Palast zurück. Hier, wo sie den Geliebten zuerst gesehen hat, wo ihr unberührtes Herz sich seinem Herzen anschloss, wo seine geliebte Stimme noch immer spricht: ›Vom Anbeginn der Zeit bis ans Ende der Zeit!‹ – hier fühlt sie sich dem Verlorenen nahe wie nirgends. Zorah winkt den Gespielinnen, ihr zu Willen zu sein. Und wie eine Schar von weißen Tauben, die der Habicht erschreckt hat, dass sie aufstoben gleich einer Schneewolke, sich langsam beruhigt, wenn die Gefahr vorüber scheint, und sich wieder sammelt, heimkehrend aus der Luft, und sich aneinander drängt, das Schreckerlebnis begurrend, so lagern sich die Mädchen um die Prinzessin, deren Haupt im Schoße Zorahs ruht. Mit leisem Singen beschwichtigt Zorah das Herz Djamilehs und das eigene. Aber ihr Herz wird nicht ruhig. Und auch Djamileh zittert. Der Ring an ihrem Finger warnt sie, warnt sie – wovor? Woher droht neue Gefahr? Von Djaffar? Doch hat ihr der Vater nicht einen feierlichen Eid geschworen, dass sie, solange er am Leben sei, von Djaffars Werbung nichts zu fürchten habe? Warum also ängstigt sie sich? Warum raunt der versteinerte Blutstropfen unablässig: ›Hüte dich, Djamileh!‹?

Glaubt mir, Freunde, wir alle – Ihr auch und ich nicht weniger – haben den schlimmsten Feind in dem, was wir begehren. Denn nur, wer den Früchten der Sehnsucht Zeit lässt zu reifen, wer sie nicht vorzeitig bricht, dem gereicht die Ernte zum Glück. Doch wer den Wünschen der Seele zu wuchern erlaubt, wer sie nicht bändigt und ihnen den Meister zeigt, dem reißen sie die Zügel aus den Händen und schleifen ihn, wie durchgehende Rosse den schwachen Wagenlenker, hinter sich drein, in den Staub gestürzt und erstickend.

Djaffar wusste wohl, was er tat, als er die Prinzessin Djamileh zurück zu ihrem Vater brachte. Er hat den Schwur des alten Mannes gehört und darüber gelächelt. Er kennt die ewig wache Gier des Schwachen, der von einer Leidenschaft besessen ist. Sie lockt ihn aus der Vorsicht heraus – ins Verderben.

Freundschaftlich kommt Djaffar und will sich mit dem Sultan versöhnen. Er hat ihm Unrecht getan, er hat ihn durch den Raub der Tochter schwer gekränkt und beleidigt. Ist der gütige Sultan nicht milder zu stimmen? Will er ihm nicht erlauben, durch ein Geschenk, das ihm sicher Freude bereiten wird, ihn wieder zu erheitern? Djamileh? Nein, er fragt nicht nach Djamileh! Er hat erkannt, dass die holde Prinzessin von Basra ihm nicht beschieden ist. Er unterwirft sich ihrem Urteil, schweren Herzens, aber ergeben. Nein, sein Besuch gilt dem Vater der Prinzessin, nicht ihr. Das Zauberpferd – ja, das hat ihm Freude gemacht. Aber das Wunderwerk, das er ihm heute bringt, übertrifft das fliegende Pferd bei weitem. Will er ihn in den Saal begleiten, in dem seine Schätze aufgestellt sind? Will er sein Geschenk nicht wenigstens ansehen? Er hat nichts Ähnliches in seinem Besitz! Kein Herrscher der Welt darf sich solcher Kostbarkeit rühmen. Ein Wort, ja nur ein Kopfnicken, und es ist sein. Ohne Gegengabe? Ja, ohne Gegengabe! Wenn er es annimmt, der Sultan von Basra, dann erweist er ihm, seinem reuigen Freunde, einen Dienst.

Der Weißbart atmet mit etwas beklommener Brust. Djaffars ernste Freundlichkeit beschwichtigt zwar seine Sorge um Djamileh, aber ein Argwohn flüstert in ihm und will sich nicht zur Ruhe weisen lassen. Immerhin – ansehen kann er das Geschenk doch wohl. Ansehen verpflichtet zu nichts. Er braucht es nicht anzunehmen, er will ja nur seine Neugier befriedigen. Denn das kann nichts Geringes sein, was sogar das fliegende Pferd übertrifft und was kein anderer Fürst in der Welt als sein Eigen rühmen kann.

›Zeige mir das Wunder!‹, sagt der Weißbart unruhig. Wo ist seine Tochter? Im Garten? Das ist gut! Sie braucht nicht zu erfahren, dass Djaffar gekommen ist, um ihrem Vater ein neues, unvergleichliches Spielzeug zu schenken. Nein, nicht zu schenken, nur zu zeigen – er will es nicht haben, das könnte gefährlich sein, er will es nur ansehen, nur betrachten, vielleicht herausbekommen, wo sein Geheimnis steckt, denn er ist ja ein Kenner! Und gar so leicht ist er nicht zu überraschen, manchen Meister der Zunft hat er durch sein größeres Wissen beschämt nach Hause geschickt. Sollte ihm das nicht auch heute glücken?

Djaffar führt ihn mit großem Respekt in den Saal, der mit den schönsten von des Sultans Schätzen geschmückt ist. In der Zeit, da Djamileh verschwunden war, hat er sich wenig mit ihnen befasst. Sie waren ihm ein nagender Vorwurf. Aber nun ist sie wieder heimgekehrt, und der Mann, der sie mit allen Zeichen der Reue zurückgebracht hat, will ihm eine Freude machen. Dabei kann doch nichts Unrechtes sein! Oder doch? Warum hat er mit einer so befremdlichen Unruhe seines Herzens zu kämpfen? Die Hände des Sultans spielen rastlos miteinander. Immer wieder schlüpfen die goldgestickten Pantoffel von seinen Füßen. Das ist ärgerlich. Er befiehlt sich selbst zur Ruhe. Und dann – o Allah! – umgibt ihn das Zauberreich, das er so sehr liebt. Zu sehr? Nein, nein! Er weiß jetzt, wo die Gefahr für ihn steckt, er wird ihr nicht mehr erliegen. Er wird seine Tochter über alles stellen und sie hüten wie den Apfel seines Auges. All diese Zauberschätze rings im Raum, er freut sich an ihnen, ja, aber mehr ist es nicht. Djamileh in Gefahr zu bringen, das kommt ihm nicht in den Sinn.

›Nun?‹, fragt er und reibt sich die Hände und lacht ein wenig, verlegen und ungeduldig. ›Nun, Djaffar? Wo hast du das neue Wunder aufgestellt? Ich finde, es ist sehr dunkel hier im Saal!‹

›Das Wunder leuchtet aus sich selbst‹, sagt Djaffar halblaut. ›Beliebe, dich an meiner Seite zu halten, o Herrscher von Basra, Allahs Freund! Deine Augen müssen sich erst an die Dämmerung gewöhnen. Beginne, Musik!‹

Den Sultan überläuft ein Schauer bei dieser Musik. Sie ist leise und gleichsam unirdisch, von Instrumenten gespielt, die nicht aus Menschenhänden hervorgegangen sind. Und während er horcht, sieht der alte Sultan ein sonderbares Gebilde aus der Dämmerung tauchen. Auf einem Postament, das einer weit geöffneten Lotosblüte gleicht, thront ein Weibgeschöpf. Es hat viele Glieder. Sie sind nackt und schmuckbedeckt. Es hat ein einziges Haupt von dämonischer Schönheit, starr, sehr mächtig und sehr böse. Dieses herrliche Haupt ist gekrönt und zeigt unter der strengen Stirn zwei Augen von gewaltsamer Starre, und ihr Ausdruck umfasst die Weisheit des Todes und die Kraft der Unerbittlichkeit.

Nach dem Takt der Musik, die aus der Brust des Weibgeschöpfes zu dringen scheint, regt es die Glieder in trägem, doch jähem Zucken. In den Händen hält es Sinnbilder der Vernichtung. Die Bewegungen seiner Arme sind von rufendem Zusichlocken, glühende Verheißung und eisige Warnung zugleich. Mit jeder Sekunde, die ins Zeitmeer tropft, geht ein stärkeres, grün-kaltes Licht von der Weibgestalt aus und erfüllt den Raum, dass es dem Sultan ist, als sänke er langsam auf den Grund des Meeres.

Aber das Seltsamste ist, dass von der unbeweglich-bewegten Dämonie dieses Weibgeschöpfes ein Eishauch von grässlicher Gleichgültigkeit ausgeht, ein übermächtiger Hohn und der vollkommene Triumph der Zerstörung. Der Mund ist satt bis zum Überdruss, doch die Augen flammen voll Gier.

›Oh!‹, sagt der alte Sultan lautlos und schleicht näher und näher an die Gestalt heran. ›Oh! Du hast Recht gehabt, Djaffar! Ich habe auch nur Ähnliches nie gesehen! Oh! Ich fühle, dass sie an meinem Inneren reißt! Oh! Ich spüre etwas, das der Furcht sehr ähnlich ist, doch ist es auch verlockend. Die Musik! Wo kommt sie her? Sie scheint aus ihren Fingerspitzen zu sprühen. Was für ein Wort liegt in ihrem geschlossenen Munde? Es wartet darauf, gesprochen zu werden.‹

›O weiser Herrscher von Basra! Du hast recht vermutet. Das Wort, das im Munde dieses Zauberwerkes lauert, will gesprochen werden. Doch nur zu einem. Zu dir!‹

›Zu mir?‹, fragt der Sultan. Es verschlägt ihm den Atem. ›Zu mir? Was wird es mir künden?‹

›Das Einmalige. Das nie Wiederholbare. Die Weisheit von Leben und Tod. Und die Wollust von Leben und Tod!‹

›Wie aber kann ich sie zum Sprechen bringen?‹

›Wenn du es wagst, dich in ihre Arme zu werfen, sie zu umarmen und dich von ihr umarmen zu lassen. Im gleichen Augenblick öffnen sich deiner Seele die Hölle und das Paradies!‹

›Oh!‹, sagt der alte Sultan, doch klingt es nicht wie ein Wort. Es klingt, als wäre sein Inneres eine straff gespannte Saite und würde von mächtiger Hand zum Schwingen gebracht. Er nähert sich langsam. Er geht nicht, er wird gezogen. Er fühlt die weit offenen, starren Augen des Weibgeschöpfes in dunkelgrünem Leuchten auf sich gerichtet. Es saugt ihn unwiderstehlich an. Lauter wird die Musik, wird dröhnender, ein Tumult von Gongs, ein Urwald von Tönen, aus deren Dickicht es kein Entkommen gibt. Das dunkelgrüne Chaos schlägt über ihm zusammen. Er sieht sich ganz nahe umgriffen von den harten Schlangen der Arme. Er sieht über sich einen grausamen, fest geschlossenen Mund. Wird er sich ihm öffnen? Wird er jetzt das Wort vernehmen, das Wort von der Weisheit und Wollust des Lebens und des Todes? Wird er ...

Die hocherhobene Hand der Göttin zuckt nieder und vergräbt den bronzegrünen Dolch in dem Rücken des Sultans – und erstarrt mit dem Erstarrenden. Über den regungslosen Gliedern erhebt sich das Wunderhaupt mit den unersättlichen Augen der Gier und dem satten, unerschlossenen Munde, der sein Geheimnis auch dem Sterbenden nicht preisgab? Ob dem Toten? Wer will das ergründen? Auch der Mund des Toten ist stumm.

Mit einem starren Lächeln nimmt Djaffar sein Opfer aus den Armen der Göttin. Er lässt den schlaffen Körper auf den Marmorestrich gleiten.

›Du hast einen Schwur geleistet‹, murmelt er, sich über ihn beugend. ›Du hast ihn gehalten. ›Solange dein Vater lebt, wird Djaffar dich nicht bekommen!‹ Nun bist du tot. Nun ist das Schwören an mir. Du wirst begraben werden, alter Vater. Und über deinem Grabe werde ich Hochzeit halten mit Djamileh, deiner Tochter, der Prinzessin von Basra.‹

Erlasst es mir, meine Freunde, Euch den Jammer der Sultanstochter zu schildern, als sie, ahnungslos heimkehrend aus dem Garten, sich einem wirren Haufen klagender, schreiender, fluchender, Allah anrufender Sklaven gegenüber sieht, einer kopflosen Horde, in deren Mitte – weit ist der Kreis gezogen! – eine regungslose Gestalt am Boden liegt, die den Marmorestrich mit ihrem Blute färbt. Und diese Gestalt ist ihr Vater. Ja, Djamileh, dein Vater! Allah sei ihm gnädig und dir, du armes Kind!

Djaffar nähert sich ihr mit höfisch zurückhaltender Teilnahme.

›Dein Vater, Prinzessin von Basra, ist das Opfer einer Gottheit geworden, die mächtiger war als Freundesrat, rascher als Freundeshilfe. Ich kam, um ihn vor der Göttin der Finsternis zu warnen, vor der mich selbst ein Morgentraum gewarnt hat. Ich kam zu spät. Doch, hoffe ich, nicht zu spät, dir meinen Schutz und meine Hilfe anzubieten, deren du sehr bedürftig bist. Wirst du sie annehmen? Wirst du mir erlauben, für deine Sicherheit und dein Wohlergehen zu sorgen? Du hast keinen ergebeneren Sklaven als mich!‹

Aus der Dumpfheit, die all ihre Gedanken umfängt, hebt Djamileh den Blick, der das grausame Rätsel des Toten zu ihren Füßen umtastete, zu Djaffar. Wer ist das?, grübelt sie und verzieht schmerzhaft die Brauen. Ich habe ihn schon gesehen, diesen Mann. Wo immer ein Unheil sich mir näherte, kam es in seiner Gestalt. Mein Vater hat mir einen Schwur geleistet. Wie lautete er doch, der Schwur meines Vaters? ›Ich schwöre dir bei Allah und dem Propheten – gepriesen sei sein Name! –, solange dein Vater lebt, wird Djaffar dich nicht in die Hände bekommen!‹ Djaffar! Ja, ich entsinne mich. Der Mann heißt Djaffar. ›Solange dein Vater lebt …‹ Nun ist er tot, mein Vater. Soll das bedeuten, dass ich Djaffar nun preisgegeben bin? Du irrst dich, Djaffar. Ich bin nicht mehr das Kind, das im Garten spielte und sich tändelnd mit einem schönen Djin unterhielt. Leid ließ mich eilig reifen. Aber wiege dich nur im Wahn, dass ich hilflos sei. Die Zeit ist eine mächtige Verbündete. Ich muss sie für mich gewinnen.

›Willst du mir keine Antwort geben, Prinzessin?‹, fragt der Mann, und schon liegt ein düsterer, wenn auch behutsamer Unterton von Drohung in der werbenden Stimme.

›Djaffar‹, sagt die Prinzessin Djamileh, ›erlaube mir, bevor ich dir die Antwort gebe, die deine Großmut ohne Zweifel verdient, meinen Vater zu bestatten und ihn vierzig Tage zu betrauern. Der Thron von Basra ist verwaist und wird es bleiben, bis dem Toten sein Recht geworden ist. Solange gedulde dich.‹

›Allein willst du bleiben, Prinzessin? In einem verödeten Palast? Inmitten einer Horde ohne Herrn?‹

›Ich bin nicht allein, Djaffar. Ich werde nie mehr allein sein. Das Blut meines Vaters hat dort den Estrich gefärbt. Kein Wasser wäscht es ab, denn es heißt, das Blut eines Gemordeten wird nur vom Blute seines Mörders abgewaschen. Aber die Göttin der Grausamkeit hat kein Blut in den Adern, sie kann ich nicht zur Rechenschaft ziehen. Sie steht, unerreichbar, über allen Gesetzen. Aber hoch über ihr steht Allah, der Herr des Rechts. Lass mich, o Djaffar, in der Gesellschaft des Toten und seines gestockten Blutes auf dem Estrich. Ich kann mir keine besseren Hüter wünschen.‹

›Es geschehe, wie du befiehlst‹, entgegnet Djaffar zögernd. ›Aber vergönne mir ein Zeichen, Prinzessin, dass du meiner gedenken wirst als eines Freundes, dem der Schatten deiner Wimper heilig ist.‹

›Willst du meiner spotten, Djaffar?‹

›Allah behüte mich!‹

›Nun sieh, ich bezwinge meine Scheu und meinen Schmerz, ich trete neben meines Vaters toten Leib und strecke dir darüber hin die Hand entgegen. Wenn du es wagst, dann nimm von meiner Hand den Ring mit dem roten Tropfen als Zeichen meines Gedenkens!'

Djaffar tritt heran. Sein goldener Schuh rührt an das Gewand des Toten.

›Oh, nimm dich in Acht!‹, flüstert Djamileh.

Djaffar lächelt sein undurchdringliches Lächeln. Er streckt die Hand aus und streift den Ring vom schmalen Finger der Prinzessin. Doch kaum hat er ihn gefasst, da glüht der Ring plötzlich auf, dass die Luft um ihn her zu flackern scheint.

Djaffars schönes Gesicht, das Gesicht des gefallenen Engels, wird kreideweiß, doch nicht vor Schmerz. Er beißt sich auf die Lippen. Er lässt den Ring fallen. Er fällt dem toten Sultan auf die Brust. Djamileh hebt ihn auf.

›Glaubst du noch immer, dass ich schutzlos bin, o Djaffar?‹, fragt sie leise. ›Glaubst du noch immer, dass du mich gewinnen kannst? In meinem Herzen läutet eine Glocke. Sie läutet, wie ich atme: ›Ahmad! Ahmad!‹ Glaubst du, die Glocke könnte verstummen, bevor mein Herz verstummt?‹

Er sieht sie lange an. Sie hält seinem Auge stand. Sie wächst unter seinem Blick, eine junge, geschmeidige Palme, die sich wohl der Wucht des Orkans bis zur Erde beugt; doch kaum, dass der Sturm verbraust ist, erhebt sie ihr Haupt und bietet es stolz und ruhig dem Urteil des Himmels.

›O Djamileh!‹, sagt der Mann und holt die Worte aus jener Tiefe der Empfindung, von der das Herz der Welt sich nährt. ›Wer dich zum Weibe gewinnt, kann die Hölle verlachen, denn die Großengel Allahs stehen zu deinem Befehl!‹

›Zum Weibe gewinnt mich Ahmad oder der Tod‹, antwortet Djamileh. ›Und nun, Djaffar, geh und überlass mich der Trauer um meinen Vater!‹

›Ich gehe‹, sagt Djaffar, ›aber ich kehre wieder. Nach vierzig Tagen vielleicht, vielleicht schon früher. Die Stunde kommt – gedenke meiner Worte! –, da du mich auf den Knien bitten wirst, dich zum Weibe zu nehmen. Friede sei mit dir, Prinzessin von Basra!‹

Er verneigt sich ehrfurchtsvoll vor ihr, die den Gruß des Friedens nicht zurückgibt. Er geht und trägt an seinen Sohlen einen schmalen roten Saum vom Blute des toten Sultans.

Djamileh hebt den Ring an die Lippen und küsst ihn.

›O Freundin, Halima, wie soll ich dir danken?‹

Und sie hört die lautlose Stimme des Steins mit ihrem Herzen: ›Hüte dich, hüte dich, hüte dich, Djamileh!‹

Djamilehs Blick geht über die Schar verstörter Wächter und Sklaven in den Winkeln. Sie hüllt sich in den Schleier, als fröre sie.

›Freunde!‹, sagt sie. ›Ich weiß nicht, ob ihr meine Freunde seid. Wir kennen uns wenig. Ihr wart die Diener meines Vaters, wie ich seine Tochter war. Nun ist er tot. Nicht mehr der Sultan von Basra, ein toter Mann mit weißem Bart liegt hier am Boden, und ich muss ihm die Totenfeier richten. Ich kann euch nicht befehlen, mir zu helfen. Ich kann euch nur bitten: Richtet mir den Scheiterhaufen für den toten Sultan von Basra, meinen Vater. Ich möchte, was an ihm sterblich war, den reinigenden Flammen übergeben und seine Asche in einer goldenen Urne beisetzen auf dem Friedhof der Tausend Platanen, der auf den Hafen niederschaut.‹

›Wo willst du, dass der Scheiterhaufen errichtet werden soll, Prinzessin?‹, fragt ein alter Mann, aus der Schar der anderen Diener hervortretend, ehrerbietig. ›Nimm uns in deinen Befehl, und wir werden gehorchen.‹

›Wie heißt du, weißhaariger Diener meines Vaters?‹

›Jussuf ben Hari, Herrin. ›Jussuf der Wachsame‹ nannte mich dein Vater.‹

›Ein guter Name! Möge er auch für mich wahr sein! Seht, ich bin ein Mädchen und schwach. Ich brauche eure erfahrene Weisheit, eure Kraft und eure willigen Hände. Wenn ihr euch nehmen wolltet, was in den Schatzkammern meines Vaters liegt, ich könnte es nicht verwehren. Wenn ihr mir treu sein wollt, dann will ich's euch danken.‹

›Warum sprichst du Worte, die uns kränken, Herrin von Basra?‹, fragt Jussuf vorwurfsvoll. ›Bist du nicht die Tochter eines Vaters, um den wir alle trauern?‹

›Alle? Wirklich?‹, fragt Djamileh mit einem schmerzlichen Lächeln. ›Auch die, deren Rücken noch die Spuren ungerechter Schläge tragen?‹

›Ja, das muss wahr sein, Prinzessin‹, wirft ein Sklave ein und reibt sich verstohlen die gebeizte Haut, ›er war rasch bei der Hand mit dem Stock, doch die gleiche Hand zählte auch nicht nach, wenn sie Gold unter uns verteilte. Wem sollten wir dienen, wenn nicht dir, seiner Tochter?‹

›Djaffar!‹, antwortet die Prinzessin und sieht von einem zum anderen.

›Ja, das möchte er wohl!‹, ruft Jussuf der Wachsame grimmig und unterdrückt ein Lachen in seinem Bart. ›Aber – es sei denn, dass ihm dein Herz geneigt ist, was ich bezweifeln möchte – von uns dient ihm freiwillig keiner. Und sollte hier einer sein‹, fährt er fort und mustert die Männer ringsum unter weißen gesträubten Brauen hervor, ›dass jeder Einzelne meint, ihm werde ein Spiegel ins Herz gesenkt, ›den es lockt, in Djaffars Dienste zu treten, dann sage er es rasch und gehe noch rascher. Wir werden ihn nicht halten!‹

Aber es rührt sich keiner. Jussuf nickt zufrieden.

›Herrin von Basra!‹, sagt er und verneigt sich tief. ›Wo sollen wir deinem Vater den Scheiterhaufen richten?‹

›Hier!‹, antwortet Djamileh.

Jussufs Augen öffnen sich weit und verdutzt wie seine Lippen. Er sieht die Prinzessin an, sieht über den Saal hin.

›Hier, Herrin? Inmitten von all dem kunstvollen Spielzeug?‹

›Hier. Und aus dem kunstvollen Spielzeug werden wir ihm den Scheiterhaufen schichten.‹

Ein beklommener Atemzug geht wie ein schwüler Windhauch durch die Gruppen der Männer. Djamileh achtet nicht darauf. Ihre Schleier um sich raffend, als wolle sie streng verhüten, die nun schlafenden Schätze ihres Vaters zu berühren, geht sie von einem zum anderen, jeden mit einem Blick der Richterin betrachtend, jedem das Todesurteil sprechend.

›Breitet auf dem Estrich die Teppiche aus, auf denen mein Vater zu knien pflegte, wenn er zum Gebet sein Antlitz nach Mekka richtete. Viele Teppiche sind es, denn er beugte die Knie, wo er sich eben befand vor dem Allerbarmenden. Geht in den Garten und fällt den Baum, der sich über das Wasser beugt, und die blauen Lotosblüten. Schichtet das Holz des Stammes und der Äste, wohlzerkleinert, auf das Lager aus Teppichen, und tränkt das alles mit dem heiligen Öl, wie es in den Lampen brennt, die in eisernen Reifen hängen in der Großen Moschee, wo mein Vater im Ramadan zu beten pflegte. Geht und beeilt euch, denn das Werk muss vollbracht sein, ehe die Sonne sich neigt über diesem Tag.‹

Stumm entfernt sich die gehorchende Schar, geführt von Jussuf ben Hari. Djamileh sieht sich nach ihren Gespielinnen um. Ängstliche Augen begegnen ihrem Blick.

›Wenn ihr euch fürchtet‹, sagt sie sanft und ernst, ›dann verlasst mich. Ich gebe euch die Freiheit.‹

›Wir fürchten uns‹, antwortet Zorah, den Übrigen ihre Zunge leihend, ›aber wir bleiben, Prinzessin!‹

›Danke!‹, sagt Djamileh und wendet sich zum Gehen. ›Dann helft mir, das Gewand der Trauer anzulegen.‹

Als die Sonne den Halbmond über dem höchsten Minarett von Basra auffunkeln macht, sind die Teppiche ausgebreitet, das Holz darauf geschichtet, das heilige Öl darüber verschwendet. Der Duft von Narde, Lorbeer und Eukalyptus, von Sandelholz und Myrrhen betäubt den Wind, der zwischen den offenen Säulen des Saales umherschweift, als habe er sich verirrt. Er flüchtet sich in die Schleier der Sultanstochter, die, in das Weiß der Trauer eingehüllt, aus ihren Gemächern zurückkommt. Keine Gespielin durfte sie begleiten und keine Sklavin. Sie ist ganz allein, und ihre Gewänder und Schleier sind nicht viel weißer als ihr leidvolles Gesicht.

Noch immer liegt der Leichnam des Herrschers von Basra auf dem blutgefärbten Estrich. Seine Tochter bleibt vor ihm stehen und blickt auf ihn hinab.

Der alte Jussuf wagt sich schüchtern heran.

›Sollten wir‹, fragt er flüsternd, als scheue er sich, die Stille des Todes im Saal zu unterbrechen, ›deinen edlen Vater nicht baden und waschen und salben und mit Prunkgewändern schmücken zur Totenfeier?‹

›Was könnte‹, fragt Djamileh dagegen und hat eine fremde Stimme, ›den Purpur seines Blutes überbieten? Hebt ihn sorglich hoch und bettet ihn auf das Lager, das ihr ihm geschichtet habt. Zu seinen Füßen und zur Rechten und

Linken ordnet den von ihm so sehr geliebten Tand. Aber dieses Gebilde‹, und sie streckt aus den Schleiern die Hand nach der Göttin aus, die noch immer mit einer Gebärde im Triumph erstarrter Raserei den Dolch gezückt hält, dessen Spitze rot und feucht ist, ›dieses Werkzeug des mordenden Todes stellt ihm zu Häupten auf und bedeckt es mit Pech und mit Stroh und mit allem, was brennen will. Bedeckt es so gut, dass auch nicht eine Zacke der Krone auf seinem Haupte, auch nicht die Spitze eines seiner Finger, auch nicht der dünnste Schimmer seines Lächelns mehr zu sehen ist. Doch rührt es, um Allahs willen, nicht an. Werft ihm hanfene Seile um die Glieder, einen Strick aus Tiersehnen um den Hals! Nehmt einen harzgetränkten Balken und stoßt es vorwärts, bis es den Platz erreicht hat, der ihm bestimmt ist! Haltet die Augen gesenkt bei eurer Arbeit, denn jeder Blick in das Antlitz dieser Verruchtheit ist schon Verderben und bedroht eure Seele!‹

An dem Zittern des Schleiers erkennen die Männer, wie die Tochter des Toten von Schauder geschüttelt wird, während sie ihnen ihre Befehle erteilt. Djamileh wendet sich ab von dem Weibgeschöpf, als könnte sie seinen Anblick nicht länger ertragen. Ihre Blicke suchen im Saal umher.

›Wo ist das fliegende Pferd, Jussuf ben Hari?‹, fragt sie und sieht den Erschreckenden an. ›Wo ist das fliegende Pferd geblieben, ihr Männer?‹

›Herrin, ich weiß es nicht!‹, antwortet Jussuf stotternd. Er blickt von einem der Sklaven zum anderen. Sie alle stehen ratlos. Sie alle schauen betroffen auf Djamileh.

›War es noch hier, als Djaffar mich meinem Vater wiederbrachte?‹

›Herrin, ich weiß es nicht!‹ Jussuf macht eine Bewegung, als wollte er sich in Verzweiflung den Turban vom Kopfe reißen. ›Ich weiß es nicht, Herrin!‹

›Mir scheint, dein Name hält nicht, was er verheißt!‹, sagt Djamileh und wendet sich von ihm ab.

Der alte Diener wirft sich auf die Knie.

›Strafe mich, Herrin, aber verwirf mich nicht! Vielleicht hat Djaffar, der Verruchte, das fliegende Pferd wieder zu sich heimgerufen, da er dich hergeben musste! Vielleicht, sage ich: Ich weiß es nicht! Ich bin nur ein alter Diener, unkundig der Zauberei und der schwarzen Künste Djaffars. Du selbst bist ihnen erlegen und der Sultan von Basra. Wie sollte ich widerstehen? Oder einer von uns?‹

›Du hast Recht!‹, sagt Djamileh. ›Verzeih mir, Jussuf! Aber begreifst du, was es an Schrecken für mich bedeutet, im Unsichtbaren um mich her die Kraft des Verhassten am Werke spüren zu müssen? Bringt eure Arbeit zu Ende! Richtet die Feuerstätte für meines Vaters Spielzeug und für ihn selbst! Dann bringt mir eine Fackel und verlasst mich!‹

Sie gehorchen schweigend und so, als könnten sie selbst es nicht erwarten, zu Ende zu kommen. Enger und enger zieht sich der Kreis seiner leblos-lebendigen Lieblinge um den Toten: Da sind die Turner, die sich drehen und schwingen. Da sind die Trommler und die Fanfarenbläser. Da ist der Pfau, der sein edelsteinprunkendes Rad schlägt, während die bronzene Henne mit ihren Küchlein aus silbernem Sande goldene Körner pickt. Da ist die Uhr, die Messerin der unermesslichen Zeit. Da ist das fliehende Reh, das der Jäger mit seinen gestreckten Hunden verfolgt, bis es sich im Gebüsch aus goldenen Ästen und grünem Schmelz verbirgt. Da ist der azurne Himmel mit dem feierlichen Reigen von Sonne, Mond und Sternen. Da ist der Baum, in dessen Juwelenblüten goldene Bienen summen, während auf seinem Wipfel ein Vogel aus Bergkristall sein Abendlied singt.

Und da ist das starre, tödliche Weibgeschöpf mit dem Dolch in der triumphierend erhobenen Hand.

Keuchend und stöhnend machen sich die Männer daran, die schreckliche Göttin an den Scheiterhaufen des Sultans von Basra heranzuzerren. Ruck um Ruck nur folgt sie ihren gewaltsamen Fäusten, und der Ausdruck von Hohn um ihren fest geschlossenen Mund, der satt aller Beute scheint, spottet der Anstrengungen heimlich fluchender Sklaven. Aber endlich ist es geschafft. Das Weibsgeschöpf steht zu Häupten des Toten, den es getötet hat, und starrt über ihn weg aus unendlicher Leere in unendliche Leere.

›Deckt sie zu!‹, sagt Djamileh heiser. Sie steht seitab im Dämmer der weiten Halle und zittert in ihren Schleiern. ›Deckt sie zu! Deckt sie zu! Deckt ihr grässliches Lächeln zu! Erstickt sie! Macht ein Ende! Der Tag ist vorbei. Ich will die Nacht bei meinem Vater wachen!‹

Mit dicken Garben ungedroschenen Strohes, wie es die Sitte verlangt, wird der Scheiterhaufen umstellt. Mit Schütten leeren Strohes umgeben die Hände der Sklaven das Weibsgeschöpf zu Häupten des Toten, des Opfers. Pech, Harz und Öl schüttet Jussuf darüber aus. Er kann sich nicht genug tun darin. Als gälte es, einen unersättlichen Teufelsbauch zu füllen, so schaufelt und schaufelt er alles, was brennen will, in die Ritzen des Strohes hinein, dass ihm der Schweiß in den Bart rinnt und sein Atem keucht wie ein Blasebalg.

Doch endlich ist es getan. Nichts ist mehr zu sehen von der vielgliedrigen Mörderin, nicht ihr satter Mund, nicht ihre gierigen Augen, nicht eines mehr ihrer Werkzeuge der Vernichtung.

Die Sklaven stehen und schauen sich heimlich-scheu nach der Tochter des Toten um, dem weißen Schatten.

Über dem Sultanpalast ist der Sternenhimmel des Neumonds ausgespannt. Die Stadt liegt in schwerer Stille. Aber es ist eine atmende, lebendige Stille. Nur die Kinder schlafen. Selbst die Hunde, denen die Stadt zwischen Sonnenuntergang und Sonnenaufgang gehört, verhalten sich lautlos. Selbst die Käuzchen in den Zypressen und Mauerlöchern rufen sich keine Botschaften zu. So still ist es, dass die Atemzüge der trägen Wellen im Hafen zu hören sind, die um die Brust des roten Schwanes spielen.

›Gib mir die Fackel, Jussuf‹, sagt die Prinzessin von Basra. Er reicht sie ihr. Sie hält sie schlaff in der Hand. Ihre Augen gehen über den aneinander gedrängten Haufen der Sklaven hin. Sie flüstert: ›Geht!‹

Sie gehen. Der Tritt ihrer nackten Sohlen ist nicht zu hören. Eilig verschwinden sie in der Dunkelheit zwischen den Säulen. Einer ist zurückgeblieben: Jussuf ben Hari.

›Ich will allein sein‹, sagt Djamileh sehr leise.

Jussuf rührt sich nicht.

›Du bist allein, Prinzessin, wenn ich bei dir bin‹, sagt seine alte Stimme. ›Seit deine sehr geliebte Mutter starb, habe ich die einsamen Nächte mit deinem Vater geteilt. Wir sprachen zusammen über dieses und jenes, bis er ermüdet einschlief, und ich wachte bei ihm bis zum Morgen. Jussuf der Wachsame hat er mich genannt. Glaubst du nicht, dass er mir zürnen würde, wenn ich nicht mit dir wachte in dieser Nacht?‹

Djamileh gibt keine Antwort. Sie atmet schwer. Sie nähert sich, die Fackel in der Hand, dem Scheiterhaufen, der sie zweimal überragt.

›Allah, der Allerbarmer‹, flüstert sie, ›sei dir gnädig, mein Vater! Bete, Jussuf! Bete! Bete für das Heil deines toten Herrn!‹

Jussuf wirft sich auf die Knie nieder. Das Antlitz gen Mekka gewendet, ruft er die Gnade des Höchsten an.

›Preis sei Allah, dem Erhabenen, der da herrschen wird am Tage des Gerichts! Zu dir wollen wir beten! Zu dir wollen wir flehen, dass du uns führest den rechten Pfad, den Weg der Gerechten und nicht der Ungerechten und nicht den Weg derer, denen du zürnest! Denn es ist kein Gott außer Gott, und Mohammed ist sein Prophet!‹

Dreimal schreit Djamileh auf: ›Mein Vater! Mein Vater! Mein Vater!‹

Dann stößt sie die Fackel tief hinein in den Scheiterhaufen, und augenblicklich, als hätten sie gierig darauf gewartet, schlagen die fauchenden Flammen hoch und fressen sich hinein in die Vielfalt des Scheiterhaufens.«

*

»Oh meine Freunde, kommt! Wir wollen uns um die Prinzessin von Basra scharen! Lasst sie fühlen, dass Ihr sie ins Herz geschlossen habt, dass Ihr mit ihr leidet und Euch um sie ängstigt, dass Ihr auch für sie Eure Seelen im Gebet zu Allah schickt und seine Barmherzigkeit anruft, denn Ihr wisst ja, sie ist von allem verlassen, was ihres Lebens Fülle und Freude war. Ahmad, der Freund, dem ihre Liebe gehört, verschwunden, verschollen, vielleicht schon nicht mehr am Leben – wer weiß, was mit ihm geschah, seit er unseren Augen entschwand? –, und der Vater, an dem sie hing trotz seiner Schwächen, ja vielleicht mit einem Hauch früh ahnender Mütterlichkeit gerade um seiner Schwächen willen – der Vater tot, ermordet, ihr grausam entrissen, und nichts um sie her als eine Hand voll Sklaven, Gespielinnen voller Herz, doch ohne Mark, und drohend im Schatten der Alb ihres Lebens: Djaffar.

Und Halima?, fragt Ihr. Ach, sie ist selbst ein Schatten. Ein verzauberter Tropfen Blut und eine warnende Stimme, das ist alles, was von der Freundin geblieben ist. Fühlt Ihr nicht, dass Djamileh Eurer Liebe bedarf und des Trostes Eurer Gegenwart?

Ach, wenn sie doch fühlte, wie wir sie umringen! Wie wir versuchen, ihr Trost und Hoffnung zu spenden! Djamileh! Djamileh! Hier sind wir, deine Freunde!

Aber sie hört uns nicht! Es ist unsere Stunde noch nicht. Die Gegenwart, aller Schrecken voll, ist ihr noch zu nahe. Sie steht vor dem Scheiterhaufen, den sie entzündet hat, und hört das Schmauchen der Flammen und Jussufs Beten und hört – und das Haar sträubt sich schaudernd auf ihrem Scheitel –, hört aus den Flammen eine dumpfe, jetzt aufgrellende, jetzt von betäubenden Gongs umrauschte Musik und sieht, es bewegt sich zu Häupten des toten Mannes etwas, das viele Glieder regt und ruckhaft die brennende Hülle aus Stroh und Pech und Öl abstreift und wegwirft und dasteht auf dem glühenden Sockel der Lotosblume, hoch aufgerichtet, starr den Flammen entschreitend, den nackten Fuß, an dem die Perlenketten schmelzen, auf die Brust des Toten setzend, und das, eine einzige Flamme bis über die Krone des herrlichen, furchtbaren Hauptes, auftut den fest geschlossenen Mund in der eigenen Vernichtung:

›Hört es, Himmel und Erde! Alles Geschaffene höre! Jedwede Sehnsucht ist Allahs! Jedwede Gier ist des Teufels!‹

Und stürzt auf den Toten nieder – und ist verschwunden.

Ihrer Sinne beraubt, bricht Djamileh zusammen.

Jussuf hebt sie auf und trägt sie hinaus in den Hof, an den Brunnen, wo er sie auf die Kissen bettet, die den Mädchen in der Hitze des Mittags als Lager dienen.

Langsam brennt der Scheiterhaufen nieder.

Jussuf der Wachsame wandert die ganze Nacht zwischen ihm und der Tochter des Sultans hin und her. Djamilehs Ohnmacht ist in Schlaf hinübergeglitten. Mit dem Morgengrauen ruft Jussuf die anderen Sklaven zu Hilfe. Sie räumen die Reste des Scheiterhaufens fort. Sie sammeln die Asche des Toten in goldener Schale. Von den leblos lebendigen Schätzen des Sultans ist nicht das kleinste Überbleibsel zu finden. Auch der Lotossockel der grausamen Göttin ist verschwunden wie die Göttin selbst.

Als die Sonne aufgeht über Basra, wacht auch die Prinzessin auf und findet jede Arbeit, die Spuren der Verbrennung zu tilgen, schon getan. Mit einem dankbaren Lächeln tiefster Erleichterung reicht sie Jussuf die Hand, und als er diese ans Herz zieht, beginnt sie auf eine linde, stille Art zu weinen. Ihre Tränen sind Tau für ihre wunde Seele. Aber sie gönnt sich keine lange Rast. Sie richtet sich auf und geht an die Pflicht, des Vaters Asche beizusetzen auf dem Friedhof der Tausend Platanen.

Das ist ein stiller, schön gelegener Platz, der uns einen beglückenden Ausblick über den Hafen und die Weite des Meeres schenkt. Von den tausend Platanen, die ihn, wie alte Leute berichten, einst geschmückt haben sollen und ihm den Namen gaben, stehen kaum noch hundert. Aber diese Bäume sind groß und breiten ihre Äste so verschwenderisch, dass sich Nachbar und Nachbar berühren, und der Friedhof wird von allen geliebt, die sich der Stille und des freien Ausblicks erfreuen nach der drückenden Enge ihrer Häuser.

Zwischen den Gräbern, die mit steinernen Turbanen oder mit steinernen Kränzen geschmückt sind, je nachdem, ob unter dem flachen Hügel ein Mann schläft oder eine Frau – und manchmal trägt der schmale Grabstein auch einen schief gesetzten Turban, zum Zeichen, dass da unten ein Mann schläft, der seinen Kopf auch unter dem Arme tragen könnte –, zwischen all den Gräbern steht das Gras sehr hoch, und die Kinder spielen darin, und die Eidechsen spielen darin und sonnen sich auf den Grabsteinen. Und am Abend, wenn alles still geworden ist, treffen sich auf dem Friedhof unter den alten schönen Platanen wohl auch zwei heiße, heftig schlagende Herzen, die sonst keine Stätte haben, sich zu treffen und miteinander zu flüstern und Pläne zu schmieden, die nur Allah hört. Hoffen wir, Freunde, dass er sie gern hört und freundlicher über die jungen, aufrührerischen Herzen denkt als Vater und Mutter.

Mitten auf diesem Friedhof nun haben die Sklaven des Sultans – nein, die Sklaven der Prinzessin von Basra – ein kleines Grabmal errichtet, das, nach der Himmelsrichtung von Mekka offen, in zugemauerter Nische die goldene Urne mit der Asche des toten Sultans birgt.

Am zehnten Tage nach seinem Tode hat Djamileh die Asche ihres Vaters hierher gebracht und gedachte es in der Stille, ja heimlich zu tun, aber das gelang ihr nicht. Als hätten alle vier Winde die Botschaft der Totenfeier durch ganz Basra getragen, so machte sich ganz Basra auf die Füße, dem toten Herrscher das Geleit zu geben. Wenn all die Toten, die auf dem Friedhof schliefen seit Jahrhunderten, sich erhoben und zum Geleit des Sultans geordnet hätten, der Platz der Tausend Platanen hätte nicht dichter bevölkert sein können als jetzt.

Djamileh, in der Sänfte sitzend, sieht mit bebendem Herzen die Fülle der Ungerufenen und doch Gekommenen, und ihr Herz tut einen Schwur, sich ihrem Volk in Freundschaft zu verbünden, wenn ihr Allah erlauben sollte, als Mädchen den Sultansthron zu besteigen, und keine Gewalttat Djaffars ihr Hoffen und Planen durchkreuzt.

Tief unten im Hafen liegt das Schiff mit den Purpursegeln an der Mole. Doch Djaffar ist nicht gekommen, den Trauernden zu spielen, das Erste und Einzige, wofür Djamileh ihm dankbar ist.

Als die Sonne über dem zehnten Tag des Todes untergeht, ist der Friedhof der Tausend Platanen leer geworden. Djamileh kauert vor dem kleinen Grabmal, um die erste Nacht ihres Vaters hier zu durchwachen, und Jussuf lehnt an der schmalen Türöffnung, die nach Mekka schaut, und beide sind müde und schweigen, denn nichts macht so müde wie ein trauriges Herz.

Aber der Schlaf will nicht kommen, ihre heißen Augen zu kühlen. Der Vollmond steigt in den reinen, hohen Himmel. Djamileh folgt ihm lange mit den Augen. Ihre Gedanken wandern zu Ahmad und suchen ihn und schwanken zwischen dem Glück der Vergangenheit, dem Leid der Gegenwart und dem Glauben an die Zukunft. Ihre Augen füllen sich mit Tränen.

Da – das Herz will ihr stehen bleiben! – hört sie aus dem Grabmal die Stimme ihres Vaters, fernher kommend, leise, doch unverkennbar.

›Jussuf! Jussuf! Wachst du an meinem Grabe?‹

›Ja, Herr, ich wache!‹, antwortet der alte Diener, und dem Klang seiner Worte nach scheint er es ganz in der Ordnung zu finden, dass sein toter Herr ihn aus dem Grabe anruft.

›Wache über meiner Tochter‹, fährt die Stimme fort, ›damit ich im Grabe ruhig schlafen kann!‹

›Das kannst du, Herr‹, versichert der alte Diener.

Es folgt eine kleine Stille. Dann ruft die Stimme wieder.

›Jussuf!‹

›Ja, Herr?‹

›Warum habt ihr das Zauberpferd nicht auch mit mir verbrannt?‹

›Es ist verschwunden,, Herr, am gleichen Tage, an dem du von uns gerissen wurdest.‹

›Hat Djaffar es wiedergeholt?‹

›Wahrscheinlich, Herr.‹

Und wieder eine Stille.

›Jussuf!‹

›Ja, Herr?‹

›Wenn du es je in deine Gewalt bekommen solltest, dann verbrenne es vor meinem Grabe!‹

›Ich höre und werde gehorchen.‹

›Denn mit ihm fing alles Übel an.‹

›Der Meinung bin ich nicht, Herr!‹

›Womit sonst?‹

›Herr, du bist tot, und mit einem Toten soll man nicht rechten.‹

›Ich will aber wissen, Jussuf, was du denkst!‹

›Nun, Herr, wenn du mich zwingst ... Ich glaube, das Übel war, dass du zu dir selber nie Nein sagen konntest.‹

›Meinst du, Jussuf?‹

›Ja, Herr, das meine ich, dein alter Diener.‹

›Lass mich eine Weile darüber nachdenken!‹

›Gut, Herr. Die Nacht ist ja noch lang.‹

Eine Zeit lang herrscht wieder Schweigen. Djamileh hört ihr Herz in der Stille schlagen. Aber sie fühlt keine Angst. Sie fühlt nur, wie in ihrer Seele Schleier um Schleier von Dingen fällt, die sie nie zuvor gesehen, geglaubt und erkannt hat.

Da ruft der Tote wieder aus dem Grabe.

›Jussuf!‹

›Ja, Herr?‹

›Ich fürchte, du hast Recht!‹

›Das weiß ich, Herr.‹

›Ich habe niemals Nein zu mir gesagt. Wenn mir etwas in die Augen stach, musste ich es haben. Um jeden Preis. So verlor ich meine Tochter. So verlor ich den Thron. Weil ich nicht Nein sagen konnte zu meinem Begehren. O Allah, Allah! Und du wusstest das?‹

›Ja, Herr.‹

›Warum hast du es mir nicht gesagt?‹

›Herr, hättest du denn auf meine Warnung gehört?‹

›Das ist eine törichte Frage und deiner unwert. Du hast über meinen Leib gewacht, warum nicht über meine Seele?‹

›Das wäre mir nicht zugekommen, Herr.‹

›War meine Seele nicht mehr wert als mein Leib?‹

Jussuf der Wachsame schweigt und sieht vor sich hin.

›Antworte, Jussuf! Den Toten bleibt man keine Antwort schuldig. Sie kommen immer wieder und stellen ihre Frage. Antworte mir!‹

›Ich habe deinen Zorn gefürchtet, Herr!‹

›Nun, wenigstens lügst du nicht. Und doch bist du für mich eine bittere Enttäuschung, Jussuf. Du hattest Angst vor mir. Du hast es nicht auf dich genommen, meinen Zorn zu wagen. So hast du deine und meine Seele verraten. Du warst feige. Ein guter Diener darf nicht feige sein, wenn es um die Seele seines Herrn geht. Es tut mir Leid um dich, Jussuf. Ich glaubte, in dir einen Diener zu haben. Aber du warst kein Diener. Du warst nur ein Sklave. Allah erleuchte dich, Jussuf! Lebe wohl!‹

›Herr!‹ Jussuf stürzt in die Knie und neigt die Stirn auf die Schwelle des Grabmals: ›Herr, wirst du nie mehr zu mir sprechen?‹

›Das liegt in Allahs Hand. Doch wenn du mich je geliebt hast – mit einer törichten Liebe, einer Sklavenliebe, aber es war doch Liebe, das weiß ich genau ...‹

›Auch Allah weiß es, Herr!‹

›Dann wache über Djamileh besser als ich, ihr Vater!‹

›Ja, Herr, das will ich!‹

Da ist die Stimme verstummt. Jussuf, sobald er es wagt, sich zu rühren, beugt sich über die Prinzessin von Basra, die sein toter Herr ihm anvertraut hat. Djamileh hat die Wange auf die gefalteten Hände gelegt und schläft und lächelt im Traum.

Jussuf bewacht ihren Schlaf, bis die Sonne sie weckt. Bis die vierzig Tage und Nächte der Trauer vorbei sind, wird er wieder Jussuf der Wachsame sein.

Friede sei mit ihm und der Prinzessin von Basra!«

*

»Nun, meine Freunde, ist es, glaube ich, Zeit, dass wir uns wieder einmal um den Dieb von Bagdad kümmern! Wir haben ihn auf der Schulter des Djin verlassen, wie er, sich angstvoll am Haarschopf des Unholds festhaltend, zum Tempel der Göttin fliegt, auf deren Stirn das Allsehende Auge funkelt. Wir haben noch nicht vergessen, wie Abu, von Furcht gepackt, zu schreien begann, wie der Djin ihn verhöhnte, weil ihm selbst vor der Reise bang war, und wie der tapfere Junge seine Furcht überwand im Gedanken an den Freund, den er ja finden wollte, um ihn vielleicht aus Allah mochte wissen welcher Gefahr zu befreien. Und jetzt, da wir ihm mit der Kraft unserer Ungeduld nacheilen, finden wir ihn eine Ewigkeit hoch über der Erde, auf die hinabzuschauen Abu erst nach langem Schaudern lernt.

Wie liegt sie fern und sonderbar in der Tiefe! Nichts ist mehr zu erkennen von Bergen, Strömen und Städten, kaum, dass das Meer noch als dunkelblaues Tuch, mit beweglichen Tupfen, den Schiffen und Booten, verziert, dem Auge erkennbar ist. Alles, was sonst die Erde belebt und gliedert, ist nichts weiter mehr als Farben und Fäden in einem Teppich, zu Füßen Allahs ausgebreitet. Selbst die Berge sind für den von hoch her Schauenden eingeebnet, und nur, wenn die Wolken sich um ihre Gipfel scharen, kann man ermessen, wie groß und gewaltig sie sind.

Der Flug des Djin ist schneller als der Flug einer Schwalbe, und in der blauen Höhe ist es kalt. Abu fühlt seine Hände und Füße nicht mehr.

›Djin!‹, schreit er seinem Sklaven ins Ohr. ›Ist der Tempel noch weit?‹

›Noch einmal so weit wie bisher‹, schreit der Djin zurück.

›O Allah!‹

›Hast du etwa schon wieder Hunger?‹

›O ja!‹

›Willst du Bratwürstchen haben?‹, fragt der arglistige Djin.

Schon schwebt das begeisterte Ja auf Abus Lippen, aber – Allah sei Dank! – noch eben rechtzeitig erkennt er die Falle, die ihn seines zweiten Wunsches berauben will. Zornig beugt er sich vor, um dem Djin ins Gesicht zu sehen. Aber er sieht nur die Vorgebirge des Backenknochens und des gewalttätigen Kinns.

›Ich glaube, Halunke‹, sagt er und zaust den Haarschopf, an den er sich klammert, ›du fliegst einen Umweg! Ist denn die Erde so groß? Der gleiche Flug, bolzengrade zur Höhe genommen, hätte uns längst vor die Thronstufen Allahs gebracht!‹

›Wir fliegen den kürzesten Weg, der möglich ist‹, antwortet der Djin etwas ärgerlich. ›Bis zum Dach der Welt ist es nun einmal so weit, und da müssen wir hin.‹

›Bis zum Dach der Welt?‹, wiederholt Abu bestürzt und zweifelnd. ›Hat denn die Welt ein Dach?‹

›Das fragst du, Menschlein? Allah, was bist du dumm!‹

›Ja, und wenn mir jeder auf meine Frage eine so dumme Antwort gibt, werde ich schwerlich klüger!‹

›Verzeihe, mein kleiner Gebieter, und werde nicht ungeduldig! Vergiss nicht, dass zweitausend Jahre vergangen sind seit meinem letzten Umgang mit Menschen. Inzwischen habe ich, eingeschlossen in meine Flasche, die der weiseste aller Könige auf Erden versiegelte, über vieles nachgedacht und mich an manches erinnert, das ich als frei schweifender und wissbegieriger Djin erfuhr und lernte. So hörte ich auch bei einem Zusammentreffen der Djins von dem Allsehenden Auge und von dem Tempel der Göttin des Lichts und dass er auf dem Dach der Welt errichtet wurde.‹

›Erzähle mir mehr davon, das kürzt uns den Flug!‹

›Das Dach der Welt‹, hebt der Djin zu erzählen an, ›ruht auf neun gewaltigen Säulen, und die neun gewaltigen Säulen ruhen auf dem Rücken eines Djin.‹

›O du ganz gewaltiger Lügner!‹, ruft Abu lachend aus. ›Wie kann ein einziger Djin neun Säulen – gewaltige Säulen – auf seinem Rücken tragen?‹

›Wenn du mir nicht glaubst, brauche ich ja nicht zu erzählen!‹, antwortet der Djin gekränkt. Denn es ist ärgerlich, wenn man die Wahrheit sagt und wird ausgelacht.

›Sei nicht dumm, Djin! Erzähle weiter, ich höre!‹

›Nun gut, aber unterbrich mich nicht immerzu! Wo bin ich stehen geblieben?‹

›Beim Dach der Welt!‹

›Ja, richtig, und du Menschenknirps hast bezweifelt, dass seine neun Säulen auf dem Rücken eines Djin ruhen, und doch ist es wahr. Und der Wunder nicht genug: Der Djin, der das Dach der Welt trägt, steht auf einem Adler, und der

Adler steht mit ausgebreiteten Schwingen auf einer Kugel, und die Kugel auf einem Fisch, und der Fisch –‹

›Na, worauf steht der Fisch?‹

›Wenn du nur ein bisschen klüger wärst, würdest du wissen, dass ein Fisch nicht stehen kann! Der Fisch schwimmt im Meer der Ewigkeit!‹

›Halt! Halt!‹, ruft Abu. ›Du behauptest also, der Fisch, der die Kugel trägt, auf der ein Adler steht, auf dessen Flügeln der Djin steht, auf dessen Rücken neun Säulen stehen, auf denen das Dach der Welt ruht ... Du behauptest, dass dieser Fisch im Meer der Ewigkeit schwimmt?‹

›So ist es, mein kleiner Gebieter!‹

›Das scheint mir eine wacklige Geschichte zu sein.‹

›Ja, Herr. Die ganze Welt ist, wie du sagst, eine wacklige Geschichte. Und wenn die neun Säulen, auf denen die Unterwelt ruht –‹

›Was? Unterwelt! Eine Unterwelt gibt es auch?‹

›Jedes Wesen hat sein Gegenwesen, wie die Finsternis das Licht hat. Nur der Mensch hat zwei und steht mitten zwischen dem Göttlichen und dem Teuflischen, und die beiden kämpfen um ihn, und dann bebt die Erde. Aber du hast mich schon wieder unterbrochen!‹

›Das darf dich nicht wundern noch erzürnen, Djin!‹, sagt Abu höflich. ›Es geschieht einem kleinen Jungen aus Bagdad nicht alle Tage, dass er bei einem so weisen und welterfahrenen Djin in die Lehre gehen kann!‹

Der Djin räuspert sich geschmeichelt, denn so weise ist nicht einmal ein Djin, der noch König Salomo gekannt hat, dass er sich nicht geschmeichelt fühlt, wenn ihm etwas Nettes gesagt wird. Und doch müsste er längst erfahren haben, dass in jeder Schmeichelei ein zierliches Angelhäkchen versteckt ist, das der Geschmeichelte mit verschluckt, und dann hängt er am Haken.

›Ja, also, wo waren wir stehen geblieben?‹, fragt er, freundlich brummend.

›Bei dem Fisch, der im Meer der Ewigkeit schwimmt, während Kugel und Adler und Djin und neun Säulen und das Dach der Welt auf ihm ruhen, und ich meinte, das sei eine wacklige Geschichte! Nein, entschuldige, ich habe mich geirrt! Du sprachst von der Unterwelt, die auch auf neun Säulen ruht, und meintest, wenn diese neun Säulen ... Was wolltest du weiter sagen?‹

›Ja, wenn die sich rühren – denn du musst wissen, es sind lebendige Säulen –‹

›Was! Lebendige Säulen?‹

›Freilich! Wie die neun, die das Dach der Welt tragen!‹

›O Djin, mir brummt der Kopf!‹

›Willst du mich nun in Ruhe erzählen lassen oder nicht? Du bringst mich ganz durcheinander mit deinen Querfragen!‹

›Erzähle, Djin! Aber wenn du etwas sagst, was ich – ein kleiner Dieb aus Bagdad! – nicht zu fassen vermag, dann muss ich dich doch fragen dürfen, ist das nicht auch deine Meinung?‹

›In Allahs Namen! Aber wenn ich den Faden verliere ...‹

›Du wirst ihn schon nicht verlieren! Du sagtest, die neun Säulen, die das Dach der Welt tragen, seien lebendig wie die Säulen der Unterwelt, und wenn sie sich rührten ...?‹

›Ja, dann wird der ganze Bau der Welt in seinen Grundfesten erschüttert, und das Dach droht einzustürzen und alles Geschaffene und noch zu Schaffende, Vergangenheit, Gegenwart und Zukunft, unter seinen Trümmern zu begraben!‹

›Und Allah, der Schöpfer der Welt, würde das geschehen lassen?‹

›Wer kennt die Pläne Allahs? Vielleicht erscheint es ihm gut, wenn die neun Säulen der Welt manchmal erschüttert werden, um zu prüfen, wie stark sie noch sind und ob man sie stützen muss oder gar gegen eine neue, stärkere austauschen.‹

›Wie aber findet man sie auseinander?‹

›Sie haben Namen.‹

›Kennst du sie?‹

›Wäre ich ein weiser Djin, wenn ich sie nicht kennte? Aber wenn ich sie dir nenne, kannst du sie dir merken?‹

›Ich werde sie so lange wiederholen, bis sie in meinem Herzen eingegraben sind gleich den neunundneunzig Namen Allahs!‹

›Nun, die Säulen, auf denen das Dach der Welt ruht, heißen: Gerechtigkeit, Güte, Weisheit, Wahrhaftigkeit, Duldsamkeit, Tapferkeit, Treue, Kraft und Liebe.‹

›Warte! Warte! Ich muss sie mir wiederholen!‹, und mit geschlossenen Augen und flüsternden Lippen murmelt Abu, der kleine Dieb von Bagdad, die Namen der neun Säulen vor sich hin, auf denen, nach der Behauptung des Djin, das Dach der Welt ruhen sollte. Nach einer kleinen Weile atmet er tief auf.

›Jetzt hab' ich sie‹, sagt er stolz. ›Jetzt sind sie in meinem Herzen eingebrannt. Ich werde sie nicht vergessen. Und die neun Säulen der Unterwelt?‹

›Sie heißen: Dummheit, Feigheit, Unduldsamkeit, Herrschsucht, Ungerechtigkeit, Verlogenheit, Treulosigkeit, Bosheit und Habgier. Und am Fuß dieser Säulen wachsen, wie die dürren Gebilde einer Tropfsteinhöhle, eine Menge kleiner Säulen auf, neben Hartherzigkeit und Habgier der Geiz und neben der Herrschsucht die Tyrannei und neben der Feigheit die Schwäche.‹

›Djin‹, sagt Abu nach einer Weile, ›unter den Säulen, die das Dach der Welt tragen, fehlt eine ganz wichtige.‹

›Hoho! Der Dieb von Bagdad will Allahs Ordnung bekritteln oder gar verbessern. Nun, lass deine Weisheit hören!‹

›Warum fehlt Frömmigkeit unter den Säulen, auf denen das Dach der Welt ruht?‹, fragt der Junge auf dem Nacken des Djin mit ernsten Augen.

›Warum?‹ Der Djin schüttelt den Kopf so erbost über diese Frage, dass er seinen kleinen Herrn und Meister um ein Haar ins Bodenlose geschleudert hätte. ›Ja, weißt du denn nicht, dass Frömmigkeit selbst das Dach der Welt ist?‹

Aufschreiend hat sich Abu noch eben am Schopf seines fliegenden Sklaven festgeklammert. Jetzt reißt er zornig daran wie am Zügel eines störrischen Maulesels.

›Mach das ja nicht noch mal!‹, ruft er, und seine Augen blitzen vor Wut. ›Du weißt, wie wenig dazu gehört, dich zu ducken! Ich kann dich noch immer, sobald ich meinen Freund Ahmad gefunden habe, mit meinem letzten Wunsch zurück in die Flasche Salomos und auf den Grund des Meeres verfluchen!‹

›Sieh, kleiner Dieb von Bagdad, ein solcher Gedanke genügt, um die bösen Gewächse am Fuß der bösen Säulen klettern zu lassen. Wäre die Tyrannei ein Kraut, sie wäre jetzt hochgeschossen wie ein Wildtrieb. Und die Güte, die Duldsamkeit, die das Dach der Welt tragen helfen, bekommen durch böse Wünsche manchen feinen Riss und sind eines schlimmen Tages ausgehöhlt und zerstört, und niemand kann sagen – außer Allah, der alles weiß! –, wann und durch wen die Zerstörung begann. Und Himmel und Erde weinen – und weinen vergebens.‹

›Ach, Djin, du übertreibst!‹, sagt Abu kleinlaut. ›Wie kann ein unbedachter böser Wunsch, im Zorn gesprochen, solche Wirkung haben?‹

›Nicht einer, Herr und Meister! Einer freilich nicht. Aber das Meer besteht aus Tropfen, und Millionen von Tropfen waren es, die dein Boot auf den Strand geworfen und zerschlagen und zertrümmert haben.‹

›Ich will dir nicht mehr drohen‹, verspricht Abu nach einer langen Zeit, in der er mit sich selbst zu Rate gegangen ist, ›aber du darfst mich auch nicht ärgern!‹

›Kleiner Gebieter, ich wollte dich gar nicht ärgern. Ich habe nur über deine Dummheit den Kopf geschüttelt! Nicht zu wissen, dass eben Frömmigkeit das Dach der Welt ist! Wenn die Geschöpfe sich der Hand ihres Schöpfers entwinden, wenn sie der Obhut entstreben, in der sie geborgen sind, dann ist die Stunde nahe, die alle Ordnung und alle Gesetze zunichte macht.‹

›Vielleicht‹, sagt Abu nachdenklich. ›Aber muss denn immer alles so bleiben, wie es ist? Hat Allah in seiner Weisheit nicht in unsere Herzen eine Sehnsucht gepflanzt nach dem, was wir noch nicht kennen? Als ich noch Dieb von Bagdad war, träumte ich Tag und Nacht von nichts anderem als von Seefahrt und Abenteuern, und so sehr ich in Angst bin um Ahmad, meinen Freund, so freut es mich doch, dass ich, um ihn zu finden, auf deinem Nacken, o weiser Djin, über die ganze Erde bis zum Dach der Welt fliege. Ist diese Freude nicht ein Geschenk von Allah? Steht denn die Schöpfung still? Sind Wasser und Wind und Sterne nicht ewig auf Wanderung? Warum? Sind Neugier und Wissenwollen und all das, was Menschen nicht zur Ruhe kommen lässt, Gefühle aus der Welt des Bösen?‹

›Gewiss nicht‹, brummt der Djin, dem allgemach der Schädel zu rauchen beginnt – und das weiß jeder Menschenvater, dass ein einziger kleiner Junge mehr fragen kann, als zehn greise Gelehrte je beantworten können –,

›aber Allah hat eben Grenzen gezogen, die von Menschen nicht überschritten werden dürfen.‹

›Woher weißt du das? Du hast mich ausgelacht, weil ich nicht wusste, dass Frömmigkeit das Dach der Welt ist. Aber eine Säule der Unterwelt hast du nicht genannt. Weißt du welche? Faulheit!‹

›Die wächst bei der Dummheit‹, gibt der Djin zur Antwort.

›So? Und warum erlaubt ihr Allah zu wachsen? Ist er nicht auch der Herr der Unterwelt? Warum sagt er nicht: ›Genug mit allen Übeln und ihrer Brut! Sie sollen zusammenbrechen, verdorren und nicht mehr sein!‹ Warum erlaubt er seinen Widersachern, frech und mächtig zu werden und die Geschöpfe Allahs in Versuchung zu führen und ins Verderben?‹

›Weil es nicht Allahs Amt ist, mit den Mächten der Hölle fertig zu werden, sondern das Amt der Menschen!‹, ruft der Djin, und seine Stimme dröhnt aus der Ferne zurück. Denn nun erhebt sich vor ihnen eine Welt von Felsen und schimmert bläulich im Licht des aufgehenden Mondes. ›Es gibt keinen Weg zum Paradies außer dem durch die Hölle, merke dir das, mein kleiner Gebieter! Denn hier, am Rande des Daches der Welt, bist du der Hölle, durch die du wandern musst, am allernächsten. Hast du davor keine Angst?‹

›Ja! Aber ich habe auch Mut, denn es gilt, meinen Freund zu finden und ihm vielleicht zu helfen!‹

›Nun, wir werden ja sehen, was größer ist, Angst oder Mut‹, sagt der Djin und senkt sich vorsichtig, vorsichtig näher den Felsen.

Abu strengt seine Augen an. Er weiß nicht, sieht er recht, oder ist, was er sieht, ein Gespinst seiner Müdigkeit? Hundert Gebirge aus gewaltigen Felsen, zu Säulen gebündelt, ragen aus blau schattenden Abgründen auf und streben, mit ihren Gipfeln an den Himmel zu rühren, der ewig unerreichbar bleibt und ewig von den aus der Tiefe Strebenden ersehnt wird.

Eine erhabene Einsamkeit, eine Stille, so vollkommen, dass sie zur Musik von fernen, fernen Geisterstimmen geworden scheint, ruht über den Felsen.

›Wir sind am Ziel‹, sagt der Djin, und unwillkürlich dämpft er die Stimme vor dem gebieterischen Schweigen, als scheue er sich, noch einmal das Echo zu wecken, das überall in den Schluchten geschlossenen Mundes lauscht. Er deutet nach oben, wo die bläuliche Fahlheit der Gipfel nach der nächtlichen Bläue des Himmels tastet. Es weht kein Wind, doch die Luft ist kühl und atmet, und aus der ernsten Stille scheinen die Häupter der Felsen regungslos herabzublicken auf den Menschensohn, der es wagt, sich ihnen zu nähern, ohne sich der düsteren Größe dieses Wagnisses auch nur am Rande der Seele bewusst zu sein.

›Dort oben‹, flüstert der Djin, so leise er kann, ›das dort oben, was sich wie eine Krone über die Felsen hebt, das ist der Tempel, in den du eindringen musst. Wenn dich nur der Mut nicht noch an der Schwelle verlässt, mein kleiner Gebieter!‹

Abu schüttelt den Kopf, und das ist nicht nur Verneinung auf die Frage des Djin: Es ist eine Zurückweisung. Es ist, als zöge er mit diesem Kopfschütteln eine Scheidewand zwischen sich und den Frager, als friede er damit sein Inneres ein, dass es unberührbar und verweisend streng wird.

Der Unhold hat sich in einer Felsmulde vor dem Tempel eine Lagerstatt gesucht und sich darin ausgestreckt. Er richtet sich noch einmal auf und flüstert behutsam: ›He, mein Herr und Meister, wenn du in Gefahr kommst, rufe mich!‹

Abu gibt keine Antwort. Langsam und wie träumend geht er auf den Tempel zu. Seine ernsten Augen begegnen den ernsten Augen, die aus den Felsengesichtern auf ihn herunterschauen. Er fühlt keine Angst, nur jenes edle Grauen, das die Furcht zur Ehrfurcht erhebt. Er kennt den Weg zum Tor nicht, das für die Ungestalt des Djin zu klein ist, und findet ihn doch ohne Suchen und Irren. Schweigend sich dem großen Schweigen einfügend, setzt er Fuß vor Fuß, steigt eine Treppe empor und fragt sich, die enge, lastend niedrige Steintür betrachtend, was er wohl tun müsse, um sie aufzukriegen.

Aber, Freunde, das habe ich oft und oft erlebt: Vor dem Zudringlichen weichen die Geheimnisse der Welt zurück in immer tiefere Finsternisse, und zuweilen, wenn sie sehr zornig sind über den frechen Wühler an ihren Grenzen, belegen sie ihn mit einem schlimmen Bann, dass er, krank an Leib und Seele, froh sein darf, wenn er nur sein Leben davonträgt. Aber sie liefern ihre Schlüssel freundlich dem Ehrfurchtsvollen aus, als wüssten sie, dass er, Maß haltend ohne Belehrung und ohne Zwang, nicht weiter in das Reich der Geheimnisse vordringt, als ihm gemäß ist, und dass er dankbar in seine eigene Welt zurückkehrt, um vielleicht – wer weiß das? – einmal wiederzukommen, wenn Allah es so bestimmt.

Kaum hat der kleine Dieb von Bagdad die Hand zum Griff der Tempeltür erhoben, so öffnet sie sich lautlos und lässt ihn ein, um sich hinter ihm ebenso lautlos wieder zu schließen.

Ein Dieb, der sein Handwerk von Grund auf versteht, hat wie der Fuchs, der ja auch ein erfahrener Dieb ist, eine untrügliche Witterung für Gefahr. Dicht an der Tür bleibt

Abu stehen. Der Djin, entsinnt er sich, hat ihm erzählt, die Göttin des Lichts, die Hüterin des Allsehenden Auges, wohne im Tempel der Dämmerung. Dann also ist er am Ziel. Den Raum, in den er eingedrungen ist, beherrscht eine tiefe, lastende Dämmerung. Sie legt sich wie eine Binde über seine Augen, dass er die Hand hebt, um sie fortzustreichen.

Warum schlägt ihm das Herz so dumpf? Wie eine ungeheure Grotte ragen die Felsenwände um ihn her, sich langsam, langsam zueinander neigend, zu einer Wölbung auf, deren Höhe sich seinem Blick entzieht. Dieser Tempel wurde erbaut, doch nicht von Menschen. Geister, neben denen sein fliegender Djin kaum einer Fledermaus geglichen hätte, mussten hier am Werk gewesen sein. In den kahlen Wänden klaffen Höhlen, schwärzer als eine Neumondnacht, wenn die Lampen der Sterne fehlen.

Ein einziges, sehr fern erscheinendes Licht brennt hoch und leuchtend rot im riesigen Raum, und als sich Abus Augen an die schwarzgrüne Dämmerung ringsum gewöhnt haben, erkennt er Wesen und Wohnung des roten Punktes.

Denn nun sieht er, was ihm anfangs verborgen war: An der Höhlenrückwand erhebt sich auf stufenartig getürmten Felsblöcken das Gebild einer Gottheit, Gebild einer schlafenden Frau. Aufrecht sitzt sie, an die Steinwand gelehnt. Mit geschlossenen Lidern, mit dem edlen, versunkenen Gesicht scheint sie von der Arbeit eines Jahrtausends auszuruhen. Ihre Arme, ihre Hände, still im Schoße liegend, ihre gekreuzten Füße, alles ruht sich aus, ganz regungslos.

Abu sieht zu ihr hinauf.

Der Dieb von Bagdad, fast noch ein Knabe, weiß nicht, dass die Empfindung, die ihn beim Anblick der schlafenden Gottheit packt, Ergriffenheit ist. Er sieht auf ihrer Stirn den dunkelroten, strahlenlosen Stern. Er weiß nun, dass er seinem Ziel sehr nahe ist, dass es nur an seinem Mut, an seiner Geschicklichkeit liegt, es zu erreichen und sich des Allsehenden Auges zu bemächtigen. Und doch wird er mehr und mehr von einer tiefen Traurigkeit erfasst. Er möchte die schlafende Göttin des Lichts anrufen. Ihm, der ein Dieb ist, will es schmählich erscheinen, der Schlafenden das Kleinod, das Allsehende Auge, von der Stirn zu stehlen. Aber er denkt an den Freund. Wo kann er ihn wiederfinden? Der Djin, der ihn hergetragen hat, der mächtige und viel erfahrene Geist, der die Welt durchforscht hat, ihr Oben und Unten, das Reich der Lebenden und das der Toten, nirgends hatte er Ahmad entdecken können. Nur im Allsehenden Auge, hatte der Djin gesagt, würde sich Ahmad ihm zeigen. Er musste das Kleinod stehlen, es wurde ihm nicht geschenkt. Er würde sich seiner bemächtigen, doch das betrübte ihn. Abu, wo hast du deine Keckheit gelassen? He! Überlege dir, wie du am schnellsten ans Ziel kommst!

Zögernd, mit schlaffen Gliedern, nähert er sich den Stufen, auf deren roher Ungefügtheit der Thron der Göttin steht. Doch schon nach wenigen Schritten hält er erschrocken inne. Denn die Stufen bewegen sich. Die Stufen bekommen Glieder, verschlungen, gleichsam verfilzt, nicht voneinander zu trennen, und Gesichter, glimmend in einem sumpfigen Grün, heben sich von verkrüppeltem Rumpf und stieren dem Eindringling entgegen. In den Fäusten, in den schwärzlichen Mäulern, schwärzlichen Krötenmäulern, tragen sie Messer. Und sie warten, stumpf, verbissen, böse, auf das Näherkommen des fremden Geschöpfs.

Abus Blick fliegt nach dem Tor zurück. Aber das hat sich ja geschlossen. Sein Herz klopft in beklommenem

Takt. Abu, du darfst nicht so viel Zeit verlieren! Abu, zögere nicht länger! Abu, beeile dich!

Einfach geradeaus zu gehen, die groben Blöcke der Felsenstufen zu erklettern, wäre deiner Gewandtheit auch schwer gefallen, wenn es eben nur Blöcke und Stufen wären. Angesichts der grünen Fratzen, die an den Stufen lauern, ist es unmöglich, Abu, glaube mir! Du kannst es nicht wagen, sie im Sprung zu nehmen! Die erste, die zweite schafftest du vielleicht. Aber dann wären sie über dir her. Du würdest in Stücke zerfetzt, bevor du ›Allah, hilf mir!‹ schreien könntest. Wäre Ahmad damit geholfen? Nein! Wo also ist ein für dich gangbarer Weg, um doch ans Ziel zu kommen? Denke nach!

Da sind die Höhlen. Wohin führen sie? In ihnen herrscht lautlose Finsternis. Du hast nicht Stahl noch Stein, keine Fackel, nichts, dir den unbekannten Pfad zu erhellen. Und doch musst du hinein und hindurch! Denk an Ahmad, den König! Wag es, Abu! Wag es! Nimm all deinen Mut zusammen – du siehst eben jetzt nicht aus, als hättest du noch einen großen Vorrat übrig! Abu, sei nicht feige! Ja, ich weiß, es ist gräulich, die grünen Fratzen hinter sich zu lassen auf einem Wege, den man nicht kennt! Wie, wenn er an einer Felswand endet, die ihn unübersteigbar versperrt? Wie, wenn sich plötzlich vor dir eine Spalte auftut, die du nicht überspringen kannst? Wie, wenn unter dir der Boden tückisch nachgibt und du ins Bodenlose versinkst? Ich höre, wie dein Herz schlägt. Du hast Angst. Man darf nicht Angst haben, wenn man ein Ziel erreichen will, Abu, glaube mir! Angst ist die schlimmste Feindin dessen, der sich ängstigt. Sie saugt ihm das Mark aus den Knochen. Wenn du dich vor etwas fürchtest, geh darauf zu! Von allen Wesen, vor denen du erschrickst, hat die Hälfte mehr Angst als du. Von der anderen Hälfte die Hälfte ist schwächer als du. Von dieser wieder die Hälfte ist harmloser Spuk – und mit dem Rest wird der Dieb von Bagdad doch fertig werden? Geh, Abu! Geh!

Abu wirft einen langen Blick hinauf zu dem roten Gestirn über den Brauen der Göttin. Jetzt, da sich seine Augen an die Dämmerung gewöhnt haben, sieht er, dass von der unerkennbaren Kuppel – seltsam genug! – ein Netz herabfällt. Ein weites Netz mit daumenstarken Fäden. Woran es haftet, bleibt in Dunkelheit. Wer hat es geknüpft? Wer hat es ausgespannt? Für wen ist es bestimmt? Zum Verderben? Zur Rettung?

Ein Gedanke zuckt im Hirn von Abu auf. Dieses Netz – wie, wenn es stark genug wäre, ihn, falls er es erkletterte, zu tragen! Von dort oben her müsste es möglich sein, sich auf die Schulter der schlafenden Gottheit zu schwingen. Wenn er sich dann auf die Zehenspitzen stellt, ist er wohl groß genug, mit ausgestreckter Hand die Stirn der Göttin des Lichts zu berühren, das Kleinod zu erreichen, es auszubrechen und damit zu fliehen. Ja, fliehen – auf welchem Wege? Der Tempel hat, das weiß er von seinem Sklaven, dem Djin, nur das eine Tor. Wenn sich die grünen Fratzen dort zusammenrotten, wenn sie, die Messer in den Krötenmäulern, ihn dort umringen, ihn gefangen nehmen – was nützt ihm dann das Kleinod und sein Raub? Er stirbt, elendig umgebracht, und niemand, nicht sein Freund Ahmad, nicht einmal der Djin, der draußen in der Felsenmulde schläft, wird je erfahren, wie der Dieb von Bagdad umgekommen ist. O Allah, Allah!

Die stumme Anrufung des Allerbarmers lässt ihn ruhiger atmen. Er schüttelt sich in den Schultern. Er denkt, dass weitergehen auch nicht gefährlicher sei als umzukehren. Er geht ganz langsam. Oh, er weiß genau, wenn er jetzt anfängt zu laufen, dann springt ihm das eisige Grauen in den Nacken. Dann muss er rennen, rennen, blind und taub, nur rennen wie ein verfolgter Hase, bis er irgendwo gegen prallt oder irgendwo in einen Abgrund fällt oder ...

Ruhig, ruhig! Tief atmen, stehen bleiben, warten. Da! Schritte? Schritte hinter ihm? Ach, Unsinn, Abu! Was du hörst, ist dein eigener Herzschlag! Geh weiter, Abu! Ruhig! Du wolltest doch einmal mit Sindbad dem Seefahrer zu den großen Inseln im Fernen Osten fahren und gewaltige Abenteuer erleben. Jetzt, siehst du, bist du mitten drin in einem Abenteuer, wie es Sindbad der Seefahrer auch nicht gefährlicher erleben könnte, und wenn es dir mit Allahs Hilfe – denn ohne seine Hilfe sind wir weniger als Staub im Winde! –, ich sage, wenn es dir mit Allahs Hilfe gelingen sollte, aus diesem Abenteuer mit heiler Haut zurückzukehren nach dem Schauplatz deiner jungen Streiche – ach wie weit liegen die jetzt zurück! –, dann wirst du es nicht nötig haben, zu prahlen oder zu schwindeln, wie das Seeleute gern tun. Du brauchst nur ehrlich zu erzählen, was du erlebt hast unter dem Dach der Welt, und Sindbad der Seefahrer wird sich, die Arme kreuzend, tief vor dir verneigen und vor allen Leuten auf offenem Markt erklären, dass Abu, der Dieb von Bagdad, ihn übertrumpft hat. Wäre das nicht schön?

Ein winziges Lächeln, gleichsam nur der Versuch eines Lächelns, huscht über Abus Gesicht. Und weitergehend – er sieht sich nicht mehr um – fängt er sein Lieblingslied zu singen an: ›Ich möcht' ein Seemann werden, segeln übers Meer!‹

Nein, so weit kommt er nicht. Denn zehn, zwanzig, dreißig Abus singen in wirrem Chor: ›Ich möcht' ein Seemann werden – Seemann – Seemann – Seemann – See... See...‹, dann erstirbt es.

Das Echo, Abu, weiter nichts. Das Echo. In diesen Schluchten müssen ja hundert Echos schlafen. Du hast sie aufgeweckt, was ist dabei? Sing weiter, Abu! Er tut es.

›Ich möcht' – möcht' – möcht' – möcht'...‹ Na, was möchtest du denn?

›– ein Seemann werden, segeln übers Meer!‹

›Seemann – Seemann – segeln – segeln – Meer – Meer – Meer ...‹

Stille.

Abu stößt einen tiefen Seufzer aus. Das Echo seufzt ihm nach. Es klingt, als seufzten alle Felsen im Schlaf.

›Geh weiter!‹, ruft Abu zornig sich selber zu.

›Geh weiter – weiter – weiter!‹, ruft das Echo.

Als hätte das Echo seinen Mut verdreifacht, so nimmt Abu jetzt den Weg ohne Zögern unter die Füße. Hinter ihm bleibt alles still. Die grünen Fratzen scheinen ihn nicht zu verfolgen. Und wohin er auch geht, wie sehr der Pfad sich windet, immer leuchtet, rechts oder links vor ihm, das rote Gestirn über den Brauen der Göttin. Er nähert sich ihm. Schon liegt auf seinem Pfad ein glutroter Widerschein. Der kommt vom Allsehenden Auge.

Halt, halt, was liegt da? Eine zusammengekrümmte Gestalt. Fast wäre er darüber gestolpert. Ein Mensch? Wie kommt ein Mensch hierher? Er ist tot. Das Gesicht ist braun wie Herbstlaub und trocken wie Asche. Er muss schon sehr lange tot sein. Er war ein König. Der Kronreif sitzt ihm schief auf dem weißen Haupt. Ja, es ist weiß, aber nicht vom Alter. Er war noch jung, als er starb. Vielleicht hat ein kurzer Schreck, vielleicht ein langes Entsetzen sein Haar gebleicht. Wie! Soll es dir ebenso gehen? Ein langes Entsetzen ... Weiter, Abu! Weiter! Nein, halt! Sieh her! Der Tote hält einen Säbel! Nimm ihn mit! Vielleicht, dass du ihn gebrauchen kannst.

Abu nimmt dem Toten die Waffe aus der dürren Hand. Der lässt sie fahren ohne Widerstreben. Der Dieb von Bagdad könnte mit Leichtigkeit auch die goldene Krone nehmen. Aber was soll er damit? Auf Wegen, die man Schenkel an Schenkel mit dem Tode geht, sind Kronen unnützer Ballast.

Da ist das Netz. Abus Blick schweift an ihm hoch. Er hat sich nicht getäuscht. Wenn er daran emporklettert, bedarf es nur eines kleinen Schwunges und Sprunges, um auf die Schultern der Göttin zu gelangen. Aber es scheint, dass dies schon andere vor ihm versucht haben. In den Fäden des Netzes hängt an vielen Stellen etwas Graues, Dürres, Ausgesaugtes. Ja, das waren wohl einmal Menschen, die auch versuchen wollten, sich des Allsehenden Auges zu bemächtigen. Es ist ihnen nicht geglückt, und Abu erkennt, warum.

Das Netz ist nicht von Menschenhand geknüpft. Eine Spinne mit einem falben Kreuz auf dem Rücken hat es ausgespannt. Nie hat der Dieb von Bagdad ein so riesenhaftes und zugleich so widerliches Tier gesehen. Es hockt da oben in der Mitte seines Netzes. Vielleicht hat es geschlafen. Aber die Berührung des Gespinstes durch Abus Hand hat es aufgeweckt. Es rührt sich nicht. Seine Augen sind starr auf den Menschen gerichtet, der, das Schwert eines toten Königs in der Hand, am Fuß des Netzes steht und zu der Spinne hinaufsieht.

Es ist nicht leicht, die Augen von den Augen der Spinne zu lösen, von dem lähmenden Blick, der auch ein Netz, ein unsichtbares, knüpft. Abu zwingt sich, das Netz zu betrachten und nicht die Schöpferin. Er misst die Entfernung zwischen sich und der Spinne, prüft die Festigkeit der Spinnenfäden, zerrt daran, dass das Netz zu tanzen beginnt und die Spinne sich duckt, als wollte sie von oben her dem

Frechen ins Gesicht springen. Dann nimmt er den Stahl quer zwischen die Zähne und beginnt, sich an den Fäden des Netzes hinaufzuziehen.

Die Spinne sitzt unbeweglich. Denn sie hat Zeit. Sie braucht ihre Beute weder zu holen noch zu jagen, sie kommt ja freiwillig zu ihr. Es ist ein schlechtes Vorwärtskommen. Die Fäden sind dünn. Auch hindert ihn der Säbel, den er zwischen den Zähnen hält, denn die Hände braucht er ja zum Klettern. Er kommt der Spinne nicht näher. Das Netz scheint sich endlos zu dehnen. Wie weit ist er schon vom festen Boden entfernt? Er blickt nach unten.

Da sieht er: Senkrecht unter ihm ist ein rundes Loch im Gestein. Er hat es zuvor nicht bemerkt. Das Loch scheint ein Brunnen zu sein oder eine Zisterne. Es ist Wasser darin, unergründlich tiefes Wasser. Im Wasser bewegt es sich: ein Leib ohne Kopf, geformt wie ein schmutziger halb leerer Sack, und daran, bald sich entrollend, bald sich zusammenringelnd, acht Arme, mit Saugnäpfen besetzt, groß wie Reisschüsseln. Und wie die Spinne zu Abu hinunterstiert, so stiert das Untier im Wasser zu ihm herauf.

Abu wendet den Blick von der Tiefe ab. Man darf sich den Teufel dann erst gründlich betrachten, wenn man ihm nahe genug ist, um ihn totzuschlagen. Im Augenblick, da Abu sich anschickt weiterzuklettern, geht die Spinne zum Angriff über. Mit einem Satz wirft sie die dünnen haarigen Glieder vor, um ihn zu packen. Abu umklammert die Waffe. Er schlägt in blindem Hass nach Armen und Beinen der Spinne. Er trifft. Das Untier, in kalter, grässlicher Wut, die durch Stummheit noch grässlicher wird, richtet sich auf wie eine Gottesanbeterin, lässt sich an dünnem Faden tiefer gleiten, will sich auf Abu werfen, das Maul, wie ein Geierschnabel geformt, weit aufgerissen, die Augen tragen in der glasigen Schwärze das gleiche Kreuz, das auf dem

Rücken droht. Sie sind entsetzlich nahe über Abu, der rasend um sich schlägt, durch Zufall nur treffend. Aber auch ein Zufall – oder Allahs Hand? – fügt es, dass Abus Waffe, rückprallend von einem Spinnenfaden, der wie eine Stahltrosse summt, ihm aus der Hand geprellt wird und hochschnellend den Leib der Spinne aufreißt. Die Waffe fällt in die unermessliche Tiefe, doch mit ihr fällt das Untier. Krampfhaft klammert sich Abu fest im schwankenden Netz. Das Schwanken beruhigt sich. Er klettert weiter. Drei Atemzüge später steht er auf der Schulter der Göttin. Dicht vor ihm glüht das Allsehende Auge.

Da, auf der Schulter der Göttin des Lichts, ganz nahe an ihrer Wange, ihrem Munde, da erkennt der Dieb von Bagdad, dass der Göttin des Lichts die Augen nicht vom Schlaf geschlossen wurden. Er erkennt, dass sie tot ist. Leblos, starr, entseelt, von den Jahrhunderten, vielleicht Jahrtausenden vergessen, ruht sie, ein Sinnbild, im Tempel der Ewigen Dämmerung, und zu ihr, der Toten, Schweigenden, Regungslosen, spricht Abu, der Dieb von Bagdad, leise und ernst.

›Wann bist du denn gestorben, Göttin des Lichts? Oder bist du nur scheinbar tot und kannst mich hören? Ach bitte, höre mich doch! Ich bin Abu, der Dieb von Bagdad! Ich bin gekommen, dir das Allsehende Auge zu stehlen. Ich will es nicht stehlen, aber ich muss es haben, um meinen Freund zu entdecken, der vielleicht in Gefahr ist. Bitte, schenke mir das Allsehende Auge! Bitte, Göttin des Lichts, ich bitte dich so sehr!‹

Die tote Göttin gibt ihm keine Antwort. Voll erhabener Ruhe, unvergänglich, doch jenseits von Wünschen und Gewähren thront sie in der Dämmerung des Tempels und hebt ihr gelassenes Antlitz über das Gezücht ihrer Wächter, ohne sie zu gewahren. Doch ist sie wirklich tot? Das

Göttliche ist nicht tot, auch wenn es gestorben scheint. Vielleicht, dass einmal in einer schöneren Zeit, die kommen wird, wenn Allah es so bestimmt, der Tempel der Dämmerung zusammenbricht. Dann verdorren im Sonnenlicht die grünen Fratzen mit den Messermäulern. Der Höhenwind zerbläst das Spinnennetz, und von dem verseuchten Brunnen bleibt nicht einmal die Stätte seiner Bosheit übrig. Eine rasche Hand verbrennt die hohlen Toten in reinigender Flamme. Vielleicht, wenn der Allgütige es will, wird dann die schweifende Seele der schönen Göttin heimkehren in die schöne Gestalt, sie wird die Augen aufschlagen und hineinschauen in eine verwandelte Welt, sie wird sich erheben vom steinernen Thron und wieder ihr Amt übernehmen: zu leuchten! Ja, vielleicht wird das geschehen. Denn Allah ist groß!

Aber jetzt ist die Göttin des Lichts noch ein Steingebild in einem grünschwärzlichen Tempel. Und das Gezücht der Dämmerunggeborenen kriecht um die Stufen ihres Throns und stiert hinauf zu dem Menschen auf der Schulter der Göttin.

Abus Bitte ist ohne Antwort geblieben. Soll er umsonst durch die Hölle der Angst gegangen sein? Soll er nie erfahren, wo sich Ahmad, sein Freund, befindet? Nein! Er muss das Allsehende Auge haben – wenn in Güte nicht, dann mit Gewalt! Er beißt die Zähne zusammen, greift nach dem Kleinod, erreicht es ohne Mühe, pflückt es wie eine reife, rote Frucht.

Die Fratzen heulen auf. Eine schmutzige, gischtende Welle, branden sie hoch an dem Sockel, auf dem die Göttin thront, klettern, treten einander auf die Schultern, die Köpfe ... Krallenfinger greifen nach Abu, der, das Allsehende Auge in hoch erhobener Hand, mitten hinein in die geifernde Masse springt, stolpert, gepackt wird, sich losreißt, freikommt und rennt – auf das Tor zurennt, mit der Faust dagegenschlägt, gellend schreit:

›Djin! Djin! Djin, zu Hilfe! Djin!‹

O Allah, wenn er schläft und Abus Schreien nicht hört!

›Djin! Sie sind hinter mir her! Djin, rette mich!‹

Das Tor geht auf. Mit dem strahlenden Morgenlicht zugleich dringt ein Gepolter von Lachen ein und die Hand des Djin, die den Dieb von Bagdad packt und ins Freie holt. Die Tür fliegt schmetternd ins Schloss, und der Djin stemmt den Fuß dagegen. Dann dreht er sich um.

Der Dieb von Bagdad liegt am Boden und weiß nichts von sich. Gegen die Brust gedrückt, hält er in beiden Händen das Allsehende Auge. Das wirft einen rötlichen Schein auf sein blasses, überanstrengtes Knabengesicht.

Von seiner Turmhöhe herunter betrachtet ihn der Djin. Er kratzt sich hinter den Ohren. Er lässt sich auf ein Knie nieder. Er brummt und rührt den Besinnungslosen mit einer Fingerspitze an.

›Mein kleiner Gebieter‹, sagt er vorwurfsvoll, ›nun hast du endlich das Allsehende Auge – und nun schaust du nicht hinein?‹

*

Jetzt, meine Freunde, könnten wir, wenn wir wollten, über die Schulter des Djin einen Blick auf das Allsehende Auge werfen und uns wünschen, Ahmad den König zu erschauen, wo er jetzt weilt. Aber ich glaube, wir wollen es lieber nicht tun! Wir gehen ein paar Schritte zurück in schon Vergangenes, um zu erfahren, was König Ahmad erlebte und was inzwischen sich bei den Felsenbewohnern ereignet hat, denn das ist auch ganz wichtig.

Bei Ibrahim, dem Fischer, fing es an. Der wachte eines schönen Morgens auf und entdeckte, dass seine rechte

Hand wieder da war. Verdutzt und betroffen glotzte er sie an, versuchte, sie zu bewegen, fand sie gehorsam, hob sie dicht vor die Augen und schüttelte den Kopf.

›Was soll denn das heißen?‹, fragte er halblaut, denn er war nicht ganz sicher, ob er schlief oder wach war. Er musste wohl wach sein, er hörte sich ja sprechen, und als seine linke Hand, gleichsam eifersüchtig auf die so lange Verschwundene, plötzlich wieder Vorhandene, nach dieser griff und sie schüttelte, musste Ibrahim zu der Überzeugung kommen: Er hatte wieder zwei Hände.

›O Allah!‹, sagte er, bis ins Herz hinein verwundert. ›O Allah! O Mohammed! O ihr Kalifen! Wie kommt es, dass meine rechte Hand wieder da ist? Oh, Allerbarmer, behüte deinen treuen Fischer Ibrahim ben Soliman vor dem neunmal gesteinigten Teufel! Habe ich nicht mit meinen eigenen Augen gesehen, wie der struppigste Köter von ganz Bagdad dich, meine rechte Hand, die der Henker mir abschlug, aufschnappte und damit weglief, verfolgt von einem Dutzend neidischer Hunde, die auch was davon abhaben wollten? Und jetzt auf einmal bist du wieder da und tust, als wärst du niemals weggewesen? Kann ich dir trauen, dass du wirklich bist? Oder bist du ein Spuk und willst mich in Versuchung führen, dass ich jetzt juble und tanze und dann, wenn du wieder verschwindest, mich selbst verfluche und mit Allah, dem Ewigen, hadre und mich versündige am Schöpfer der Welt? Nimm dich in Acht! Ich habe schon genug ausgehalten deinetwegen, ich will es nicht noch einmal müssen! Ich … Allah, Allah! Sie greift nach meinem Turbantuch! Sie hilft meiner linken Hand, mir den Turban zu wickeln. O Allah, schon damals haben sie sich gezankt, wer es besser konnte, und eine war immer der anderen im Wege und … Ach, sie wischt mir die Tränen ab! So eine gute, so eine liebe Hand! O Allah, Allah!‹

›Mit wem sprichst du, Ibrahim?‹, fragt vom Eingang der Höhle her eine leise, dunkle Stimme – eine Stimme, die klingt, als fröre der Mann, der spricht, als habe ein Schauer ihn angepackt, gleich jenen, die Menschen ergreifen, denen sich Gott offenbart.

›Ich spreche‹, antwortet Ibrahim ben Soliman und lacht wie ein Trunkener, während er sich unaufhörlich die Tränen von den windgegerbten Wangen wischt, ›ich spreche – du wirst es nicht glauben, aber sieh her! – mit meiner rechten Hand, die mir plötzlich wiederge...‹

Da stockt er. Er hat den Blick zu dem Frager erhoben, der im Eingang seiner Höhle steht. Es zieht ihn vom Lager auf. Im Zwinkern seiner weit aufgerissenen Augen scheint die Betroffenheit zu stottern, die ihn fast lähmt.

›Faruk‹, stammelt er, ›ja Faruk ibn Hassan, hast du mich eben gefragt, mit wem ich spreche?‹

›Ja, Ibrahim.‹

›Dann, Faruk, hast du deine Zunge wieder wie ich meine rechte Hand?‹

Faruk ben Hassan nickt. Er ist ein beherrschter Mann, und seit er aus der Ohnmacht erwachte, in die er stürzte, als der Henker an ihm das Urteil Djaffars vollzog, seitdem hat niemand je eine Schwäche an ihm bemerkt. Jetzt aber zittert er. Er zittert so stark, dass er die Hände ausstrecken muss, um sich zu stützen, und da es keine bessere Stütze gibt für einen Mann als einen Mann, der sein Freund ist, so klammert er sich fest an Ibrahim den Fischer, und der schlingt die Arme um ihn, und das heftige Zittern, das Faruk ibn Hassan gepackt hält, packt auch ihn.

›O Allerbarmer, was bedeutet das?‹, stammelt der alte Fischer. ›Was, im Namen des Himmels, bedeutet das, Faruk, mein Freund? Ich habe meine Hand, du hast deine Zunge wieder, du sprichst ... Mir wirbelt der Kopf, entschuldige, aber ich muss mich niedersetzen! Faruk! Ist denn in dieser Nacht ein Engel vom Throne Allahs zu uns gekommen, um Wunder an uns zu tun? Vielleicht – o Faruk, wenn das wäre! –, vielleicht hat er noch mehr der Wunder getan? Vielleicht sind noch andere über Nacht begnadigt worden? Vielleicht gar alle?‹

›Schweige, Ibrahim, ich beschwöre dich, schweige! Ich bin noch nicht gefasst, mehr Wunder zu schauen! Ich bin noch wie das eben geborene Füllen eines Kamels, das vergebens versucht, sich auf die einknickenden Füße zu stellen. Ich weiß noch nicht, wie mir das Wunder geschehen ist. Ich wachte auf und dachte mit einem Seufzer den Namen Allahs und hörte mich sagen: ›Allah!‹ und fühlte erschrocken, mit einem Schauder, den ich dir niemals schildern kann, wie sich in meinem Mund eine Zunge regte. Ich flüsterte und stürzte schon auf die Knie nieder: ›Es ist kein Gott außer Gott, und Mohammed ist sein Prophet!‹ Ich ging aus meiner Höhle, es war noch niemand wach, nur dich hörte ich sprechen und kam und sah dich im Gespräch mit deiner rechten Hand ...‹

Ibrahim der Fischer will ihm antworten, aber ein Schrei, der draußen ertönt und an den Felswänden hinaufrennt, als wollte er auf und davon und hinaus in die ganze Welt, erstickt ihm das Wort auf den Lippen. Schon ist Faruk aus der Höhle des Fischers gelaufen, Ibrahim stolpert ihm nach, krampfhaft seine rechte Hand festhaltend, als sei ihr noch immer nicht zu trauen.

Ach, Freunde, meine Sprache ist viel zu schwach, Euch zu schildern, welch ein Tumult, welch ein Aufruhr, welch ein Rausch des äußersten Glücks sich der Felsenbewohner bemächtigt hat! Es begann wie ein Quell und endete wie ein Katarakt aus Jauchzen, Schluchzen und Schreien. Die Blinden sahen, und rührend war es, wie sie, sich selbst nicht glaubend, immer wieder die Hände vor die Augen drückten, um sich gewaltsam in die Blindheit zurückzupressen, und immer wieder die Hände fallen ließen und alle um sich her zum Zeugen anriefen: ›Seht doch, ich sehe! Seht doch, ich sehe wieder!‹ Und die Gelähmten fallen sich in die Arme und tanzen miteinander wie die verzückten Derwische, und die, deren Füße verloren waren und ihnen wiedergegeben sind, werfen ihre Krücken auf einen Haufen, und jeder redet und erzählt die Geschichte seiner unbegreiflichen Heilung, und keiner hört zu, und doch weiß jeder alles vom andern, und im Grunde weiß keiner etwas, denn keiner versteht des plötzlichen Wunders Ursprung, noch warum, noch wie es geschah.

Faruk, von allen vielleicht am tiefsten ergriffen, vielleicht, weil seine Seele am bittersten gelitten hat und am stärksten das Wunder der Heilung empfindet, Faruk ist auf einen flachen Felsen gesunken, der ihnen als Sitz bei ihren Beratungen dient, und hat den Kopf in die Hände gedrückt, als wollte er dem berauschten Lärm um ihn her den Eintritt in sein Inneres verwehren. Aber plötzlich hört er etwas, das keine Menschenstimme ist, einen Laut, der in dieser Felsenöde noch nie vernommen wurde: das Murmeln einer Quelle.

Faruk hebt den Kopf mit dem schlohweißen Haar über dem jungen braunen Gesicht, dessen edle Züge zerrissen scheinen vor Ergriffenheit. Er lauscht. Nein, er kann sich nicht irren: So klingt das süße Schwatzen einer Quelle, die rasch und ohne Widerstand zu finden über reine, glatte Steine talwärts rinnt. Er erhebt sich, er erhebt die Hand, der selige Lärm ringsum verstummt allmählich, die Augen aller sind auf ihn gerichtet, sie sehen, dass er horcht. Nun horchen auch sie. Nun hören auch sie: Da murmelt eine Quelle.

Sie weichen auseinander, weichen zurück. Da, an der Felswand entlang, durch die sich der Pfad zur Tiefe senkt, da glitzert, da plaudert, da rieselt eilig ein Bach, jede Welle ein fließender Diamant, der in der Morgensonne aufblitzt.

Wasser! In dieser brennenden, kargen Felseneinöde klares, lebendiges Wasser! Süßes Wasser? O Allah, lass es nicht zu, dass dieses von Herzen, die selber überströmen, so jubelnd begrüßte Wasser brackig ist! Nein, nein, die sich auf die Knie geworfen haben und mit zitternden Händen schöpfen, mit zitternden Lippen schlürfen, ihr hastiges Schöpfen und Schlürfen und Winken und Rufen ist frohe Bestätigung genug: Das Wasser ist süß wie das Lächeln eines Kindes, wie der erste Dufthauch einer Blume, die sich der Morgensonne öffnet! Kommt! Werft Euch nieder zu dem köstlichen Wasser! Trinkt, bis Euch der Atem fehlt, denn etwas Herrlicheres hat nie Eure Lippen berührt!

Auch Faruk trinkt, als spräche er mit jedem Schluck ein Dankgebet, doch als er sich gesättigt hat, erhebt er sich und wendet seine versonnenen Augen der Herkunft des Wassers zu. Er zögert eine Weile, dann geht er, langsam zuerst, dann immer entschlossener, dem Wasserlauf entgegen. Die anderen, aus einem Jubel in den andern fallend, merken es nicht, dass er sich von ihnen entfernt. Nur der alte Ibrahim, der Fischer, folgt ihm. Das Wasser der Quelle ist ein sicherer Führer. Der Weg geht ein wenig bergauf und ist jetzt so schmal, dass nur eben für eines Mannes Füße Raum bleibt zum Schreiten. In diese Schlucht fällt nie ein Sonnenstrahl, sie ist düster und rau.

Dann ist sie zu Ende, und vor Faruk ibn Hassan breitet sich ein weiter Kessel aus, der ihm nicht unbekannt ist. Er weiß: Gegenüber dem Eingang, wo wieder ein Pfad beginnt, steht ein uralter Baum. Der Sturm hat ihn der Krone beraubt, der Blitz ihn gespalten. Kahl und dürr sind seine spärlichen Äste. Er weiß: Der Boden des Kessels ist felsigster Fels, nicht ein einziger Grashalm kann in ihm wurzeln.

Jetzt hat sich der Boden des Kessels mit Grün bedeckt. Aus seiner Mitte springt der kristallreine Strahl der Quelle hoch und fällt plätschernd in das steinerne Becken mitten im frischen Grün, der Schlucht zustrebend, durch die er talwärts rinnt. Und der Baum steht im üppigen Schmuck seiner jungen Zweige und Blätter, die der stolzen Krone entwachsen. Der Schatten seines Wipfels liegt am Fuße des hochspringenden Wasserstrahls, der in der Sonne aufblitzt, wenn die lichtgrünen Blätter sich rühren.

Am Rande des Felsenbeckens liegt ein Mensch auf dem Gesicht, die Hände weit vor sich hingestreckt, als wollte er sie ins Wasser tauchen. Aber dazu hat er nicht mehr die Kraft gehabt. Diese ausgestreckten Hände bluten. Und als sich Faruk mit einem Ausruf mitleidigen Schreckens bei dem Mann niederkniet und seine Schultern umfasst, um ihn aufzuheben, sieht er in das zum Sterben erschöpfte Gesicht von Ahmad dem König, von Schweiß überglitzert, der tiefe Runen in seine Stirn gefressen hat. Er hält die Augen geschlossen, und seine verdorrten Lippen sind grau und schrundig und stehen nichtatmend offen. Um die eingesunkenen Schläfen liegen die schwärzlichen Schatten der Schlaflosigkeit.

Ibrahim ist Faruk zu Hilfe geeilt und dankt Allah mit stotternden Ausrufen dafür, dass er wieder zwei Hände hat, um zuzugreifen. Sie tragen den Erschlafften zum Wasser hin, sie tauchen seine blutenden Hände hinein, sie waschen sein brennendes Haupt, sie benetzen seine Lippen. Aber all ihre Mühe scheint vergebens.

›Er sieht aus wie ein Sterbender‹, sagt der alte Fischer betrübt.

›Kennst du ihn nicht?‹, fragt der ehemals Stumme.

›Freilich! Das ist mein verschwundener Schützling!‹

›Das ist Ahmad der König‹, sagt Faruk ibn Hassan.

›O Allah! Wo hab' ich meine Augen gehabt! Ich war blinder als blind, ich war dumm! König Ahmad! Der Arme! Wie ist er so elend geworden?‹

›Er wollte büßen, und Allah hat es ihm erlaubt. Er wollte sich opfern, und Allah hat sein Opfer angenommen. Er wollte ein Wunder vollbringen, da nur ein Wunder uns, die in den Felsen wohnen, helfen konnte. Allah hat es ihm nicht geschenkt, er hat es sich abringen lassen. Aber Ahmad der König hat das Wunder vollbracht.‹

›Und nun stirbt er daran!‹, ruft der alte Fischer erbittert. ›Da wollte ich lieber auf meine rechte Hand verzichten. Ich hatte mich schon ganz schön an ihr Fehlen gewöhnt und bin ohnehin ein Linkser!‹

›Du bist ein Narr, Ibrahim. Soll König Ahmad umsonst sein Blut und seinen Schweiß vergossen haben? Seine eigene Tat wird ihn heilen. Sieh, die Wunden seiner Hände haben sich schon geschlossen. Lass ihm Zeit, sich zu erholen und wieder zu sich zu kommen. Wir wollen ihn baden und pflegen.‹

Im Wipfel des Baumes, der sich mit Grün bedeckt hat, sitzen die weiße und die schwarze Djinni nebeneinander im Zwiegespräch.

›Nun siehst du, wie Unrecht du hattest‹, sagt die weiße glücklich. ›König Ahmad hat über die Gefahr in der Nacht des Verhängnisses gesiegt. Er hat gebüßt und gesühnt und ist des Fluches ledig geworden, als er den Felsen aufgrub mit dem Blut seiner Hände und dem Schweiß seiner brennenden Stirn.‹

›Du bist eine Närrin, wie Ahmad der König ein Narr ist‹, antwortet die schwarze Djinni mürrisch. ›Als er meinte, den Stein zu durchgraben, durchgrub er sein eigenes Herz. Die Quelle, die er dem Stein entlockt hat, entspringt seinem eigenen Herzen. Sie ist nicht für immer lebendig wie Wasser aus einem Felsen. Er muss sie ständig mit dem Blut seines Herzens nähren. Wer aber weiß, ob Ahmad die Kraft dazu hat? Ob sein Herz nicht wieder zu Stein wird, wenn er heimkehrt nach Bagdad und Djaffar besiegt und verjagt – noch steht ihm ein Kampf bevor, wie er noch keinen bestand! – und den Thron seiner Väter besteigt und wieder König ist. Noch hat er Djamileh nicht vergessen!‹

›Und wird es niemals!‹

›Dann, weiße Djinni, ist sein Sieg noch ungewiss.‹

›Du hast gesagt, die Gnade Allahs sei größer als Allahs Zorn für alle, die guten Willens sind. Hat König Ahmad nicht bewiesen, dass er zu den Begnadigten gehört?‹

›Er ist auf dem Wege, aber noch nicht am Ziel. Warten wir, weiße Djinni! Warten wir!‹

Und nun schweigen sie und spähen nach den drei Männern am Wasser.

Nach endlosen Mühen schlägt Ahmad die Augen auf. Es sind die Augen eines Verdammten, der sich in der Hölle weiß und nicht mehr hofft, ihr jemals zu entrinnen.

›König Ahmad‹, sagt Faruk und beugt sich über das gemarterte Haupt in seinem Schoß, ›König Ahmad, erkennst du mich?‹

Der ganz Entkräftete sieht ihn lange an. Es ist, als schleppten sich seine müden Gedanken einen schweren, endlosen Weg zurück. Doch dann geht ein Schimmer des Erkennens über seine Züge.

›Bist du nicht Faruk ibn Hassan?‹, fragt er mit tödlich erschöpfter Stimme.

›Der bin ich, König Ahmad.‹

›Du kennst mich und fluchst mir nicht?‹

›Ich segne dich, König Ahmad.‹

›Aber‹ – über die Stirn des Büßers läuft ein schmerzvolles Zucken wie unter der Pein eines quälenden Erinnerns – ›warst du nicht deiner Zunge beraubt und stumm?‹

›Ich war es, König Ahmad. Ich bin es nicht mehr.‹

›Und ich‹, ruft der alte Fischer Ibrahim und drängt sich vor, weil er es nicht mehr aushalten kann, still zu sein, ›ich, der – du weißt es, Herr! – nur noch eine Hand hatte: Sieh her! Wie viel Hände sind das? Sieh sie an! Zähle sie! Wie viel Hände sind das? Nun? Kannst du nicht mal bis zwei zählen? Zwei Hände habe ich, Herr! Zwei gesunde Hände! Ich weiß nicht mal, seit wann! Die rechte hat sich in der Nacht zu mir geschlichen!‹

›Dann‹ – der Büßer blickt von Ibrahim auf Faruk ibn Hassan – ›dann ist ein Wunder geschehen?‹

›Ja, König Ahmad. Ein Wunder. Und du hast es vollbracht!‹

Der Büßer erhebt sich, von den beiden gestützt. Er sieht sich um. Er sieht den grünenden Baum, er sieht das springende Wasser, er sieht den freundlichen Bach, der durch das frische Gras talabwärts eilt. Er sinkt auf die Knie nieder und beugt die Stirn bis zur Erde.

›O Allah, o Allerbarmer! Es ist kein Gott außer Gott, und Mohammed ist sein Prophet! Oh, ich danke dir, Allerbarmer, ich danke dir!‹

Er nimmt Ibrahims rechte Hand und lächelt ein wenig, als er sich an ihr aufrichtet. Er steht auf noch schwankenden Füßen.

›Nur Allah weiß, wie froh meine Seele ist, dass ich deine Stimme, Faruk, hören darf und dich, mein Freund Ibrahim, bei der rechten Hand fassen kann. Wollt ihr mir sagen, wie es den anderen ergeht?‹

›Im Tal der Felsen ist keiner mehr, der blind ist oder eines Gliedes beraubt, gelähmt ist oder stumm. Das süße Wasser, das du aus dem Stein gegraben hast, wird uns und unsere kleinen Gärten tränken, und die Tiere, die wir pflegen, werden sich auch an ihm erquicken. Komm und zeige dich allen! Vergönne ihnen, dir danken zu dürfen, König Ahmad!‹

›Soll ich dafür Dank empfangen, dass mir die Gnade Allahs zuteil wurde, ihn versöhnen zu dürfen? Nein. Ich werde die Nacht hier erwarten und dann gehen.‹

›Wohin, Herr?‹

›Wohin die Hand Allahs mich führt.‹

›Du darfst uns nicht verlassen, Herr!‹, sagt der alte Fischer kläglich und hält ihn fest am Gewand. ›Du bist mir lieb geworden wie ein Sohn! Frage Faruk, wie ich nach dir gesucht habe in diesen drei Tagen.‹

Ahmad wendet ihm heftig sein Antlitz zu.

›In diesen drei Tagen? Ibrahim! Du sprichst von drei Tagen?‹

›Und Nächten, Herr, ja! Drei Tage und Nächte trug meine alte Seele Trauer um dich. Ich habe mit Allah gehadert deinetwegen! Jetzt habe ich dich wiedergefunden, bin heil und gesund durch dich, und jetzt willst du mich wieder verlassen? Das ist nicht recht, nein! Nein, das ist nicht recht!‹

Aber der Büßer Ahmad hört nicht auf ihn. Er grübelt noch dem Klang seiner anderen Worte nach.

›Drei Tage!‹, wiederholt er und presst die Hände um seine Schläfen. ›Drei Tage! Sie waren wie drei Jahrhunderte! Da ich euch wiedersehe, wie ich euch verlassen habe – ich meine, um nichts gealtert –, konnten es auch drei Jahre gewesen sein. Aber drei Tage? Hier war doch nur Fels und ein verdorrter Baum, den der Blitz zerschellte? Ich wartete, bis die Sonne seinen Schatten auf den Steingrund zeichnete, und an der Spitze des Schattens begann ich mit meinen Nägeln im Fels zu scharren wie ein Hund, und meine Finger bluteten, und der Schweiß fiel in Bächen von meiner Stirn, ich stöhnte, ich verschmachtete, ich fühlte, wie mein ganzes Wesen zerschmolz und ins Gestein versickerte. Ich hatte nicht gewusst, dass es ein Mensch ertragen könnte, so müde zu sein, wie ich war, und doch nicht zusammenzubrechen und doch am Werk zu bleiben. Dann – oh, wann war das? – zerbröckelte der Fels. Ich warf die Brocken hinter mich. Wo sind sie? Ich wühlte mich hinein in die Härte, dichter drängte ich mich ans Gestein und prüfte, was ich geschafft hatte, und es war weniger als wenig, dass ich verzweifeln wollte. Doch die Verzweiflung zerkaut nur die Zeit und spuckt sie beiseite, und immer fehlt uns die so vergeudete Zeit. Dann dachte ich nichts mehr. Und nun sagst du: Drei Tage!?‹

›Er vergisst, der Narr‹, sagt die schwarze Djinni raunend am Ohr der weißen, ›dass, was im Namen Allahs geschieht, auch im Zeitmaß Allahs geschieht, der Berge in Jahrmillionen wachsen lässt und mit einem Wimpernzucken zerbläst.‹

›Und wir, Herr? Was wird aus uns? Gehören wir nicht zu dir?‹

Der Büßer hebt sein abgezehrtes Antlitz gegen den dunkelblauen leeren Himmel.

›Ach, wenn du wüsstest, Ibrahim, mein Freund, wie krank meine Seele ist vor Sehnsucht nach allem, was ich verlor, du würdest nicht versuchen, mich festzuhalten! Du würdest mir helfen, es wiederzufinden!‹

›Und können wir dir nicht helfen?‹, fragt Faruk ernst.

Der Büßer, Bettler und König schüttelt den Kopf.

›Noch lebt Djaffar und seine Gewalt, und ich bin ohne Macht, ich könnte euch nicht schützen. Es war genug und übergenug, euch seiner Willkür einmal auszuliefern. Ein zweites Mal würdet ihr nicht überleben – und ich auch nicht. Ich würde meine Seele morden im Mord an ihm. Nein, Freunde, lasst mich die Straße ziehen, die ich gehen muss. Betet zu Allah, dass wir uns wieder sehen! Denkt meiner in euren Gebeten – und lebt wohl!‹

Er wendet sich und geht dem Ausgang des Tales zu, der sich jenseits des Djinni-Baumes ins Unbekannte öffnet. Ibrahim will ihm folgen, aber Faruk hält ihn zurück.

›Lass ihn, Fischer! Ich glaube, dass sein Wille auch Allahs Wille ist. Denn so weit und auf so geheimnisvollen Wegen wird keiner geführt, dass er nicht ans Ziel käme, wenn er sich ohne Widerstreben der Hand der Vorsehung überlässt. Und Allah ist groß!‹

Die Hand um die Schulter des seufzenden Ibrahim legend, nimmt er ihn mit sich fort, um ins Tal der Felsen zurückzukehren. Aber Ibrahim dreht sich immer wieder um, nach der Steinpforte spähend, durch die sein Schützling verschwunden ist.

Doch der Büßer, Bettler und König Ahmad kommt nicht zurück.

Wir aber, Freunde, folgen ihm heimlich und sehen ihn, wie er dahingeht, schwerer noch als an der Erschöpfung seines Körpers an der Müdigkeit seiner Seele schleppend. Denn die ist randvoll an Verzweiflung und Hoffnungslosigkeit. Wir wissen, Freunde, wie viel Treue und Eifer seinem Schicksal dient. Wir wissen, dass Djamileh, Abu, selbst Halima und nun auch die Männer im Tal der Felsen, ja selbst der Djin, freiwillig oder nicht, sich den Kopf zerbrechen, wie ihm zu helfen, wie er zu retten sei. Er aber weiß von alledem nichts. Er glaubt Djamileh in Djaffars Gewalt und Händen, er glaubt, dass Halima ihn und die Prinzessin schmählich verriet. Er hat ihrer dafür nie anders gedacht als mit einem Fluch, obwohl er manchmal im Ohr seines Herzens ihre Stimme hörte, ihr dunkles: ›Bete für mich!‹ Er hat es nie getan.

Er glaubt Abu tot, verschlungen von der Raserei des Orkans, der ihr kleines Boot zertrümmerte und verschlang und wieder ausspie. Er weiß nichts von dem Djin, dessen kleiner Gebieter der Dieb von Bagdad ist, und nichts von der Suche des Freundes nach ihm, dem Freund.

Er ist an der Erkenntnis seiner Schuld als König seines Volkes zusammengebrochen. Er hat sich als Verfluchter gefühlt und nach der Sühne verlangt, um wieder rein zu werden. Er hat das süße Wasser aus dem Fels gegraben, er hat aus dem Munde Faruks ibn Hassans tröstliche Worte gehört und dankbar gefühlt, wie die Rechte Ibrahims des Fischers die seine umklammerte, er war bis an den Rand der Selbstvernichtung gegangen, um des Fluches ledig zu werden, der auf ihm lastete. Nur eines hatte er nicht getan und würde es nie tun: Djamileh vergessen.

Die Sehnsucht nach ihr hatte ihn verbrannt in der freiwilligen Fron und die Worte der schwarzen Djinni übertönt, die sie in der Nacht des Verhängnisses gesprochen hatte: ›Wenn er frei werden will von der Last des Fluchs, muss er Djamileh vergessen!‹ Das Mögliche hatte er getan, er hatte Djaffars und seine noch leidenden Opfer geheilt. Djamileh vergessen hieß, das Unmögliche fordern. Und sollte er um ihretwillen bis an das Ende seines Lebens und darüber hinaus verflucht sein, dann muss er es tragen. Aber Djamileh vergessen – nie!

Die schwarze Djinni pludert ihr Gefieder und lacht hinter ihm drein.

›Er hat noch wenig gelernt, dein Schützling, weiße Djinni. Sonst müsste er wissen, dass vor Allahs Augen keine Liebe besteht, die nicht auch ihm zu trotzen wagt. Denn was ist Liebe anderes als Bejahung Gottes?‹

›Warum versucht ihn Allah so schwer?‹, fragt die weiße Djinni betrübt.

›Einen jungen Adler, der fliegen soll, stoßen die alten aus dem Nest: Da ist die Luft – da sind deine Flügel – fliege! Komm, wir wollen ihm folgen, um zu erfahren, wie es ihm weiter ergeht!‹

Und sie schweben hinter ihm drein.

Ahmad schleppt sich mehr, als dass er schreitet, über den unbekannten steinigen Pfad, durch ein unbekanntes steiniges Tal, das von schroffen Wänden eingefasst ist. Da! Plötzlich hört er eine Stimme, die seinen Namen ruft:

›Ahmad! Ahmad! Ahmad!‹

Er sieht sich um, doch hinter ihm ist niemand. Die rufende Stimme klingt wie vom Himmel herunter. Ahmad hebt den Blick. Ist ein Berg lebendig geworden und schreitet in Riesengestalt über die anderen Berge auf ihn zu? Im Nacken trägt der wandelnde Berg ein Geschöpf, das sich am wehenden Haarschopf des Riesen festhält, und dieses Geschöpf, dieser Zwerg winkt ihm zu mit der freien Hand, in der etwas Rotes glüht, und schreit aus Leibeskräften den Namen Ahmads und beugt sich zum Ohr des mächtig ausschreitenden Riesen und deutet und rüttelt und zerrt am Haarschopf seines Trägers wie am Zügel eines mürrischen Kamels.

›Hinunter, Djin! Hinunter! Siehst du denn nicht? Da steht er! Ahmad, mein Freund! Ich komme! Ich komme!‹

Und der wandelnde Berg, alle Berge ringsum überragend, stampft das Tal entlang, ist mit zwei Schritten bei Ahmad, nimmt mit zwei Fingern vorsichtig das Zwerglein von seinem Nacken, stellt es vor Ahmad hin und sagt schnaufend: ›Mein kleiner Gebieter, so habe ich deinen zweiten Wunsch erfüllt! Wie lautet der dritte?‹

Aber der Dieb von Bagdad hört ihn nicht. Mit dem Satz und Freudenschrei eines jungen Hundes, der seinen geliebten Herrn verloren hatte und wiederfindet, springt er auf Ahmad zu und wirft sich ihm an die Brust. Er umschlingt ihn mit beiden Armen und jauchzt und schluchzt und schwatzt in einem Atemzug und streichelt Ahmads Gesicht und kann sich nicht fassen.

›O Ahmad! Ahmad! Dass du lebst! Dass ich dich wiederhabe! Wo warst du, Ahmad? Wie kommst du hierher? Warum siehst du so elend aus? Ist es dir schlimm ergangen ohne mich? Du warst wie aus der Welt verschwunden, Ahmad! Wie haben wir dich gesucht, der Djin und ich! Du warst ja nirgends zu entdecken, nicht bei den Lebenden und nicht bei den Toten! Allah selber muss dich in den Schleier eines Geheimnisses gewickelt haben! Aber ich habe dich doch entdeckt! Hier, im Allsehenden Auge, habe ich dich entdeckt! O Ahmad, ich bin so froh, wieder bei dir zu sein!‹

Ahmad, fast schon daran gewöhnt, dass um ihn her sich Wunder ereignen, und viel zu erschöpft, um die sich überstürzenden Fragen Abus beantworten zu können, blickt, während er den Freund umschlungen hält, betäubt und erstaunt auf den Menschenberg, der ihm Abu gebracht hat.

›Wer ist das?‹, fragt er murmelnd.

›Ein Djin!‹, antwortet der Dieb von Bagdad stolz. ›Mein Djin! Nie würdest du erraten, wo er her ist! Ich habe ihn aus einer Flasche befreit, in die ihn vor zweitausend Jahren der weise König Salomo gebannt hat, weil er sich, wie es scheint, sehr ungebührlich benahm. Jetzt, muss ich sagen, kann man nicht über ihn klagen. Er ist ganz freundlich und sehr weise, nur etwas zu groß. Man muss furchtbar schreien, um sich mit ihm zu verständigen, wenn man nicht gerade auf seiner Schulter steht. Er hat mir, weil ich ihn befreite, drei Wünsche bewilligt. Mit dem ersten hat er meinen Hunger gestillt, denn als ich nach unserem Schiffbruch wieder zur Besinnung kam, brachte mich der Hunger fast um. Mein zweiter Wunsch ist jetzt in Erfüllung gegangen: Er hat mich zu dir gebracht, Ahmad, mein Freund! Mit dem dritten und letzten müssen wir ein bisschen vorsichtig sein, dass er uns nicht übers Ohr haut, denn der lange Lümmel ist nichts weniger als dumm. Aber komm, Ahmad, setze dich! Du siehst schrecklich müde aus! Du musst viel Schlimmes erlebt haben! Wenn wir glücklich wieder in Bagdad sind, musst du mir alles erzählen. Und ich erzähle dir auch alles, was ich erlebt habe. Das ist eine ganze Menge, und alles ging nur um dich! Ich habe solche Angst um dich gehabt!‹

›Ich weiß es, Abu! Du bist der treueste Freund, den ein Mensch haben kann! Gott gebe, dass ich es dir einmal zu danken vermag!‹

›Was frage ich nach Dank!‹, sagt Abu ein wenig traurig. ›Du bist bei mir und bist doch nicht bei mir! Was hast du, Ahmad?‹ Und da dieser gesenkten Hauptes schweigt, fragt er nach einer Weile mit leiser Bitterkeit: ›Denkst du noch immer an die Prinzessin von Basra?‹

›Noch immer? Immer! Du kannst es nicht verstehen, ich weiß das, du bist noch ein Knabe. Aber der Tag wird kommen, da du mich ganz begreifst. Du sagtest, dein Djin hat dir drei Wünsche gewährt. Ich habe nur einen, aber von seiner Erfüllung hängt mein Leben ab.‹

›Und was ist das für ein Wunsch?‹, fragt Abu verzagt.

›Djamileh, die ich liebe, noch einmal wieder zu sehen.‹

›Oh, wenn das alles ist: nichts leichter als das!‹, sagt Abu und atmet verstohlen auf. Er hat sich neben den Freund auf die Steine gesetzt und hält ihm das rote Kleinod in beiden Händen hin.

›Was ist das?‹, fragt Ahmad, müde verwundert.

›Das Allsehende Auge, mein Freund! Mit seiner Hilfe habe ich dich entdeckt!‹

›Und wo hast du es her?‹

›Ich habe es aus dem Tempel der Dämmerung, der nahe dem Dach der Welt liegt, von der Stirn der Göttin des Lichts gestohlen.‹

›Schon wieder gestohlen, Abu?‹

›Was blieb mir denn übrig? Ich musste es haben, um dich zu finden. Ich bat die Göttin inständig, es mir zu schenken. Sie sagte nicht Ja und nicht Nein, denn sie war tot. Da habe ich es gestohlen. Wenn du die Prinzessin von Basra erschauen willst, nimm das Allsehende Auge in deine Hände, blicke hinein und denke an Djamileh! Dann wird sie dir erscheinen, wo immer sie weilt!‹

Ahmad, ohne Glauben gehorchend, beugt sich über das Kleinod, das Abu in seine Hände gelegt hat. Er sieht und starrt und erkennt und wird blass wie der Tod.

Warum?

Ja, Freunde, jetzt weiß ich wirklich nicht, wie ich weitererzählen soll! Darf ich schildern, was Ahmad sieht? Das muss Euch ebenso unfasslich erscheinen wie dem Büßer und Bettler und König, der Ahmad heißt. Es muss Euch irre machen an der Liebe Djamilehs zu Ahmad, wie es ihm die Sinne verwirrt, dass er aufstöhnt gleich einem verwundeten, zu Tode getroffenen Tier.

Aber nein! Ihr kennt ja die Schöne von Basra viel besser, als Ahmad sie kennen kann! Ihr habt ja miterlebt, was sie erlebte, erlitt und verlor, wie sie gefährdet war durch Djaffar und wie behütet durch Halima und wie sie sich selbst bewährte in schwerster Gefahr. Doch Ahmad weiß all dies ja nicht. Seine von Angst um die Geliebte, von brennender Sehnsucht, von Ungewissheit und Eifersucht gemarterte

Seele sieht, was sie sieht, ganz unvorbereitet und ohne Erklärung. Was Wunder, dass er, geschwächt und zu Tode erschöpft, wie er ist, darüber fast den Verstand verliert?

Er sieht die Geliebte, ja, er sieht Djamileh, und sie erscheint ihm schöner, edler, anbetungswürdiger, als sie je gewesen. Aber neben ihr steht Djaffar. Sie hat sich entschleiert, und neben ihr steht Djaffar. Die eisblauen Flammen seiner Augen trinken ihre Schönheit, und sie weicht nicht vor ihm zurück. Sie neigt sich tief über eine Rose, die aus einer prächtigen Vase aufwächst, und die Rose hat die Farbe eines Saphirs. Und nachdem sie lange ihren Duft geatmet hat, mit geschlossenen Augen und halb geöffneten Lippen, richtet sie sich auf wie eine Träumende, die erwacht, sucht mit den Augen Djaffar, der voll zitternder Spannung wartet, findet ihn – und lächelt ihm zu. Rasch, auf den herrischen, schmalen Lippen das Lächeln des Triumphes, streckt Djaffar die Hand nach ihr aus –

Aber länger erträgt Ahmad die Folterung nicht, in das Allsehende Auge zu schauen. Fast, dass er es von sich geschleudert hätte! Von Zorn und Verzweiflung zerfleischt, drängt er das Kleinod in Abus Hände zurück.

›Warum, im Namen der Hölle, zeigst du mir das? Warum streust du mir Salz in die Wunden und Gift in mein Herz? Warum hast du das Allsehende Auge gestohlen? Um mir zu zeigen, dass Djamileh mir auf ewig verloren ist? Oder warum sonst? Antworte! Warum sonst?‹

›Um dir zu helfen, Ahmad!‹, stammelt Abu bestürzt.

›Mir zu helfen! Lüge! Du hast es gestohlen, einfach, weil du ein Dieb bist! Weil du nicht anders kannst als stehlen!‹

›Ahmad!‹ Das ist ein Aufschrei aus dem tief verletzten Herzen eines Knaben. ›Wie kannst du mir so etwas sagen! Wie kannst du mir das antun? Hast du den Kerker unter deinem Palast vergessen, wo wir uns zuerst begegnet sind?

Hätte ich damals dem Kerkermeister nicht den Schlüssel gestohlen, wärst du schon lange tot!‹

›Ich wollte, ich wäre tot!‹ Und Ahmad wirft sich auf die Steine, verbirgt sein Gesicht in den Armen und stöhnt wie einer, den ein vergifteter Pfeil getroffen hat.

›Ahmad, hör mich doch an!‹

›Ich will nichts hören! Ich wünschte, ich hätte dich nie gesehen! Warum bist du gekommen? Ich wünschte, ich wäre weit fort von hier, von dir! Ich wünschte, ich wäre in Bagdad!‹

Und da – ach, wenn der Mensch seinem Zorn erlaubt, mit ihm durchzugehen, wie viel Unheil bricht dadurch herein über ihn und andere! –, da überschwemmt die flammende Woge des Zorns Abus unbewachtes Gehirn.

›Ich wünschte, du wärst es!‹, ruft er atemlos – und schon ist Ahmad verschwunden!

Und schon bricht der Djin, die Fäuste breit in die Hüften stemmend, in ein so brüllendes Gelächter aus, dass die Berge ringsum wie bei einem Erdbeben wackeln und Abu sich die Ohren zuhalten muss.

Verwirrt, erschrocken, verstört sieht er sich nach allen Seiten um:

›Ahmad! Ahmad! Ahmad!‹

Aber nur das Echo antwortet ihm, höhnisch sein Rufen zurückschmetternd und leer verhallend.

Abu dreht sich nach seinem Sklaven um. Außer sich, beleidigt, ratlos stampft er mit dem Fuß auf.

›Was gibt es da zu lachen, Unverschämter? Wo ist Ahmad, mein Freund?‹

›Wo du ihn hingewünscht hast!‹

›Hingewünscht …?‹

›Nach Bagdad, kleiner Gebieter – doch nicht mehr der meine!‹

Abu hört nicht. Ihm ist, als hätte ihm einer mit der Keule über den Kopf geschlagen.

›Bringe mich zu ihm!‹, schreit er. ›Ich will ihm nach!‹

Der Unhold schüttelt das lachende Riesenhaupt.

›Du bleibst, wo du bist!‹ Er stemmt die Fäuste auf die Knie und beugt sich zu dem Menschlein nieder, es halb liebevoll, halb spöttisch betrachtend. ›Du bist ein kluger kleiner Bursche, o Dieb von Bagdad, aber in einem Punkte auch nicht gescheiter als die Menschen alle! Wenn ihr Magen sich meldet, vergessen sie ihr Hirn. Wenn ihr Hirn sich meldet, vergessen sie ihr Herz. Und wenn ihr Herz sich meldet, vergessen sie alles! Nun sieh zu, wie du ohne mich nach Hause kommst!‹

›Djin‹, ruft Abu, halb besorgt, halb empört, ›bin ich nicht dein Herr und Meister?‹

›Du warst es, du bist es nicht mehr! Du hattest drei Wünsche frei: Sie wurden erfüllt! Jetzt bin ich wieder mein eigener Herr! Leb wohl!‹

Und er setzt den Fuß auf den nächsten Hügel, um das Gebirge wie eine Treppe zu ersteigen.

›Djin!‹, schreit Abu in Todesangst. ›Bleib hier! Verlass mich nicht! Du kannst mich doch nicht so im Stich lassen, Djin!‹

Aber die Stimme des Unholds klingt schon aus weiter Ferne.

›Leb wohl, mein kleiner Gebieter von ehedem! Ich bin frei! Ich bin frei! Ich bin frei!‹

Aus der Ferne ruft das Echo: ›Ich bin frei – frei – frei!‹

Dann ist es still, ganz still, unerträglich still ...

Der Dieb von Bagdad, das Allsehende Auge noch in den Händen, steht eine kleine Weile unbeweglich, die Felsen anstarrend und den leeren Himmel. Dann setzt er sich stumm auf den Platz, wo eben noch Ahmad gesessen hat, stemmt den Kopf in die freie Hand und starrt vor sich hin.

›Das sieht böse aus!‹, sagt die schwarze Djinni halblaut. ›Was hältst du nun von deinem Schützling Ahmad? Weiß er nicht, dass Undankbarkeit der Aussatz der Seele ist?‹

›Ein Mensch, der liebt, ist immer ein wenig toll, und ein eifersüchtig liebender mehr als ein wenig.‹

›Ich finde, es wird mit der Nachsicht für Liebende allzu viel Unfug getrieben‹, meint die schwarze Djinni unwirsch.

›Das würdest du nicht sagen, wenn du jemals geliebt hättest‹, antwortet die weiße sanft.

Die schwarze plustert ihr Gefieder auf und murmelt etwas Unverständliches. Es konnte ›Allah sei Dank!‹ heißen, aber ich kann mich nicht dafür verbürgen.

Weder sie noch die weiße Djinni rühren sich von der Stelle. Ihre aufmerksamen Augen bewachen den Dieb von Bagdad, der, das Allsehende Auge in der schlaffen Hand, inmitten der Felsen und Schluchten, inmitten der Einsamkeit und Öde, inmitten des tiefsten Schweigens sitzt und vor sich hin starrt und das Herz in seiner Brust wie eine einzige große Wunde spürt.

Doch wenn es uns auch wehtut, meine Freunde, wir müssen ihn jetzt verlassen und schauen, was es mit der Prinzessin von Basra, mit Djaffar und der blauen Rose für eine Bewandtnis hat.

Erinnert Ihr Euch, wie Halima in bitterem Gehorsam gegen Djaffar, ihren Herrn, Djamileh zu ihm auf das Schiff mit den purpurnen Segeln brachte? Da flüsterte sie ihr, bevor sie ging, ein paar Worte zu – Ihr habt sie Euch gewiss nicht gemerkt: ›Hüte dich vor der blauen Rose!‹

Damals wusste Djamileh nicht, was sie von dieser Warnung halten sollte. Es stürzte auch gleich darauf so viel über sie herein: wie statt des ersehnten Arztes für Ahmads blinde Augen Djaffar vor ihr erschien und wie er sie erpresste, die Rettung durch Halimas Opfer und die Heimfahrt nach Basra, der Sturm und der Schiffbruch Ahmads und seines Freundes, das Wiedersehen mit ihrem Vater und sein grausamer Tod und die erste Nacht mit Jussuf vor seinem Grabe. Aber nie kam ihr eine blaue Rose vor die Augen, so dass sie der Warnung Halimas auch nie mehr gedachte.

Nun geschah es, dass sie an einem Abend vom Grabe ihres Vaters nach Hause kam und in ihrem Gemach eine kostbare Vase mit einer blauen Rose fand. Sie hatte noch nie eine blaue Rose gesehen. Sie erschien ihr wunderbar und seltsam zugleich. Sie wollte sich ihr nähern, um ihren Duft zu atmen. Doch plötzlich blieb sie stehen wie festgebannt. Die Warnung Halimas war ihr eingefallen: ›Hüte dich vor der blauen Rose!‹ Da war sie also, die blaue Rose!

Djamileh wagt nicht, sich zu rühren. Der Zauber der blauen Rose lockt sie, lockt sie, aber sie widersteht. Sie ruft nach Zorah, die bestürzt herbeieilt, denn die rufende Stimme der Prinzessin hat einen verstörten Klang.

›Wie kommt die blaue Rose in mein Gemach?‹

Zorah schaut verwundert. ›Ich weiß es nicht, Herrin!‹ Sie will sich der wunderbaren Blume nähern, aber Djamilehs Hand wehrt sie ab.

›Nein! Geh und erkundige dich, wer die Rose gebracht hat. Frag auch die Wächter am Tor und frage Jussuf!‹

Zorah gehorcht. Aber alles Fragen ist vergeblich. Niemand im ganzen Palast hat die blaue Rose gesehen. Niemand weiß, wie sie in das Gemach der Prinzessin gelangt ist. Die erschrockenen Wächter am Tor rufen Allah und den Propheten und sämtliche Kalifen zum Zeugen ihrer Pflichttreue an. Djamileh glaubt ihnen. Sie kennt die

Lösung des Rätsels. Djaffar!, denkt sie, frierend vor Angst.

Zorah kniet bei ihr nieder, umschlingt sie ängstlich.

›Was bedeutet die blaue Rose, Prinzessin? Gefahr?‹

›Ich weiß es nicht. Vielleicht! Ich weiß es nicht!‹

›Sie ist schön.‹

›Sie ist schrecklich!‹

›Soll ich sie dir aus den Augen bringen, da sie dich ängstigt? Soll ich sie ins Feuer werfen, Prinzessin?‹

›Rühre sie nicht an! Niemand darf sie berühren!‹

›Sollen wir bei dir wachen, Djamileh?‹

›Nein. Geht!‹

›Ich auch, Prinzessin?‹

›Ich will allein sein, Zorah!‹

›O Djamileh! Und wenn dir wirklich Gefahr droht?‹

›Vor der Gefahr, die mir droht, kannst auch du mich nicht retten!‹

Zorah küsst ihr die Hände und entfernt sich in Tränen.

Djamileh wartet, bis das leichte Klappen ihrer Pantöffelchen verstummt ist. Dann eilt sie, in weitem Bogen der blauen Rose ausweichend, zu einem niedrigen Tisch, auf dem ein elfenbeinernes Kästchen steht. Sein Schlüssel hängt an einem feinen Kettchen aus blassem Gold um ihren Hals. Mit einem scheuen Blick auf die blaue Rose nimmt sie ihn ab und schließt das Kästchen auf.

O Allah sei Dank! Allah sei Dank! Da liegt, unter anderem Geschmeide verborgen, der Ring, den sie sucht.

An dem Tage, da sie zu Ehren ihres Vaters die Trauerkleider anlegte, streifte sie, wie es sich geziemt, allen Schmuck ab, den sie trug, und barg ihn in diesem Kästchen. So auch den Ring, der Halimas Seele einschloss. Sie nahm ihn zur Hand und hörte augenblicklich die flüsternde Stimme der Freundin: ›Wirf mich zur Erde, Djamileh!‹

Die Prinzessin gehorcht – und kaum hat das Kleinod den Boden berührt, so steht der Schatten Halimas vor ihr.

Die Prinzessin von Basra bricht in Tränen aus, in Tränen der Dankbarkeit und Erleichterung, doch wagt sie nicht, sich der Freundin zu nähern. Denn das schattenhafte Antlitz Halimas ist eine durchsichtige Maske des Kummers.

›Djamileh, Djamileh!‹, flüstert der Schatten ›Wie habe ich mich geängstigt seit der Stunde, da die blaue Rose in deinem Gemach erschien! Niemand hat sie gebracht, sie war plötzlich da. Preis und Dank sei Allah, dass du dich meiner Warnung erinnert hast!‹

›O Halima, wie oft hast du mich schon gerettet! Wie soll ich dir jemals danken!‹

›Danke mir nicht, Prinzessin! Ich rette dich, weil ich Djaffar retten will. Ihn, den ich liebe und der mich nicht liebt! Weißt du, was geschehen wäre, wenn du den Duft der Rose eingeatmet hättest?‹

›Sage es, Halima!‹

›Dein ganzes bisheriges Leben wäre in den Abgrund des Vergessens gestürzt! Du hättest Ahmad vergessen und deinen Vater und dass du die Prinzessin von Basra bist! Du hättest dein Herz zu Djaffar gewendet, du hättest den Mörder deines Vaters umarmt und den Vernichter Ahmads geküsst. Du hättest dich dem vermählt, der das Volk von Bagdad und Basra mit Skorpionen peitscht und bei jedem Atemzug, der ihm Leben zuführt, Allah verlästert!‹

›Ich werde die Rose verbrennen, Halima!‹

›Tu's nicht! Tu's nicht! Er würde nur etwas anderes ersinnen! Einen neuen Zauber vielleicht, der mir fremd ist, so dass ich dich nicht vor ihm schützen könnte!‹

›Aber was soll ich tun, Halima? Was soll ich tun?‹

›Versuche, Djaffar zu täuschen! Bekämpfe List mit List! Ja, ich weiß, das ist schwer, aber nicht unmöglich! Wenn

Djaffar morgen vor dir erscheint, danke ihm freundlich für die seltene Gabe. Lass ihn glauben, dass du den Duft der blauen Rose getrunken hast, doch um Allahs willen hüte dich wohl, es zu tun! Lächle ihm zu! Lass ihn glauben, dass du alles vergessen hast, was dir ehemals lieb war! Wenn er dich nach Ahmad dem König fragt, frage du: ›Wer ist das, Ahmad der König?‹ Aber wenn er fragt: ›Wann soll unsere Hochzeit sein?‹, verbirg dich hinter der Trauer um deinen Vater. So gewinnst du die Frist, die du brauchst.‹

›Eine Frist? Wozu?‹

›Um zu fliehen, Djamileh! Denn fliehen musst du!‹

›O Halima, hab ich das nicht schon einmal versucht? Und wie hat es geendet? Weißt du nicht, dass man Djaffar nicht entrinnen kann?‹

›Diesmal wird es gelingen, weil es gelingen muss! Sonst sind wir alle für ewig verloren, du und Ahmad und Djaffar – und mit ihm auch ich!‹

›Wie aber soll ich fliehen?‹

›Auf dem fliegenden Pferd!‹

›Djaffar hat es entführt!‹

›Ich weiß es, doch nicht für immer. Der Morgen bringt die Entscheidung, Djamileh. Sei standhaft, Prinzessin, sei standhaft! Djaffar wird kommen, sobald es die Stunde erlaubt. Dann spiele das Spiel der schmeichelnden Heuchelei. Denke an Ahmad! Tu es um seinetwillen! Vertraue auf Allah! Er schenke dir Frieden und Schlaf!‹

Der Schatten Halimas verschwindet, doch sein Wunsch geht nicht in Erfüllung.

Mit dem Aufgang der Sonne findet Zorah ihre Herrin in Tränen, stumm und vernichtet. Sie gibt auf keine Frage eine Antwort. Zorah und die Gespielinnen bereiten ihr das Bad und tauschen bestürzte Blicke, als Djamileh die Trauerkleider zurückweist und Festgewänder verlangt. Sie kleiden sie an und schmücken sie und haben ihr Werk noch nicht vollendet, als Jussuf meldet, dass ein ganzer Heerzug von Sklaven Djaffars gekommen sei, mit Blumen und mit Geschenken beladen und mit der Botschaft, dass Djaffar ihnen auf dem Fuße folge und die Prinzessin von Basra bitten ließe, ihn zu empfangen.

›Sage dem Boten, du seist krank, Prinzessin‹, schlägt Zorah vor, die sich vergebens bemüht, Djamilehs eiskalte Hände in den ihren zu wärmen.

Einen Augenblick nur zögert die Prinzessin. Dann denkt sie an Halima und schüttelt den Kopf.

›Melde Djaffar‹, wendet sie sich an Jussuf, ›dass ich mich freue, ihn zu empfangen!‹

Jussuf gehorcht betroffen.

Noch nie war Djaffar mit solchem Prunk gekommen. Eine funkelnde Reiterschar zieht ihm voran. Die dumpfen Pauken dröhnen unter den wirbelnden Schlägeln. Auf silbernen Schuppenpanzern blitzt die Sonne.

Djamileh, geschminkt wie ein Götzenbild und tief verschleiert, steht am zierlich vergitterten Fenster ihres Gemachs, um Djaffar einreiten zu sehen. Seine stolzen Augen fliegen empor wie Falken und suchen sie hinter den Gittern. Schaudernd weicht Djamileh zurück. Denn Djaffar sitzt auf dem fliegenden Pferd, das ruhig dahinschreitet, als habe es sich nie, einem mächtigen Zauber gehorsam, in die Luft erhoben.

›Lasst mich allein!‹, befiehlt die Prinzessin von Basra tonlos ihren Dienerinnen, und die Mädchen gehen.

Djaffar tritt ein. Er findet Djamileh tief über die blaue Rose gebeugt, als wollte sie die wunderbare Blüte mit ihren Lippen berühren. Sie hört seinen Schritt und wendet sich um. Sie schlägt den Schleier zurück und lächelt. Es durchzuckt den Mann wie ein Blitz. Er tritt auf sie zu …

Und eben dies, meine Freunde, hat Ahmad im Allsehenden Auge erschaut.«

*

»Wo aber bleibt er?

Abus unvorsichtiger Wunsch hat ihn nach Bagdad gebracht. Plötzlich steht er mitten im Marmorhof seines Palastes, auf den er schaudernd hinabzublicken pflegte, wenn der Henker am Werk war. Sein jähes Auftauchen erregt Entsetzen bei den fremden Sklaven, die Djaffar mitgebracht hat, denn der Diener Ahmads war er nicht sicher – wie bei den eigenen, die ihn schon längst im Reich der Toten glaubten und vor der wilden Erscheinung des einstigen Königs schreiend flüchten oder zitternd auf die Knie fallen.

Da ist ein Waffenmeister, der den Knaben vorzeiten in allen ritterlichen Spielen erzogen hat und seine stolze Freude an ihm hatte. Der stiert ihn an und traut seinen Augen nicht! Dieses leidgezeichnete Antlitz! Diese abgezehrte Büßergestalt! Und doch! Das Flammen dieser Augen kennt er!

›König Ahmad!‹, schreit er und stürzt dem Heimgekehrten zu Füßen.

Der packt ihn an beiden Schultern, reißt ihn empor: ›Wo ist Djaffar?‹

›In Basra!‹

Ahmad stampft mit dem Fuß auf, zerknirscht einen Fluch.

›Ein Pferd! Das schnellste Pferd aus dem Stall!‹

›Herr, willst du nicht –‹

›Schaff' mir das Pferd herbei, bei der Hölle! Es geht um Leben und Tod!‹

Aber so hastig der Waffenmeister gehorcht, die Kunde von Ahmads Rückkehr überstürmt ihn. Sie läuft wie Feuer durch den Palast auf die Straße hinaus, und als sich Ahmad auf den Rücken des schnellsten Renners schwingt und das Tor aufliegt und die Hufe des Pferdes Funken aus den Pflastersteinen hämmern, strömt das Volk aus allen Gassen zusammen und schreit den Namen seines Königs:

›Ahmad!!!‹

Doch Ahmad hört es nicht. Tief auf den Hals des Rappen hinabgebeugt, als wollte er die Straße zwischen Bagdad und Basra mit den Augen aufrollen, stürmt er dahin, taub für jeden Zuruf, blind für jeden Anblick. Denn er hört im Ohr noch immer die süße Stimme der Geliebten, wie sie sagte: ›Djaffar, sei mir gegrüßt!‹, sieht noch immer ihre entschleierte Schönheit und das Lächeln, mit dem sie sich zu Djaffar wendet, und das triumphierende Aufflammen der Augen Djaffars und wie er auf sie zutritt und die Hand nach ihr ausstreckt. Er presst die nackten Fersen in die Weichen des Pferdes, das zornig aufwiehert. Als Basra auftaucht aus dem Dunst des Mittags, trieft ihm der Schaum vom Maule auf die keuchende Brust.

Wer hat ihn zuerst gesehen? Wer hat zuerst, aus dem Tore spähend nach den herandonnernden Hufen, das Pferd und den Reiter erkannt?

Eine Stimme brüllt: ›Ahmad!‹ Eine andere: ›Das Tor zu!‹

Die Sklaven werfen sich gegen die mächtigen Flügel – zu spät! Der Rappe, durch gellenden Zuruf Ahmads befeuert, überspringt die sich stauende Menge und landet mitten im Hof, die Vorderhufe einstemmend, dass der Marmor dröhnt, tief in die Knie sinkend, dass der prächtige Schweif wie ein Schleier sich breitet. Und schon ist Ahmad abgesprungen und in wilden Sätzen zwischen den schreienden Sklaven hindurch auf die Treppe zugerast, die zum Palast hinaufführt.

Der Sklavenmeister Djaffars erkennt ihn und brüllt seinen Namen. ›Ahmad! Das ist Ahmad! Ihm nach!‹

Angst vor Djaffars Grimm peitscht ihn vorwärts, Ahmad auf der Treppe zu überholen. Ein Faustschlag wirft ihn zurück. Er stürzt, und die Nachdrängenden stolpern über ihn und rollen in einem wüstem Knäuel die Stufen hinunter, anderen Nachdrängenden vor die Füße. Den Schnellsten und Kühnsten, der, die Gestürzten überspringend, Ahmad erreicht und angreift, packt dieser mit knirschenden Zähnen bei den Hüften, schwingt ihn hoch über seinen Kopf und schlägt mit ihm wie mit einer Keule auf die wieder Andrängenden ein, dass sie abermals stürzen. Und dann hat er sich freigekämpft und läuft mit den langen flüchtigen Sätzen eines Hirsches durch Gänge, durch Höfe und ruft mit aller Kraft und Verzweiflung seiner Liebe, als sollte ihm das Firmament zum Echo werden: ›Djamileh! Geliebte! Geliebte! Djamileh!‹

Sie hört es. Ihre Augen weiten sich. Sie starrt Djaffar an, als glaube sie an einen Trug seiner Arglist. Aber Djaffars Gesicht entfärbt sich vor Wut und Hass. Mit einem grausigen Fluch fährt er gegen die Tür herum, die aufprallt und gegen die Wand dröhnt, und schon steht Ahmad auf der Schwelle, sieht Djaffar, sieht Djamileh, und Djamileh, beide Arme hochwerfend, schreit auf – unmissverständlich ist dieser Schrei der Liebe! Sie will ihm entgegenstürzen, sie will sich ihm in die Arme werfen. Doch schon hat Djaffars Faust sie gepackt und schleudert sie zurück. Schon sind die Sklaven Djaffars eingedrungen und werfen sich über Ahmad, zwingen ihn zu Boden, eine Koppel heulender Hunde ist über dem Edelhirsch. Sie drehen ihm die Arme auf den Rücken, sie beugen seinen Kopf bis auf die Fliesen, schlagen ihm den

Hanfstrick um Knöchel und Hals. Blut fließt über sein Gesicht. Er fällt und bleibt liegen, bleibt zu den Füßen seines Feindes liegen.

Djaffar blickt auf ihn hinab. Seine Lippen verziehen sich zu einem schmalen Lächeln. Er wendet sich zu Djamileh, die in die Knie gesunken ist.

›Verzeih die Störung, reizende Prinzessin von Basra. Es ist nur ein toller Hund. Man wird ihn unschädlich machen.‹

Sie fährt in die Höhe wie geschleudert. Sie zittert vom Scheitel bis zu den Füßen. Sie schreit: ›Was willst du mit ihm tun?‹

›Nichts, was dich erschrecken könnte, Liebliche! Einen tollen Hund erschlägt man. Das ist alles. Man sorgt dafür, dass er kein Unheil anrichten kann. Und da es gegen tolle Hunde kein wirksames Mittel gibt, muss man sie eben totschlagen. Und das wird geschehen.‹

›Wann, Djaffar, in Allahs Namen?‹

›Sobald wir in Bagdad eingetroffen sind. Er soll die Ehre haben, von seinem eigenen Henker erschlagen zu werden. Es war ihm schon einmal zugedacht. Damals entkam er. Aber heute wird kein Dieb von Bagdad seinen Kerker teilen und öffnen. Heute wird jede Rechnung beglichen. Schafft ihn fort! Nach Bagdad! Und ruft die Sänfte für die Prinzessin von Basra. Sie wird mich begleiten.‹

Die Sklaven packen Ahmad bei den Haaren und schleifen ihn nach der Tür. Djamileh wirft sich dazwischen. Sie steht mit ausgebreiteten Armen zwischen den Marmorsäulen und versperrt der Koppel Hunde den Weg.

›Djaffar!‹, schreit sie. ›Erbarme dich! Lass ihn frei!‹

Er gibt keine Antwort. Sein ganzes Gesicht ist Eis.

Sie fällt auf die Knie und streckt ihm die gerungenen Hände entgegen.

›Djaffar! Ich flehe dich an! Ich flehe dich auf den Knien an: Nimm mich zum Weibe und lass Ahmad frei!‹

Ein zischender Laut kommt zwischen den Zähnen Djaffars hervor.

›Du hast mich also betrogen‹, sagt er leise. ›Du hast mit mir gespielt. Du hast mit mir das Spiel der blauen Rose gespielt. Man hat dich gewarnt! Wer? Eine nur kannte das Geheimnis außer mir! Wo ist sie? Wo ist Halima? In welcher Gestalt verbirgt sie sich, die Verfluchte? Sie wird es büßen! Jeder büßt es, der mir zu trotzen wagt. Das wirst du noch erfahren, Prinzessin von Basra!‹

Er winkt den Sklaven. Sie reißen Djamileh von Ahmad fort, über den sie sich geworfen hat. Sie fällt in die Arme Djaffars, der sie aufhebt und hinausträgt aus dem Saal und aus dem Palast. Er hebt sie in die Sänfte, die ihrer wartet. Er schwingt sich auf den Rücken des fliegenden Pferdes. Er winkt den Henkersknechten, die Ahmad schleppen. Sie setzen sich in Bewegung, hinaus aus dem Tor. Die Gespielinnen Djamilehs, mit Zorah an der Spitze, wollen der Herrin folgen und werden zurückgetrieben. Aber ein alter Sklave mit weißem Haar mischt sich unter die Sklaven Djaffars, als habe er immer zu ihnen gehört, und fort geht es, nach Bagdad.

Eine Sturmschwalbe, schmal in stählernblauem Gefieder, flirrt um den Zug hin und her, bald tief am Boden, künftigen Sturm verkündend, bald hoch über ihm, bald bei Djamileh, bald bei Ahmad. Doch niemand achtet auf sie. Auch Djaffar nicht. Und doch trägt sie sein Schicksal auf ihren schmalen Flügeln.

Kurz vor Bagdad kommt ein kleiner Trupp von Männern dem Zuge Djaffars entgegengeritten: Chamsin, der Henker, und eine Hand voll Knechte. Das pockennarbige Gesicht Chamsins zeigt scheue Wut und auswegsuchenden

Verdruss. Er lässt, an der Seite der Straße haltend, den Zug Djaffars an sich vorbei und wirft einen schrägen Blick auf Ahmad, den die Sklaven Djaffars, da er bewusstlos ist und sie ihn nicht schleppen wollen, über den Rücken eines Pferdes geworfen haben, wo er mit Kopf und Füßen nach unten hängt.

Djaffar winkt den Henker zu sich heran.

›Warum kommst du mir entgegen, Chamsin?‹

Chamsin sieht ihn von unten her an. Es ist der feige, der tückische Blick eines Sklaven, der nicht weiß, ob sein Herr noch sein Herr ist.

›Es herrscht fauler Wind in den Straßen von Bagdad‹, meldet er mürrisch.

›Was soll das heißen? Ist eine Seuche ausgebrochen?‹

›Man kann es so nennen, Herr. Und wenn ich dir raten soll –‹, und wieder fliegt ein Blick von unten her in Djaffars Gesicht und dann hinüber zu dem bewusstlosen, blutig geschlagenen Mann auf dem Rücken des Pferdes, ›ich würde ihn nicht so durch die Straßen von Bagdad führen. Es könnte sein ...‹

›Nun? Rede deutlich! Was könnte sein?‹

›Dass du mit ihm den Palast nicht erreichen würdest‹, vollendet Chamsin und fährt sich mit der Hand über den Hals, als plage ihn dort ein unbehagliches Gefühl.

Djaffar denkt nach. Dann gibt er einen Befehl. Der Zug wird umgeformt. Voran zieht die Sänfte Djamilehs, von Mohren getragen, von reich geschmückten Reitern umgeben, die das Auge auf sich lenken. Und Reiter schließen sich an. Sie haben die Lanzenschäfte in den Bügelschuh gestemmt, ihre schneeweißen Mäntel bauschen sich im Wind. Einer der Reiter, der wuchtigste von allen, hat, in der Mitte reitend, eine weiß verhüllte Gestalt quer über den Schenkeln liegen. Sie ist unkenntlich.

Beim Einritt in Bagdad findet Djaffar die Warnung Chamsins bestätigt. Die Stadt brodelt in einer wunderlichen, dumpfen Gärung. In allen Winkeln stehen Menschen beisammen, die stumm dem Zug entgegenblicken und stumm und widerwillig, wenn er nahe an ihnen vorüberreitet, sich vor Djaffar verbeugen. Kein Wort wird laut, kein Zuruf, nur das Klappern der Pferdehufe schallt in den schmalen Gassen. Bevor er die Burg erreicht, wendet Djaffar sich im Sattel um und blickt, die Hand auf die Kruppe seines Pferdes gestemmt, zurück in die Gasse, die er eben durchritten hat.

Er sieht: Sie sind aus den Winkeln und Ecken gekrochen, die Leute von Bagdad. Sie starren dem Zuge nach. Wo Djaffars Blick sie trifft, weichen sie zurück, aber sie verschwinden nicht. Sie sind da. Sie sind wachsam da.

Mit einem Zungenschlag treibt Djaffar sein Pferd an und holt die Sänfte Djamilehs ein, die eben vor der Treppe des Palastes hält. Er öffnet die Sänfte. Er will Djamileh beim Aussteigen behilflich sein. Aber der Blick, mit dem sie ihn ansieht, bringt seine ausgestreckte Hand zum Sinken. Djamileh hat sich tief verschleiert. Sie betritt mit zögerndem Fuß den Boden des Palastes von Bagdad. Sie ersteigt die Treppe und sieht sich um. Ihr Blick fliegt von einem Reiter zum anderen.

›Was suchen deine Augen, meine Herrin?‹, fragt Djaffar verhalten.

Sie sieht ihn an. Sie sagt: ›Den tollen Hund, den du erschlagen willst!‹

›Fürchte nichts von ihm, Prinzessin von Basra. Chamsin, der Henker, wird ihn in sicherem Gewahrsam halten. Er wird weder bellen noch beißen.‹

›Er ist verwundet, er fiebert, er wird nach Wasser verlangen!‹

›Tolle Hunde sind wasserscheu, meine Herrin!‹

Sie setzt den Fuß auf die Stufen, bleibt wieder stehen.

›Warum hat man mich von meinen Gespielinnen, von meiner Freundin Zorah getrennt?‹

›Du wirst andere Freundinnen, andere Gespielinnen finden, Prinzessin.‹

›Sie sind mir nicht vertraut.‹

›Das tut nichts. Du wirst dich an sie gewöhnen.‹

Djamileh wendet sich ab und geht die Stufen hinauf. Doch an der hohen Tür bleibt sie stehen und dreht sich nach Djaffar um. Ein dunkler Zorn liegt über ihrer Stirn.

›Bei Allah, dies ist das letzte Mal gewesen, Djaffar, dass ich ein Wort zu dir gesprochen habe‹, sagt sie und geht in den Palast hinein.

In dem Kerker, in dem er schon einmal gelegen hat, von demselben Mann gefangen und zum Tode verurteilt, kommt Ahmad, König, Bettler und Büßer, wieder zu sich. Er weiß nicht, wo er sich befindet. Um ihn her ist die Dunkelheit der einbrechenden Nacht. Er fühlt Stroh unter seinen Fingern, er hört das Huschen und Pfeifen von Ratten, das er schon einmal gehört hat, und das Klirren der Kette, die ihn schon einmal an die triefende Mauer fesselte. Sein Kopf glüht im Fieber, und seine Gedanken machen das Denken zur Hölle. Er denkt an Djamileh, und er denkt an Abu, und die Sehnsucht nach der Geliebten ist in dieser Stunde kaum größer als die Sehnsucht nach dem Freunde, von dem er sich in Zank und Zorn getrennt hat.

O Abu, Abu!

Der Gefangene stöhnt. Als er zum ersten Mal in diesem Kerker lag, waren Bitterkeit, Verzweiflung und das Grauen vor dem Henkerstod seine Nachtgefährten. Sie hocken auch heute bei ihm in der Düsterkeit, aber die

Qual der Liebe hat sich zu ihnen gesellt und der schlimmste Gefährte eines Lebens: die Reue. Ja, jetzt, in diesen entsetzlich vertrauten Mauern, die einmal – ach, wie lange ist das her? – der munteren Stimme eines kleinen, mutigen Diebes gelauscht haben, jetzt erkennt er, wie klein, wie armselig seine Seele noch immer ist. Sie ist nicht gewachsen an der Buße, deren Gelingen eine Gnade Allahs, nicht sein Verdienst war. Sie ist klein und eigensüchtig und undankbar geblieben, der Jähheit des Augenblicks unterworfen, zügellos wie ein störrisches Pferd, kurzsichtig und töricht und jeder Verantwortung bar. Er sieht in sich hinein und schaudert vor sich selbst. Hätte er diese Kerkernacht in der widerlichen Gemeinschaft giftiger Schlangen verbringen müssen, ihre tödlichen Zähne wären ihm nicht qualvoller gewesen als seine eigenen Gedanken. Er lehnt aufstöhnend den Kopf an die Steine der unbarmherzigen Mauer und schließt die Augen und fühlt, dass er am Rande eines Abgrunds steht, in den ihn für ewig zu stürzen es nur eines Windhauchs bedarf.

Beklagt ihn nicht, meine Freunde! Diese Nacht im Kerker ist, wenn Allah ihm Gnade gibt, die Stunde der Wiedergeburt für Ahmad den König. Denn, glaubt mir, so seltsam es in Euren Ohren klingt: Jeder, vom Weibe geboren, Mann oder Frau, hat eine Stunde, da er sich selber gebären muss, und wer sie nicht erlebt, dem wäre besser, er wäre nie aus dem Schoße seiner Mutter gekommen.

Doch Allah meint es gnädig mit Ahmad dem König. Er schenkt ihm alle Qual der Wiedergeburt, aber – gepriesen sei er, der Allerbarmer, der Quell aller Gnade! – er hat ihm die Helfer bestellt. Nicht glatt, nicht einfach ist Ahmad die Hilfe bereitet. Kraft und Widerkraft kämpfen miteinander, Hass und Liebe und Eifersucht und Treue – ja, meine

Freunde, die schönste, die lauterste Treue muss für Ahmad kämpfen, und wann sie siegen wird, ist ungewiss, denn nur Allah weiß die Stunde.

Im Palast von Bagdad herrscht bei Beginn der Nacht ein wunderliches, ja, wenn Ihr das Wort recht verstehen wollt, ein unterirdisches Leben. Die Sklaven, die Männer und Wächter, die ehemals Ahmad gehorchten, und die anderen, die Djaffar hergebracht hat, trennen sich misstrauisch voneinander, und die einen rotten sich hier und die anderen dort zusammen, und es ist ein Flüstern und Raunen, und Allah wird angerufen, und es wird mit manchem Fluch an den Toren der Hölle gerüttelt. Doch alles ist zugedeckt von dem grauen Schleier der Ungewissheit, der Unsicherheit, der Bangnis. Wer hat das Wort gesprochen: ›König Ahmad ist heimgekehrt!‹? Der Waffenmeister! Wo ist der Waffenmeister? Er hält sich verborgen! Warum? Hat er ein schlechtes Gewissen? Gegen wen? Gegen Djaffar? Gegen Ahmad den König? Wo ist der Rappe geblieben, das schnellste Pferd aus dem Stall, das immer König Ahmads Liebling war? Die Diener Djaffars halten es verborgen! Warum? Weil auf seinem glänzenden Fell, das in der Sonne bläulich zu schimmern pflegte, die Spuren getrockneten Blutes kleben. Für wen schleift Chamsin, der Henker, noch jetzt in der Nacht sein Schwert? Und wer ist die Frau, die in der Sänfte kam?

Die Frau, die in der Sänfte kam, Djamileh, die Prinzessin von Basra, steht am vergitterten Fenster des Gemachs, das, prunkhaft geschmückt, von Djaffar, dem jetzigen Herrn des Palastes, für sie bestimmt ist. Der Raum in all seiner Weite hat nur eine Tür und nur dies eine Fenster, das auf den kleinen Innenhof hinausgeht, in dem ein Brunnen plätschert zwischen Orangen und Myrten.

Man hat Djamileh nicht allein gelassen, wie sie es begehrte. Eine schwarze Vettel, uralt und hässlich wie die Pest, hockt an der Tür und starrt aus wimpernlosen Augen boshaft zu ihr hinüber. Schaudernd vor der Grausamkeit, die auf die runzlige Stirn ihr Siegel gedrückt hat, wagt Djamileh nicht, sich niederzusetzen, denn sie fürchtet, erschöpft wie sie ist von der letzten schlaflosen Nacht und dem schrecklichen Tage, in Schlaf zu sinken, und sie darf nicht schlafen. Sie muss Ahmad retten, der verloren ist. Sie wartet auf eine Botschaft von Halima. Sie vertraut der Freundin, wie sie sich selbst vertraut, aber die Zeit verrinnt, verrinnt, und das angstvolle Warten saugt ihr das Blut aus den Adern.

Plötzlich lässt ein Geräusch von der Tür her sie herumfahren. Ihr Herzschlag tost und setzt aus. Kommt Djaffar in ihr Gemach? Nein. Nur die schwarze Vettel an der Tür hat sich hingelegt. Wie – hingelegt? Sie ist umgesunken. Sie liegt wie eine umgefallene Grabstelle auf der Seite und hat die Augen geschlossen. Ein kleines grünes Zweiglein liegt neben ihr.

›Djamileh?‹, raunt die Stimme Halimas am Ohr der Prinzessin.

Oh, Lob und Preis sei dem Allerbarmer, die Getreue ist da! Aber zum ersten Mal scheint sie von Angst erfüllt. In fliegender Hast legt sie Djamileh dar, wie sie die Nacht zur Befreiung Ahmads, zur eigenen Flucht und Rettung nutzen soll. Denn Gnade ist von Djaffar nicht zu erwarten. Gleich groß sind seine Liebe und sein Hass. Wenn der Morgen Ahmad noch im Kerker findet, wird er ihn nur verlassen, um das Haupt unter Chamsins Henkerschwert zu legen. Nein! Flucht! Flucht um jeden Preis! Flucht aus dem weiten Bereich, in dem Djaffar mächtig ist! Aber wie? Auf dem fliegenden Pferd! Und Jussuf der Wachsame wird es entführen!

In Sorge um den alten Diener will Djamileh widersprechen, doch Halima lässt es nicht zu. Djamilehs Aufgabe wird es sein, die Wächter Ahmads unschädlich zu machen, seinen Kerker zu öffnen, seine Ketten zu lösen, ihn herauszuführen in die Freiheit der Nacht. Vor dem Tor wird Halima sie erwarten und zu der Stelle bringen, wo Jussuf mit dem fliegenden Pferd ihrer harrt – und dann, wenn die Gnade Allahs mit ihnen ist, wird sich das Zauberross in die Luft erheben und mit den drei Menschen auf seinem Rücken sturmschnell aus Bagdad und Djaffars Macht entfliehen.

Das kleine grüne Zweiglein, das neben der schwarzen Vettel am Boden liegt, soll sie nehmen und mutig damit zum Kerker Ahmads eilen. Es öffnet alle Riegel, alle Schlösser, es schläfert die Wächter ein, es löst die Ketten.

›Nimm es, Djamileh, und zögere nicht länger! Die Nacht ist kurz, und wenn der Morgen kommt, hat Chamsin, der Henker, das Wort und die Rache Djaffars!‹

Djamileh nimmt das Zweiglein auf und berührt das Schloss ihrer Tür. Sie öffnet sich lautlos und weit. Djamileh schreitet schaudernd über die regungslose Gestalt am Boden hinweg, vorbei an den Wächtern im Gang, denen das Kinn auf die Brust sinkt, die Treppen hinab – und wieder an Wächtern vorbei, die keine mehr sind, und über den Hof auf das schwarze eiserne Tor zu, das zu den Stufen in die Tiefe führt. Das Tor springt auf und lässt die Prinzessin ein und tut hinter ihr seine Flügel wieder zusammen, als sei es mit ihr im Bunde. Verloren spielt grünlicher Mondschein auf den Stufen, die feucht und gefährlich sind, an den Rändern zerbröckeln. Der Brodem der Kerkerhölle macht sie taumeln, aber sie hält nicht inne, sie will ans Ziel. Sie sieht vor einer nässeglitzernden Tür drei Wächter beim Licht einer Fackel mit Würfeln spielen, was der Prophet –

gepriesen sei sein Name! – verboten hat, denn es führt die Seele der Menschen in die schmutzige Versuchung, einander zu betrügen. Beim Nahen Djamilehs rollen die Würfel zu Boden, und die Wächter knicken zusammen wie durchhauenes Schilfrohr und rühren sich nicht mehr. Djamileh hebt die Fackel aus dem Ring an der Kerkertür. Vor dem kleinen grünen Zweiglein springt die Tür auf.

Ahmad, den fiebernden Kopf in die Hände vergraben, lehnt an der Mauer, von der die Tropfen rinnen. Als die Tür aufgeht und das Licht der Fackel in den Kerker fällt, huschen die Ratten widerlich pfeifend auseinander.

›Ist es schon Zeit?‹, fragt der dem Tode Verfallene. Da er keine Antwort bekommt, denn bei seinem Anblick versagen Djamileh die Worte, blickt er auf. Das Licht der Fackel blendet ihn wohl. Seine Sehnsucht, sein Fieber täuschen ihm eine Erscheinung vor. Er starrt ihr entgegen. Er sieht, wie die Erscheinung den Stumpf der Fackel in eine Fuge der Mauer stößt. Dann nähert sie sich. Die Erscheinung gleicht Djamileh. Ist Djamileh gestorben, und kommt sie, ihn zu besuchen, bevor sie, ein seliger Geist, aufsteigt zum Throne Allahs?

Aber können Geister weinen? Das süße Antlitz der Erscheinung ist von Tränen überströmt. Das kleine grüne Zweiglein in ihrer Hand berührt seine Ketten, und sie klirren zu Boden.

›Ich bin es, Ahmad, mein Geliebter!‹, flüstert Djamilehs Stimme. ›Erkennst du mich nicht?‹

Ja, nun erkennt er sie und stürzt auf die Knie und schließt sie inbrünstig in seine Arme.

›O Allah, Urquell der Barmherzigkeit!‹, stammelt er. ›Ich verdiene die Gnade dieses Abschieds nicht!‹

›Es ist kein Abschied, Geliebter! Es ist die Rettung!‹, flüstert Djamileh.

Ungläubig starrt er sie an. Will sie ihn retten um den Preis ihrer selbst, wie sie es schon einmal versucht hat? Dann lieber den Tod!

Nun, wir wollen es der Liebenden überlassen, Ahmad den Plan der Flucht auseinander zu setzen, und machen wir uns auf den Weg, den Jussuf der Wachsame geht, um, von Halima beraten, das fliegende Pferd zu entführen.

Er geht diesen Weg ins Abenteuer mit großem Eifer und willigem Gehorsam. Er geht ihn heimlich und schnell wie ein Nachttier, das seine Beute beschleicht. Frohlockend, weil er Djaffar, den er giftig hasst, einen Streich spielen und Djamileh, die er zärtlich liebt, einen Dienst erweisen darf. Doch Freunde, im vorzeitigen Frohlocken liegt der Teufel auf der Lauer! Hört, was geschah!

Das fliegende Pferd, hat ihm Halima gesagt, wohnt in einem Marmorgewölbe, das ihm Djaffars Geister erbaut haben in einer einzigen Nacht. Kein Wächter bewacht es, denn es steht unter einem Zauber, den nur der durchbricht, der ein frommer Mann ist und ihn kennt. Sobald er von fern das Marmorgewölbe erblickt, fängt er zu beten an, denn das hat Halima befohlen und Jussuf damit überzeugt, dass sich in der kleinen schwatzhaften Sturmschwalbe neben ihm auf dem Brunnentrog ein guter Geist verbirgt, was ihn nicht wenig beruhigte. Er betet unablässig, denn so werden die frommen Worte zu einem Gespenst, das ihn schützend umhüllt. Nur muss er sich hüten, den Namen von Allahs Widersacher zu erwähnen. Dann zerreißt das Gespenst, und alles wird offenbar, und nichts vermag den Menschen zu retten, den Djaffar beim Versuch ertappt, sich des fliegenden Pferdes zu bemächtigen.

Er betet die hundertste Sure, die mit der Lobpreisung edler Pferde beginnt.

›Im Namen Allahs, des Schöpfers, des Erhabenen! Bei den windschnellen Rossen, den laut schnaubenden, unter deren Hufen Feuer sprüht aus den Steinen, bei denen, die, einander überholend, im Morgenlicht den Feind anstürmen, den Staub aufwirbelnd und die feindlichen Reihen durchbrechend, wahrlich, der Mensch ist ein Geschöpf ohne Dankbarkeit gegen den, der ihn schuf. Er selbst muss wider sich zeugen. Allzu viel Liebe schenkt er dem Vergänglichen! Der Tag aber kommt, da die Gräber sich auftun werden. Offenbart wird dann alles, was sich verborgen hielt in der Brust des Menschen. Dann, wenn das Auge des Ewigen alle Geheimnisse aufdeckt, wer will dann vor ihm bestehen?‹

Es war dem Beter, als hielte die blaue Nacht den Atem an, den Raub zu begünstigen, als stünden die schlanken Zypressen Wache für den Räuber, als raunten sich die vier Winde das Losungswort zu, ihn freihin gehen zu lassen.

Jetzt steht er am Tor. Der Riegel ist vorgeschoben, aber er lässt sich ohne Widerstand geräuschlos zurückschieben. Die beiden Torflügel weichen feierlich wie die Tür der Großen Moschee auseinander. Eine blaue Ampel hängt von der Decke herab, als wollte sie für das fliegende Pferd den Mond im Gewölbe spielen.

Jussuf tritt ein, fortbetend, obwohl es ihm den Atem verschlägt. Ja, seine Stimme klingt beschwörender, als spräche er zu dem regungslosen Geschöpf, das, gesattelt und aufgezäumt, den stolzen Kopf dem Eindringling zugewendet, inmitten des weiten Gewölbes auf den weißen Marmorfliesen steht und ihn zu erwarten scheint.

Jussuf, weise geworden an manchem Erlebnis eines Lebens von sieben Jahrzehnten, misstraut dem allzu Leichten, allzu Einfachen. Seine Augen durchhuschen die Winkel des Raumes. Sie sind ohne Geheimnis. Aber plötzlich gefriert ihm das Blut in den Adern.

Denn von dem offen stehenden Tor her schiebt sich ein langer, schmaler Schatten neben ihm über die Fliesen, und Jussuf wird gewahr, dass er selbst keinen Schatten wirft.

Die Worte der hundertsten Sure geraten ins Taumeln und finden sich taumelnd nur wieder. Jussuf dreht sich um. Im gleißenden Mondlicht steht Djaffar in der Tür und blickt mit weit geöffneten, eisblauen Augen auf Jussuf, der, betend, wie ein Blatt der Silberpappel zittert. Warum sieht Djaffar ihn an und sieht ihn doch nicht?

Warum wirft er, Jussuf, keinen Schatten? Warum hört Djaffar sein Beten nicht? Jussufs Zähne schlagen aufeinander. Die hundertste Sure, die von den windschnellen Rossen, fällt in kleinen Fetzchen von seinen Lippen. Aber Djaffar hört ihn nicht und sieht ihn nicht. Er geht mit gelassenen, ruhigen Schritten um das Zauberpferd herum und wendet sich wieder zum Tor. Der Mann verschwindet, sein Schatten verschwindet, die Fliesen liegen leer. Und Jussuf, zerpresst zwischen dem Grauen, unsichtbar zu sein, und dem Triumph, dass Djaffar ihn nicht gesehen hat noch sein Beten vernommen, Jussuf stößt einen tiefen Seufzer aus und sagt: ›Allah behüte uns vor dem neunmal gesteinigten Teufel!‹

Da wiehert das Zauberpferd, dass die Decke des Gewölbes widerhallt.

Jussuf, sich selbst verfluchend, springt auf das Pferd los, um sich, geschehe, was da wolle, in den Sattel zu schwingen und zu entfliehen. Aber es ist zu spät. Plötzlich wimmelt das Gewölbe von Männern, die in Waffen starren. Jussuf wird gepackt und von zehn, von zwanzig Fäusten aus dem Gewölbe gezerrt. Er wehrt sich wie ein Rasender. Er heult vor Wut auf sich selbst, vor Angst um Djamileh, vor

Scham und Verzweiflung, dass ihm durch eigene Schuld der Raub des Pferdes misslang. Dann trifft ihn ein roher Schlag über den kahlen Schädel, von dem der Turban gefallen ist. Er stürzt zu Boden, zwischen trampelnde Füße. Das wutverzerrte Antlitz Djaffars beugt sich über ihn, Djaffar brüllt eine Frage, reißt ihn hoch, rüttelt ihn. Aber Jussuf schweigt, und alles wird dunkel.

›Zum Kerker mit ihm!‹, schreit Djaffar. Man schleppt ihn hinauf zum Palast.

Dem Zug entgegen kommt eine Sturmschwalbe geflogen. Sie fliegt durch die Gassen Bagdads, von Fenster zu Fenster, von Dach zu Dach, wo sie die Schlafenden hochschreckt mit ihren sirrenden Rufen:

›Djaffar will Ahmad ermorden! Djaffar will Ahmad ermorden! Djaffar will Ahmad ermorden!‹

Und da und hier und dort rühren sich die Schläfer. Hinter den Gittern der Fenster regt es sich. In die dunklen Gassen treten dunkle Schatten, huschen von einer Straßenseite zur anderen, rotten sich zusammen, hier, da, dort.

Über dem Hof des Königspalastes weht ein düsteres Licht auf, wie von einem Wachtfeuer, und unruhig zuckende Fackeln ziehen hierhin und dorthin, erscheinen auf den Zinnen, rahmen die Tore ein, durchsuchen die Gänge.

Djaffar stürmt zum Gemach der Prinzessin von Basra und findet es leer und die Prinzessin verschwunden und die Wächterin schnarchend am Boden vor der Tür. Mit einem Fußtritt jagt er sie hoch und will ihr mit Flüchen, bei denen die Hölle schaudert, die Wahrheit aus der Seele quetschen. Aber die heulende Hexe kann nicht sagen, was sie selber nicht weiß. Und wie mit ihr, so ergeht es Djaffar mit den Wächtern in den Gängen, auf den Treppen, vor dem Kerker Ahmads, wo sie wie Schwerberauschte übereinander liegen und aus glasigen Augen in die flammende

Wut des Tyrannen stieren und ihm nichts zu erklären vermögen.

Wo ist die Fackel, die brennen soll an der Kerkertür? Wo ist das ungefüge Schloss, die schweren eisernen Riegel? Djaffar stößt die verblödeten Wächter beiseite, reißt die Tür zu Ahmads Kerker auf und findet Djamileh in den Armen seines Gefangenen.

Oh, eile dich, kleine Sturmschwalbe! Eile dich! Denn jetzt überschlägt sich die glutrote Woge von Djaffars Hass! Jetzt will er nicht warten, bis der Morgen kommt! Noch in der Nacht soll Ahmad sterben! Hier, auf der Stelle! Und Djamileh mit ihm! Aber als er sie beide so vor sich sieht, im Angesicht des Todes verklärt durch die Gewissheit der Liebe, furchtlos durch ihre Liebe, strahlend im Glauben, dass der Tod sie nicht trennen wird, nur für ewig vereinen, da fühlt der Tyrann, dass ihm der Sieg entrissen ist und ihm nichts mehr bleibt als die klägliche Rache, Djamileh leiden zu sehen durch das Leiden und Sterben des Mannes, den sie liebt.

Sie hat Djaffar geschworen, dass sie nie mehr ein Wort zu ihm sprechen wird, und sie hält ihren Schwur. Sie straft ihn mit vernichtender Verachtung. Sie duldet es schweigend, mit einem stolzen Lächeln auf dem erhobenen Antlitz, dass sie von den rohen Fäusten der Henkersknechte Ahmad gegenüber an die Wand des Kerkers geschmiedet wird. Sie ist es, die dem Geliebten Worte des Trostes und der Ermutigung zuruft, und sie lässt seiner Qual um sie das zärtliche Licht ihres Lächelns.

Aber Ahmad kann den Anblick der angeketteten Frau nicht ertragen. Er schreit aus der Tiefe seiner Verzweiflung zu Allah, dem Alleshörenden, auf. Er klagt sich an. Er reißt sich das Herz auf in Selbstanklage. Hat er nicht immer und überall versagt? Als König? Als Freund? Als Geliebter? Ist es nicht seine Schuld, dass Djaffar, der Verfluchte, Bagdad und Basra zu einem Pfuhl seiner Sünden macht und die Menschen, die Ahmads königlichen Händen anvertraut waren, grausam unterjocht?

Ist es nicht seine Schuld, dass die süße Prinzessin von Basra eines grässlichen Todes sterben wird, nachdem ihr der Anblick seines Sterbens durch Henkershand das Herz gebrochen hat? Und Abu, sein Freund? Wie hat er's ihm gedankt, dass er, der Knabe, um ihn Gefahren bestand, vor denen ein Mann zurückgewichen wäre?

Oh, er kann sich nicht vor dem Herrn des Himmels und der Erde auf die Knie und das Antlitz werfen, wie er sich sehnt zu tun, denn die Henkersknechte haben aus seinen Gliedern ein Kreuz gebildet und ihn angekettet, dass er sich nicht zu rühren vermag. Aber seine Stimme, getränkt von Reue und Verzweiflung – nicht über sein Schicksal, nur über eigene Schwäche, eigenen Unwert – stöhnt auf: ›Vergib mir, Allerbarmer! Vergib mir, Djamileh! Vergib mir, Abu, mein Freund! Vergib mir, mein Volk!‹

Es ist, als würden die heißen Gebete des Todgeweihten zum Sturm unter Halimas Flügeln. Sie rast durch die Nacht, und nie geht es ihr schnell genug. Sie wird zu einem Gedanken um Hilfe schreiender Not. Sie würde sich auf den Blitz geworfen haben, um schneller vorwärts zu kommen.

Das Meer fragt zu ihr hinauf: ›Zu wem fliegst du, Halima, Sturmschwalbe?‹

›Zu den Felsenbewohnern!‹

Schon hat sie ihr erstes Ziel erreicht. Vor den Höhlen wirft sie sich zu Boden und wird zu einer Flamme, deren zuckender Widerschein das Tal erfüllt. Die lodernde Flamme klagt mit menschlicher Stimme: ›Djaffar ermordet Ahmad! Djaffar ermordet Ahmad!‹

Da taumeln sie auf aus dem Schlaf, die erschrockenen Männer, kommen heraus aus den Höhlen, weichen bestürzt vor der Flamme zurück, die hoch in die Luft flackert und sich vom Boden lösend verschwindet und immer noch schreit: ›Djaffar ermordet Ahmad!‹

Weiter stürmt Halima und lässt hinter sich die Männer in brodelndem Aufruhr.

Djaffar ermordet Ahmad? Was heißt das? Der Mann, der Freund, der ihr Elend bezwungen hat, ist in Gefahr? Durch Djaffar, den sie hassen wie den leibhaftigen Teufel? Sie drängen sich um Faruk. Was soll geschehen? Etwas muss geschehen! Sollen sie dulden, dass Ahmad zugrunde geht? Sprich, Faruk! Sage du uns, was geschehen soll! Faruk! Auf! Nimm Ahmads und unsere Sache in die Hand!

Eine Fackel wird entzündet, eine Stimme schreit: ›Nach Bagdad! Nach Bagdad!‹ Sandalen werden geschnürt, kleine Bündel gepackt, Turbane gewunden und Mäntel übergeworfen, die starken Wanderstecken hervorgeholt.

›Nach Bagdad! Nach Bagdad!‹

Das Echo trägt den Ruf von Fels zu Fels, durch die Schlucht bis hinaus zu der Quelle, die vor dem grünen Baum der Djinnis springt.

Die Sturmschwalbe wirft sich in die schlafenden Zweige. Sie weckt die beiden Djinnis aus dem Traum. Sie fällt, zu Tode ermattet, vor der weißen nieder.

›Wo ist Abu, der Dieb von Bagdad, König Ahmads Freund? Djaffar ermordet Ahmad! Nur er kann ihn retten!‹

Und mit hastigen Worten erzählt sie, was zu Bagdad geschah.

Die schwarze Djinni wirft einen Blick in den Himmel.

›Zu spät! Die Sterne verblassen, der Morgen dämmert herauf! Der erste Strahl der Sonne wird sich im geschwungenen Schwert des Henkers spiegeln!‹

›Es darf nicht zu spät sein!‹, ruft die weiße Djinni. ›Soll die Hölle triumphieren? Soll der Teufel lachen über die Menschen und Allah?‹

›Wie willst du es verhindern, weiße Djinni? Djaffar ist riesenstark. Er ist stärker als alle, die gegen ihn knirschen. Und wenn ganz Bagdad und wenn die Felsenbewohner und wenn wir drei und Abu, der Dieb von Bagdad, hinstürmten, um Djaffar den Sieg zu entreißen – was würde geschehen? Er würde sich auf den Rücken des fliegenden Pferdes schwingen und über Berge und Meere und Wüsten fliehen und irgendwo von neuem das Spiel beginnen und mit dem ganzen Stolz der Hölle die Langmut des Himmels verspotten, die ihn duldet.‹

›Aber weißt du nicht‹, fragt die weiße und richtet sich auf, als wollte sie sich ungeduldig in die Luft schwingen, ›weißt du nicht, was eine uralte Sage erzählt? Ein Knabe wird kommen auf einem fliegenden Teppich. Er wird bewaffnet sein mit Pfeil und Bogen der Gerechtigkeit! Er wird den Feind besiegen, weil er treu ist und nichts für sich selbst begehrt!‹

›Das könnte wohl Abu sein, der Dieb von Bagdad, denn einen treueren Freund gibt es nicht auf der Welt!‹, sagt Halima. ›Aber wo findet er den fliegenden Teppich und Bogen und Pfeile der Gerechtigkeit? Und wo ist Abu selbst?‹

›Nicht weit von hier! Hierher in die Wildnis ist er von einem mächtigen Djin getragen worden, um seinen Freund Ahmad zu finden. Hier ließ er ihn im Allsehenden Auge Djamileh, die Prinzessin von Basra schauen, und da er Djaffar bei ihr sah und wie sie ihm zulächelte –‹

›Um ihn zu täuschen! Ich selber riet ihr dazu!‹, rief Halima.

›Ja, aber das wusste Ahmad nicht! Seine Eifersucht, sein Misstrauen machten ihn ungerecht gegen den Freund, und

Abu, auch den Kopf verlierend, wünschte ihn nach Bagdad, wohin Ahmad sich sehnte. Dort fiel er in Djaffars Hand. Nun gilt es, ihn wieder daraus zu befreien. Doch schnell! Sonst ist es zu spät!‹

›Ich glaube selbst bei größter Eile nicht, dass wir Ahmad noch retten können‹, sagt die schwarze Djinni. ›Wer hütet den fliegenden Teppich?‹

›Die Weisen der Goldenen Zeit.‹

›Weißt du, wo sie wohnen?‹

›Ich weiß es!‹, ruft Halima. ›Aber sie sind versteinert, als die Ungerechtigkeit sich der Welt bemächtigte.‹

›Doch wenn ein treuer Mensch zu ihnen kommt‹, sagt die weiße Djinni, ›um Bogen und Pfeil der Gerechtigkeit von ihnen zu erbitten, dann werden sie wieder lebendig und helfen ihm. Denn wenn das Recht siegt, kommt wieder die Goldene Zeit, und die Güte besteigt den Thron der Welt für immer.‹

›Aber wir schwatzen und schwatzen, und die Nacht vergeht!‹, ruft Halima außer sich. ›Helft mir doch, Abu zu finden! Helft mir, ihn zu den Weisen der Goldenen Zeit zu bringen! Allein vermag ich es nicht!‹

›Du bist nicht schüchtern mit deinen Fragen und Bitten!‹, sagt die schwarze Djinni ärgerlich. Doch breitet sie schon die Flügel aus, um Halima den Weg zu zeigen, und die weiße Djinni nimmt die Schwalbe an ihre Brust und trägt sie im Sturm davon.

Und so, Freunde, kommen wir endlich wieder zu Abu, den wir in Einsamkeit und großer Betrübnis verlassen haben, und finden ihn noch auf dem gleichen Fleck, das Allsehende Auge in der Hand. Es herrscht noch Nacht, doch die Dämmerung beginnt, ihr die Herrschaft streitig zu machen. Die Sterne wollen verblassen. Die zwei Djinnis und Halima lassen sich bei Abu nieder, und Halima, die ihn so gut von früher her kennt und sich des treuen Hundes ebenso entsinnt wie des freimütigen Jungen, schaut ihm verwirrt ins Gesicht und kann ihn kaum wiedererkennen.

Ist das wirklich Abu, der Dieb von Bagdad? Er sieht um Jahre älter aus. Die funkelnde Lebensfreude in seinen Augen scheint in bitteren Tränen ertrunken zu sein, und sein junger Mund ist in Schmerz und Zorn verzogen.

›Was hast du, Abu?‹, fragt Halima bestürzt und lässt sich, die Schwalbe, neben ihm nieder. ›Ich bin Halima, die du kennst. Aber was du nicht kennst, ist meine Freundschaft zu König Ahmad und zu der Prinzessin Djamileh. Ich bin zu dir gekommen, weil nur du ihm helfen kannst. Willst du, Abu?‹

›Willst du mich verhöhnen?‹, fragt der Dieb von Bagdad finster und hält ihr das Allsehende Auge hin. ›Hier hab' ich gesessen wie hergeflucht und habe im Allsehenden Auge zuschauen müssen, wie es Ahmad ergangen ist – und konnte und kann ihm nicht helfen! Ich habe mir die Augen wund gesehen! Ich wage es nicht, noch einmal den roten Kristall nach Ahmads Ergehen zu fragen! Vielleicht ist er schon tot!‹

›Nein, Abu, er soll erst bei Sonnenaufgang sterben, so will es das Gesetz von Bagdad!‹

›Seit wann kümmert sich Djaffar um Gesetze! Er fürchtet Ahmad! Er fürchtet ihn mehr als je, seit das Volk von Bagdad weiß, dass sein König noch lebt und zu ihm zurückgekommen ist! Da! Nehmt das Allsehende Auge! Seht selbst hinein! Und dann sagt mir, ob ihr noch Hoffnung habt, Ahmad zu retten!‹

Die weiße Djinni beugt sich über den Kristall – und fährt mit einem Laut des Schreckens zurück. Denn sie sieht – sie sieht, wie der Henker in Ahmads Kerker den

Todgeweihten von seinen Ketten löst, und das kann nur eins bedeuten: Er soll nun sterben!

›Was siehst du?‹, fragt Abu. Und da die weiße Djinni ihm keine Antwort gibt, reißt er ihr das Allsehende Auge aus der Hand und starrt hinein – und plötzlich springt er auf wie ein Rasender und schmettert das magische Kleinod, das er mit so viel Mühen und Ängsten gewonnen hat, auf den Felsgrund, wo es in tausend Splitter zerspringt.

›Und ich bin hier und kann ihm nicht helfen!‹, schluchzt er verzweifelt auf.

›Das nenne ich Treue, wahrhaftig!‹, sagt die schwarze Djinni spöttisch. ›Hat Ahmad um dich verdient, dass du so mit ihm leidest? Er hat schmählich an dir gehandelt! Ich weiß es, denn wir beide waren dabei!‹

›Was weißt du von mir und Ahmad und unserer Freundschaft?‹, fragt Abu zornig. ›Was heißt bei solch einer Freundschaft ›verdienen‹ und ›schmählich handeln‹? Lass meinen Freund in Ruhe, das rate ich dir! Ich war auch nicht immer gerecht gegen ihn, weil er Djamileh lieber hatte als mich! Ist das vielleicht nicht sein gutes Recht? Und ich bin doch nur ein kleiner Junge und ein Dieb, und er ist ein König und ein Mann, und sein Herz gehört der Prinzessin von Basra – und sie verdient es –, das weiß ich seit dieser Nacht! Und Ahmad« – und wieder bricht er in stürzende Tränen aus und wischt sie sich wütend mit beiden Händen ab, denn er schämt sich der Tränen vor Halima und den Djinnis und kann ihnen doch nicht wehren – »und Ahmad ... heute Nacht hat er nach mir gerufen! Mein Freund! Und hat mich um Verzeihung gebeten! Und ich konnte nicht zu ihm hin und kann ihm nicht helfen! O Allah, Allah, ich wollte, ich wäre tot!‹

›Ein gutes Mittel, um Ahmad zu retten!‹, sagt die schwarze Djinni und sieht ihn mit boshaft funkelnden Augen an.

Aber die weiße Djinni, die das Herz der Gefährtin besser kennt, weiß, dass diese jetzt all ihre Macht, die nicht gering ist, daran setzen wird, dem Dieb von Bagdad und seinem Freunde zu helfen.

›Weißt du ein besseres?‹, fragt Abu giftig zurück.

›Ja. Und nun keinen Atemzug mehr versäumt! Auf, weiße Djinni! Halima, hilf uns! Auf! Wir nehmen diesen Freund aller Freunde auf unsere Rücken! Und halte dich fest, mein kleiner Dieb von Bagdad, denn der Flug auf dem Nacken deines großmäuligen Djin war, verglichen mit dem, den du jetzt erleben wirst, der Trab einer trächtigen Büffelkuh gegen den Galopp eines jungen Hengstes vom Stamme der Kolheri, aus dem die Stute des Propheten entsprang!‹

Sie legen die inneren Flügel aufeinander und Abu schwingt sich darauf.

›Du, Halima‹, sagt die weiße Djinni, bevor sie in die Lüfte steigen, ›du eile nach Bagdad! Melde Djamileh, dass Hilfe kommt! Sie könnte sonst in der Verzweiflung und um Ahmads Leiden nicht länger mitansehen zu müssen, sich selber ein Leid antun! Eile! Von hier aus, so hoch wir gestiegen sind, sehen wir schon den roten Streifen des Morgens über dem Östlichen Meer!‹

Dann sind sie im Blau der Dämmerung verschwunden. Doch Halima, erschöpft wie sie ist nach dem ruhlosen Tag und der ruhlosen Nacht, wirft sich wieder als Schwalbe dem Wind auf den Rücken und jagt nach Bagdad zurück.

Wem wollen wir nun folgen, ihr oder Abu? Ich glaube, Abu! Aber nein! Zuvor muss ich Euch noch etwas von den Felsenbewohnern erzählen, die auch auf dem Wege nach Bagdad sind.

Sie haben das Tal der Höhlen und den Weg zum Meer weit hinter sich gelassen, da sehen sie auf dem noch dunklen Wasser eine Schaluppe mit eingezogenen Segeln schlafen. Bei ihrem Anblick wird der alte Fischer Ibrahim lebendig, als wäre ihm ein Blitz in die mürben Knochen gefahren. Er ruft und tanzt und schreit und schwenkt wahrhaftig den Turban, was keinem würdigen Moslem einfallen sollte, und läuft in das flache Wasser hinein, dass es ihm bis über den Kopf spritzt, und schreit aus Leibeskräften: ›Hoiho! Hoiho! Hei! Nasreddin, mein Sohn!‹ Und rückwärts gewendet gegen das Ufer und die nichts begreifenden Gefährten: ›So kommt doch! Kommt doch! Es ist die Schaluppe meines Sohnes! Es ist die ›Perle des Meeres‹! Sie wird uns nach Bagdad bringen!‹

Und bevor die Gefährten noch ganz begriffen haben, um was sich's da handelt, ist Ibrahim schon an Bord der Schaluppe geklettert und liegt in den Armen eines jungen, kräftigen Mannes, der laut den Himmel zum Zeugen eines Wunders anruft, das er wohl sieht, aber nicht fassen kann.

›Wie sollen wir dir folgen, Ibrahim‹, ruft einer der Männer ihm nach, ›da das Schiff noch viel zu klein ist, um auch nur die Hälfte von uns zu fassen!‹

›O du Abkömmling eines Ungläubigen!‹, schreit Ibrahim zornig zurück. ›Siehst du nicht Allahs Finger in dieser Begegnung? Kann er nicht Kleines groß und Großes klein machen, wie es ihm beliebt? Ich sage euch: Kommt! Ich sage euch: Die Wunder, die kürzlich an uns geschahen, sind tausendmal größer als das Wunder einer kleinen Schaluppe, die hundert und noch mehr Männer fasst! Vertraut auf Allah und kommt!‹

›Er hat Recht!‹, sagt Faruk ibn Hassan und eilt als Erster ihm nach, und seht, da wird es wieder offenbar, was rechter Glaube und Vertrauen in Allahs Gnade vermögen: Das kleine Schiff erweist sich ohne Mühe als groß genug, die Felsenbewohner alle aufzunehmen, und kaum hat Ibrahims glücklicher Sohn die Segel ausgespannt, da macht sich in Eile der Wind heran und bläst aus vollen Backen in ihre hohlen Rücken, dass die Bugwelle aufschäumt, und das Meer, als wäre es zum Strom geworden, trägt die Schaluppe so freudig dienstbereit, als sei es ihm eine Ehre, seine lebendige Fracht mit frühestem Morgen schon nach Bagdad zu bringen.

Halima, hoch schwebend mit den Flügeln der Schwalbe, hat das alles gesehen und beeilt sich noch mehr, die Stadt zu erreichen, in der sich Ahmads und Djamilehs Schicksal bei Sonnenaufgang vollenden soll.

Sie überfliegt den Palast und sieht, dass Djaffar vorsorglich alle Wachen hat verdoppeln lassen, und sieht jede Zinne besetzt mit Soldaten und Trommlern und Fanfarenbläsern, und sieht, im tiefen Hof des Palastes, da, wo der Richtblock steht, der so oft missbrauchte, Chamsin, den Henker, nackt unter feuerrotem Mantel, wie er das Schwert schleift, mit dem er Ahmad dem König das Haupt vor die Füße legen will.

Es ist noch Nacht über Bagdad, aber die Stadt schläft nicht mehr. Oder hat sie überhaupt noch nicht geschlafen? Die Gassen, der Markt, die Stufen der Moscheen, jeder Winkel, jede Türnische scheint ihr eigenes Leben zu leben. Sobald der dröhnende Schritt der Wachen hörbar wird, verstummt dieses heimliche Leben, als sei es nie gewesen. Doch kaum sind die Bewaffneten vorüber, fängt es wieder zu flüstern und zu raunen an. Die Sturmschwalbe huscht durch die nächtlichen Gassen und sirrt ihr eintöniges Lied: ›Djaffar ermordet Ahmad! Djaffar ermordet Ahmad!‹ Und es dauert nicht lange, da nehmen Menschen es auf. Ein Mund flüstert es dem andern zu, Lippen raunen zu Lippen: ›Hört ihr's? Hört ihr's? Djaffar mordet Ahmad! König Ahmad!‹ – ›Ach, König Ahmad ist doch schon lange tot!‹ –

›Nein, nun seht ihr, dass es nicht wahr ist, nicht wahr sein kann! Warum wäre sonst der Palast mit Soldaten gespickt? Warum ziehen die Wachen ununterbrochen von der oberen zur unteren Stadt, vom Bazar zum Hafen, vom Palast zur Großen Moschee? Gebt Acht! Lasst nur die Nacht vorüber sein, dann werdet ihr sehen, wie Djaffar es mit uns meint!‹

Und während die Stadt in nächtlichem Fieber summt, fliegt die Schaluppe mit den Felsenbewohnern an Bord unter glücklichem Wind und eifrig helfender See dem Hafen von Bagdad zu.

Jetzt wird es aber Zeit für uns, nach Abu zu schauen, den die Djinnis in einem atemraubenden Flug zu den Weisen der Goldenen Zeit gebracht hatten.

Vor ihrem Hause haben sie ihn abgesetzt und sind verschwunden, bevor er ihnen danken konnte. Doch hat er nicht lange Zeit, darüber betrübt zu sein.

Eine Stadt wie diese hat Abu noch nie gesehen, und es lockt ihn, seine Lust nach Abenteuern in ihr eine gute Weile spazieren zu führen. Aber die Stunde drängt, und er tritt in das erste Haus, um einen zu finden, der ihn zum König der Weisen führen könnte. Da sieht er sich plötzlich inmitten einer Versammlung weißbärtiger Männer mit stillen, gütigen Gesichtern und freundlichen Augen, die sich, als ob sie alle geschlafen hätten, erst öffnen, als er sich ehrerbietig nähert.

Da steht er nun, der kleine Dieb von Bagdad, und angesichts der würdigen alten Männer überkommt ihn eine Scheu, weil er nicht weiß, wie er mit ihnen sprechen soll, um sein Anliegen vorzutragen.

Der Älteste von allen, wie es scheint, denn das ist schwer zu erkennen bei so viel weißen Bärten, erhebt sich und – o Wunder! – verneigt sich tief vor Abu.

›Bist du endlich gekommen, lang ersehnter König?‹

Abu starrt ihn an und schüttelt heftig den Kopf.

›Du irrst dich, Vater der Güte, ich bin kein König, ich bin nur ein kleiner Dieb!‹

Der Alte lächelt und streicht seinen silberweißen Bart.

›Du bist es, der sich irrt, o König der Jugend! Du bist in dein Reich gekommen, das Goldene Reich! Nimm es und herrsche darin!‹

›Warum‹, kann Abu bei all seiner Eile sich nicht enthalten zu fragen, ›ist dies das Goldene Reich?‹

›Weil Gold in ihm nichts gilt – nicht mehr als der Staub zu deinen Füßen!‹

›Und was gilt in ihm als wertvoll?‹

›All das, was du bist, kleiner Herr und König: rein und tapfer und gerecht und treu sein! Ja, treu vor allem! Dir und anderen treu! Wir wissen, dass du kommst, deinen Freund zu retten. Das wird dir nur mit dem Bogen und den Pfeilen der Gerechtigkeit gelingen! Nimm sie an dich, es sind die Zeichen deiner Herrschaft. Mögest du lange und glücklich mit ihnen herrschen! Ziele auf das Haupt der Ungerechtigkeit, und du kannst nicht fehlen!‹

›Ach König aller Weisen!‹, sagt Abu schüchtern. ›Ich bin dir wirklich sehr dankbar für diese guten Waffen, und ich verspreche dir, sie nur im Dienste der Gerechtigkeit zu brauchen. Aber mein Freund, König Ahmad, ist in größter Gefahr! Und wenn ich noch rechtzeitig nach Bagdad gelangen soll, um ihn vor dem Henkerstod zu retten, dann brauche ich unbedingt den fliegenden Teppich, der, wie mir die Djinnis sagten, in deinem Besitz ist.‹

›Ja, ja, die Djinnis haben Recht, der fliegende Teppich gehört mir, da liegt er, zu deinen Füßen! Aber, kleiner König, den kann ich dir leider nicht geben, den brauche ich selbst! Denn jetzt, da du endlich gekommen bist, mir die Last der Krone abzunehmen, jetzt werde ich wohl bald von Allah, dem Vater der Welt, ins Paradies gerufen werden, und eben zu dieser Reise brauche ich den fliegenden Teppich! Das siehst du ein, nicht wahr? Sonst aber, kleiner König, gehört dir alles, was unser Reich umfasst! Wähle dir alle Schätze, die dir gefallen! Und damit du es ganz unbefangen tust und nach eigenem Entschluss, will ich dich jetzt allein lassen. Triff deine Wahl, keiner von uns wird dich stören!‹

Da ist nun der Dieb von Bagdad allein im Gemach des Königs, der so ehrwürdig und so gütig und so vertrauensvoll ist. Und mitten im Zimmer liegt der fliegende Teppich, und Abu braucht ihn so nötig und hat doch ein schlechtes Gewissen, wenn er denkt, dass er den Teppich stehlen will – aber was wiegt schwerer: das Leben Ahmads oder ein schlechtes Gewissen?

Abu wirft sich auf die Knie, und während er betet, bemerkt er nicht, dass zwischen den Falten des Türvorhangs, durch den er gegangen ist, das liebevolle Antlitz des alten Königs mit herzlich zustimmendem Lächeln nach ihm späht.

›O Allah‹, betet Abu, ›Schöpfer der Menschen und auch mein Schöpfer, ich weiß, du hast es nicht gern, wenn einer stiehlt. Ich bin der Dieb von Bagdad! Ich will es nicht mehr sein! Ich werde nie wieder stehlen, glaube mir! Nur noch dies eine Mal! Nur noch diesen kleinen Teppich, damit ich noch zur rechten Zeit nach Bagdad komme, um meinen Freund zu retten. Der alte König braucht den Teppich gewiss nicht, um auf ihm zu dir ins Paradies zu fliegen. Ich glaube, wenn seine Stunde kommt, dann wirst du, o Allah, den guten alten Mann selbst bei der Hand nehmen und ihn zu dir führen in die ewige Seligkeit. Hab' ich nicht Recht? Aber ich, ich muss nach Bagdad! O Allah,

Herr der Gerechtigkeit, erlaube mir, den fliegenden Teppich zu stehlen! Ich bitte dich so sehr!‹

Er stellt sich auf den Teppich, er ruft ihm zu: ›Fliege, Teppich, fliege!‹ Und gehorsam erhebt sich der Teppich und will zur Tür hinausschweben. Aber Abu ruft erschrocken: ›Halt, Teppich, halt!‹ Da hält der Teppich still. Abu springt herab, rafft schleunigst den Bogen der Gerechtigkeit und die Pfeile an sich, springt wieder auf und ruft: ›Nun fliege, Teppich! Nach Bagdad!‹

Und windschnell geht es dahin, nach Bagdad, nach Bagdad!

O Abu, beeile dich! Beeile dich, fliegender Teppich! Im Osten hat sich der Himmel glutrot gefärbt. Nicht lange mehr, dann taucht die Sonne auf, und wenn du nicht früher kommst als die Sonne, dann ist es zu spät, um Ahmad vor dem Henkerstod zu retten.

Djaffar führt Djamileh auf die höchste Zinne des Palastes. Sie ist stumm wie ein Stein. Djaffar deutet in die Tiefe. Dort unten liegt der Hof mit dem schwarzen Richtblock, auf ihm das nackte Schwert, das seinen Meister erwartet. Henkersknechte führen Ahmad heran. Was er durchlitten hat und was er noch leidet, steht in düsteren Runen auf seinem edlen Gesicht. Aber er hat den Kopf nie stolzer getragen, und als er ihn jetzt hebt – will er noch einmal nach dem Himmel schauen? Weiß er, dass Djamileh da oben steht? –, da bricht ein solches Strahlen aus seinen Augen, als habe sich ihm schon der Himmel aufgetan. Er lächelt, aber er schweigt.

Djamileh wirft sich auf die Knie und streckt die Arme nach ihm aus.

›Wo du auch sein magst, Ahmad‹, ruft sie, ›warte auf mich, ich komme!‹

Eine Sturmschwalbe umkreist sie.

›Mut!‹, ruft die Schwalbe. ›Mut!‹

Djaffar stampft mit dem Fuß auf. Wo bleibt der Henker? Hat er die Stunde verschlafen? Noch nie ist es vorgekommen, dass der Henker Djaffars sich verspätet hat.

Nun geht die Sonne auf und wirft ihr ungeheures Licht über Himmel und Meer und über Bagdad. Jetzt, in dieser Sekunde, sollte das Haupt König Ahmads schon am Boden rollen.

Aber der Henker fehlt.

Djamileh, noch auf den Knien liegend, durchforscht mit den Augen die leere Bläue des Himmels. Unschlüssig stehen die Henkersknechte um den Richtblock und den Gefangenen herum.

Aber der Henker fehlt.

Mit einem Fluch packt Djaffar das Handgelenk Djamilehs, um sie mit sich fortzuziehen, hinweg von der Zinne, von der sie sich nur allzu leicht hinunterwerfen könnte in die Tiefe. Mit einem Laut des schärfsten Widerwillens reißt sie sich los. Ihr Gesicht ist eine Flamme. Wieder will Djaffar sie packen, doch im gleichen Augenblick hört er das Keuchen eines Mannes, der die zahllosen schmalen Stufen heraufjagt wie gepeitscht. Ein kahler Kopf, von Schweißtropfen überglitzert, taucht aus der Luke auf. Es ist der Henker. Sein Gesicht ist mörtelgrau. Er stiert seinen Herrn an, keucht und kann nicht reden. Er stemmt die Hand auf den Quaderblock einer Zinne, er lehnt sich dagegen. Es sieht aus, als müsse er sonst zusammenstürzen.

›Was, bei der stinkenden Hölle, soll das heißen?‹, brüllt Djaffar ihn an. ›Was hast du hier zu suchen? Dein Gefangener wartet! Er sollte jetzt schon tot sein – und du bist hier?‹

›Herr –‹, quält der Henker das einzelne Wort heraus, und es klingt, als müsse er sich's aus dem Schlunde reißen,

›Herr ... Gnade, Herr, ich kann ... ich kann dein Henker nicht mehr sein!‹

Djaffar streckt den Kopf gegen ihn vor. Sein schöner schmaler Mund verzerrt sich häßlich.

›Hast du eine Ratte im Kopf? Du kannst mein Henker nicht mehr sein? Geh an den Richtblock hinunter und tu deine Pflicht!‹

Abwehrend wirft der Mann die nackten Arme vor. Seine Hände greifen in die Luft, als wollten sie etwas Grässliches verscheuchen, das ihm das Hirn und die Augen aus dem Kopfe frisst.

›Nie, Herr! Nie wieder! Und wenn du mich selber von meinen eigenen Knechten hinrichten lässt! Und wenn du mir mit der Axt vor den Kopf hauen lässt wie einem Schlachtochsen – nie wieder! Nie wieder!‹

›Allah verbrenne dich! Was ist in dich gefahren?‹

›Sie sind wieder da!‹

›Wer?! Wer ist wieder da?! Willst du reden, Hund, verfluchter –?‹

›Alle, Herr! Alle, die ich auf deinen Befehl ... gerichtet habe! Die Blinden, die Stummen, die ohne Hand und Fuß! Sie sind wieder da! Sie haben wieder Augen und Zungen und Hände und gehen auf ihren Füßen und sind wieder da! Sie waren verschwunden aus der Stadt, und jetzt hat die Hölle sie wieder ausgespien, und sie kommen vom Hafen und ziehen durch die Stadt und schreien: ‚König Ahmad hat uns gesund gemacht! König Ahmad hat uns geheilt!'‹

›König Ahmad? Sie schreien: ‚König Ahmad!'?‹

›Ja, Herr! König Ahmad! Geh auf den Turm im Süden und blick auf die Stadt hinunter, da wirst du sehen, wie sich die Leute zusammenrotten und sich in den Armen liegen, die Heimgekommenen und ihre Weiber und

Söhne und Väter, und kannst hören, wie sie seinen Namen rufen, als läge alles Heil in diesem Namen! Sie sind mir begegnet, sie haben mich erkannt, sie haben mir zugerufen: ›Hei, Henker Djaffars! Freue dich! Wir wollen dich besuchen!‹‹

›Du bist ein Waschweib, oder du bist verrückt!‹, brüllt Djaffar. ›Hinunter mit dir! Zu Ahmad! Er wartet auf dich! Willst du einen König warten lassen? Jetzt muss er sterben, und wenn alle sieben Erzengel sich vor ihn stellen, jetzt muss er sterben!‹

›Nicht durch meine Hand!‹, schreit der Henker und torkelt davon.

Djaffar dreht sich nach Djamileh um. Ihr Gesicht ist verklärt wie der Morgenhimmel nach einem Nachtgewitter. Sie hebt die Hand und horcht geschlossenen Auges mit einem verzückten Lächeln auf den Lärm, der fern noch, leise, aber unüberhörbar sich an den Palast heranwälzt.

Wie die silberne Krone der dunkelgrünen Woge des Meeres schwebt über ihm ein helles Klingen, ein Name: ›Ahmad! König Ahmad!‹

Djaffar springt mit einem Fluch auf sie los.

›Hinunter mit dir, Prinzessin von Basra! Hinunter! Du folgst mir, und wenn der Himmel einstürzt und die Hölle mit allen ihren Schrecken aufbricht, mich einzuholen, du folgst mir! Ich lasse dich nicht!‹

Aber die Prinzessin ist mit einem fliegenden Sprung auf der Zinne und steht mit ausgebreiteten Armen da, gegen den Morgenhimmel leuchtend wie eine weiße Flamme.

›Ahmad! Ahmad! Ahmad! Du bist gerettet! Dein Volk bricht die Tore auf! Du bist gerettet!‹

Sie hat recht gesehen. Das große Tor des Palasthofes, das mit sieben Riegeln bestimmt war, jeden Ansturm von Feinden aufzuhalten, hat dem Ansturm der Freunde nicht widerstehen können. Geführt von den Felsenbewohnern, Faruk an der Spitze, sind die Männer von Bagdad gegen den Palast heraufgestürmt. Mit Äxten, mit Sturmböcken, mit Balken, die sie von den nächsten Häusern rissen, mit Brecheisen, Hebeln und Rammen haben sie sich gegen das Tor geworfen, das summend widerstand und endlich nachgab, krachend aufflog gegen die Mauer, dem kochenden Strom der Stürmer den Weg ins Innere des Palasthofs freigebend. Die Menschen brüllten, aber sie brüllten vor Freude. Eine ungeheure Überschwemmung jubelbrüllender Menschen breitete sich nach allen Seiten aus, und wie nach einem Deichbruch das Wasser in rasender Eile sich überallhin ergießt, auch die kleinsten Kanäle füllend, so war in einem Nu die Vielzahl der Höfe bedeckt mit Menschenstrudeln und Menschenwogen, die immer wieder den einen Namen schrien:

›Ahmad! Ahmad! König Ahmad!‹

Jetzt haben sie ihn entdeckt. Die ratlosen Henkersknechte werden beiseite geworfen wie nasse Lumpen, ehe sie wissen, was mit ihnen geschieht. Ein riesenhafter Schmied, von den Felsenbewohnern einer, dem Djaffars Henker die Arme gebrochen hat und der nun mit beiden Händen eine Axt umspannt und schwingt, als sei sie aus Pappelholz, wirft sie beim Anblick Ahmads über den Richtblock, dass das Schwert des Henkers zu Boden klirrt, bricht wie eine Pflugschar durch die Menschen hindurch, die ihn von Ahmad trennen, lacht und packt die Ketten, die Ahmads Hände und Füße fesseln, und zerbricht sie zwischen seinen Fäusten. Die Menge jauchzt. Sie heben die Stücke der Ketten auf. Sie drücken sie ans Herz, sie küssen sie.

Ahmad, befreit, wird von dem Wirbel der Schreienden, Jauchzenden mit fortgerissen. Er sieht sich vergeblich nach allen Seiten um. Er ruft nach Faruk, ruft inmitten der Seligkeitberauschten mit der Stimme eines Verzweifelnden nach Faruk, erblickt ihn, wie er sich müht, zu ihm zu gelangen, deutet, schreit: ›Djamileh –! Die Prinzessin –! In der Gewalt von Djaffar –!‹

Die Worte schnellen sich wie flache, geschleuderte Steine über einen See von Kopf zu Kopf der Menge und werden aufgenommen und werden zu drohendem Geheul.

Einen Augenblick lang in Verwirrung, fasst sich Faruk bei dem ersten Blick in Ahmads von Angst verzerrtes Gesicht. Sein Arm streckt sich weisend aus: Hinein in den Palast! Die Tore bewacht! Die Gänge, die Treppen besetzt! Die Gemächer durchsucht! Die Prinzessin von Basra muss gefunden werden! Sie ist noch im Palast! In Djaffars Gewalt! Rasch! Rasch, ehe Djaffar ihr Leben bedroht! Denn ehe er sie dem tausendmal verfluchten Nebenbuhler lässt, wird er sie mit eigenen Händen töten!

Ja, bei den Qualen der Hölle, wo sie am tiefsten ist, das wird er tun! Djaffar hat sie von der Zinne, auf der sie jubelnd stand, heruntergezerrt und mit sich fort über die Treppen gerissen. Aber er hat die geschmeidige Gegnerin unterschätzt. Den winzigen Augenblick benutzend, da er im Palast eine Falltür aufhebt, die zu den unterirdischen Gängen und schließlich hinaus ins Freie, in den äußeren Hof führt, dieser Augenblick genügt Djamileh, sich loszureißen und mit jagenden Füßen den Gang entlangzurasen und die nächste Treppe hinunter und wieder eine Treppe, eine Tür will sie aufhalten, sie ist verriegelt, Djamileh reißt und zerrt an dem Riegel, er gibt nicht nach, verquollen wie er ist seit unzähligen Jahren, sie hört die wütenden Sprünge hinter sich, mit denen Djaffar ihr nachsetzt – und läuft weiter, dorthin, wo tobende Schläge gegen ein Tor den Ansturm der Helfer verkünden. Im Augenblick, da sie darauf zustürzt, fliegen die Flügel auseinander und, Ahmad allen voran, Faruk auf seinen Fersen, bricht die Menge herein und umschwemmt die Erschöpfte, die sich in Ahmads Arme wirft, aufweinend seinen Namen stammelt, sein Gesicht mit den zitternden Händen berührt: ›Gerettet! Gerettet!‹

Noch nicht gerettet, o nein! Denn noch lebt Djaffar! Noch ist Djaffar in Freiheit, und wenn er sie behält, wird er sie nutzen, neue Pläne zu spinnen, neues Verderben zu ersinnen für Bagdad und seinen König und für die Frau, die er begehrte und die ihm verloren ging.

Wo ist Djaffar geblieben? Der ganze Palast ist umstellt. Die wimmelnde Menge, freiwillige, sehr entschlossene Wächter, halten ihn unter der Aufsicht ihrer hassvollen Augen. Wo ist Djaffar? Sucht ihn! Er muss gefunden werden, oder kein lebendes Wesen in der großen Stadt Bagdad kann sich abends in Frieden niederlegen und ohne Furcht erwachen. Wo ist Djaffar?

Da, während Ahmad, Djamileh auf den Armen, die seinen Hals umschlungen hält, sich auf der breiten Treppe zeigt, das Rufen der Menge nach ihm zu stillen – und die bricht, als sie die Frau erblickt, deren Lächeln noch von Tränen schimmert, in ein weithin hallendes Jauchzen aus –, da erhebt sich plötzlich von zwei anderen Seiten ohrenbetäubender Lärm, der wächst und wächst. Er kommt vom äußeren Hof, wo das Marmorgewölbe des fliegenden Pferdes steht, und er kommt von jenseits der Burgwälle, kommt von allen Seiten der tiefer liegenden Stadt, und wer von einer der Zinnen hinunterblickt auf Bagdads Straßen und Gassen, sieht, dass alle Köpfe sich in eine Richtung drehen, dass alle Gesichter nach oben gewendet sind, dass alle Münder schreiend offen stehen und alle Hände zeigen:

›Seht – seht – seht doch! Ein Teppich in der Luft! Ein fliegender Teppich! Er trägt einen Menschen! Einen Knaben! Seht doch! Erkennt ihr ihn nicht? Seid ihr blind? Ihr müsst ihn doch kennen?!‹

Das Schreien aber aus dem äußeren Burghof gellt in Zorn und Schrecken. Eine Mannsstimme – Djaffars Stimme! – lacht, wie der Satan lacht, wenn er Allahs zu spotten meint. Das Wiehern eines Pferdes, stählern, wild und herrisch, übertönt das Gelächter, und jenseits der Mauer, die sich trennend zwischen die Höfe schiebt, taucht es auf, ein weißer, schwebender Blitz – das fliegende Pferd mit Djaffar auf dem Rücken.

Zauber gegen Zauber! Der fliegende Teppich gegen das fliegende Pferd! Wer wird schneller sein? Und wer wird stärker sein, der Mann oder der Knabe?

Mit einem Schrei des Entzückens und der steinabwälzenden Befreiung hat Ahmad den fliegenden Teppich entdeckt.

›Abu! Das ist Abu! Abu, mein Freund! O Djamileh, das ist der herrlichste Tag meines Lebens! Ich habe dich gewonnen! Ich bin frei, und Abu kommt, mein Freund kommt zu mir zurück!‹

Er springt auf eine der Mauerzinnen und schreit zu dem fliegenden Teppich hinauf, der hoch über dem Palast in weitem Bogen kreist. Eine Sturmschwalbe segelt über ihm im Blauen. Ihr sirrender Schrei klingt bis zu Djamileh hinunter.

›Da ist Halima! O Halima! Freundin! Komm!‹

Aber die schwirrende Schwalbe scheint den Ruf nicht zu hören.

Mitten hinein in den Kreis, den der Teppich zieht, steigt mit prächtigem Schwung das fliegende Pferd, das Djaffar auf seinem Rücken trägt. Höhnisch winkt er zu den Tausenden hinunter, die schreiend nach ihm zeigen. Oh gewiss, er wird wiederkommen! Er gibt das Spiel nicht verloren! Es ist noch nicht aller Tage Abend, Bagdad, herrliches Bagdad! Noch hast du meine Kraft nicht gebrochen, Ahmad! Noch ist die Frau an deiner Seite nicht dein!

Da – seht doch! Was hat der Dieb von Bagdad in den Händen? Einen Bogen? Pfeile? Aaah! Erinnert Ihr Euch? Wisst Ihr nicht mehr, was uns verheißen wurde? Dass einer kommen würde durch die blaue Luft, bewaffnet mit dem goldenen Bogen der Gerechtigkeit und den stählernen Pfeilen des Rechts? Nun jauchze, Bagdad! Nun juble zu ihm hinauf, der gekommen ist, deinen Feind zu besiegen! Für immer, Bagdad, für immer, im Namen des Rechts!

Djaffar sieht sich um. Seine höhnische Miene spottet des Knaben, der ihn auf dem fliegenden Teppich verfolgt. Das fliegende Pferd ist schneller, ein Kind kann das sehen! Schon hebt es sich bis an den Zauberkreis, den der schwebende Teppich zieht. Doch höher nicht als die Sturmschwalbe, die über beiden kreist.

›Triff ihn, Abu!‹, schreit Ahmad. ›Triff ihn! Triff ihn!‹

Abu legt den Pfeil auf den Bogen. Sein klares, junges Gesicht ist herrlich ruhig und seiner Sache gewiss. Er spannt den Bogen und hebt ihn langsam zur Schulter. Er zielt. Das fliegende Pferd, mit zornigem Wiehern, tut sein Äußerstes. Das Gesicht Djaffars ist fahl und fiebernd in nie gekanntem Grauen. Jetzt sieht er in Allahs Hand die Waage des Lebens, und seine Schale stellt sich in die Luft. Gewogen, Djaffar, und für zu leicht befunden!

Abu lässt den Pfeil von der Sehne schnellen.

Aus der Tiefe, wo die Stadt liegt, schwillt ein lang gezogener Schrei – und bricht in überwältigendem Jubel ab.

Denn Abu hat gut getroffen. Mitten in Djaffars Stirn zittert der tödliche Pfeil.

Djaffar wirft die Arme auseinander, und während im Sprung das fliegende Pferd auseinander bricht wie ein Spielzeug in achtloser Hand, stürzt Djaffar rücklings in die vernichtende Tiefe, wo sein Körper zerschmettert liegen bleibt.

Doch seine Seele? Seine unsterbliche Seele?

Nein, Allah vergisst keine Seele, die noch von einer anderen Seele geliebt wird. Denn sie vernichten hieße auch, die liebende Seele vernichten. Das will Allah nicht.

Eine Sturmschwalbe stürzt sich mit weit gebreiteten Flügeln dem Stürzenden nach – und als sie sich wieder hebt, trägt sie auf ihren stählern schimmernden Schwingen die Seele Djaffars, den Halima liebt, den sie ewig lieben wird.

Und während der Dieb von Bagdad, von unbeschreiblichem Jubel empfangen, mit dem fliegenden Teppich inmitten des Hofes landet und mit einem Sprung in den Armen seines Freundes Ahmad liegt – ›Du lebst! O Allah sei Dank! Du lebst, Ahmad, mein Freund!‹ –, schwebt die Sturmschwalbe über das sonnenbeglänzte Morgenland höher und höher ins unendliche Blau.

›Da fliegt sie nun, die Närrin, und schleppt auf den Flügeln die ewig verlorene Seele eines Mannes, den Allah verflucht hat!‹, sagt die schwarze Djinni.

›Oh, rede nicht so viel von Allahs Fluch!‹, sagt die weiße Djinni und wiegt sich selig auf ihren schimmernden Schwingen in der noch tief stehenden Sonne des schönsten Tages, den Bagdad gesehen hat. ›Weißt du noch, wie du an König Ahmads Erlösung gezweifelt hast? Und wurde er nicht doch erlöst und ist glücklich, mit Allah versöhnt und mit seinem Volk?‹

›Ja, aber Djaffar ist nicht Ahmad!‹

›Auch Djaffar ist ein Mensch, und die Unendlichkeit der Zeit liegt vor ihm, dass er sich wandeln kann, und die Liebe

Halimas trägt ihn und lässt ihn nicht fallen, bis Allah sich seiner erbarmt.‹

›Djaffars?‹ Die schwarze Djinni schüttelt den Kopf. ›In hundert Jahren kann er Allahs Zorn nicht versöhnen!‹

›Größer als Allahs Zorn ist Allahs Gnade!‹, antwortet die weiße Djinni, und die schwarze, nach ihr blickend mit ihren dunklen Augen, in denen es funkelt von Zuneigung und Spott, die schwarze Djinni widerspricht ihr nicht.

Am anderen Tage hält König Ahmad Hochzeit mit Djamileh, der schönen Prinzessin von Basra, und Bagdad und Basra feiern die Hochzeit mit ihm. Zur Linken des Hochzeitspaares sitzt Faruk ibn Hassan, den Ahmad zu seinem Großwesir ernannt hat: eine Wahl, der ganz Bagdad zujubelt, denn wer viel gelitten und die Bitterkeit des Leidenden überwunden hat, ist wohl ein Mann, das Schicksal von Menschen zu meistern, die, nach dem Willen Allahs, ohne Ende zu kämpfen haben und ringen und höhersteigen auf der Bahn ihres Lebens.

Zur Rechten Djamilehs sitzt Abu, der Dieb von Bagdad, mit Dank, mit Ehren, mit Ruhm überschüttet – und doch zum Gehen entschlossen. Das ist der einzige bittere Tropfen in dem süßen Trank, den das Leben heute an die Lippen Ahmads gehoben hat. Aber wie könnte er den halten, dem sich die Welt der Abenteuer so prangend und fernlockend offenbart, den Herrn des fliegenden Teppichs, den König des Goldenen Reichs?

Leise, noch vor dem Ende des Mahles, schleicht sich Abu von der Tafel fort. Djamileh sucht Ahmads Blick. Er nickt ihr zu. Da geht sie Abu nach. Sie findet ihn, wie sie erwartet hat, in dem kleinen Hof bei dem fliegenden Teppich. Er hat Pfeile und Bogen schon bereitgelegt.

›Du willst uns verlassen, Abu? Schon jetzt?‹, fragt die junge Königin mit einem traurigsüßen Lächeln.

›Ja, Herrin. Ich gehe. Es sind mir zu viel Menschen hier. Ich bin lieber mit mir allein.‹

›Ja, Abu. Das verstehe ich. Denn mit sich allein zu sein ist oft das gefährlichste Abenteuer.‹

Er sieht sie lange an. Ein Rest von Widerstand zerschmilzt in seinen Augen.

›Du bist klug, Herrin.‹ Und dann tritt er nahe an sie heran. Er ist nicht mehr der kleine Dieb von Bagdad und nicht mehr ein Knabe. Ein wenig heiser sagt er: ›Er sieht alles in dir! Sei ihm alles!‹

›Ja, Abu, das verspreche ich dir!‹

Und sie reicht ihm die Hand, die er drückt. Es sind zwei befreundete Hände.

Als sie sich trennen, kommt Ahmad in den Hof.

›O mein Freund! Du willst uns also wirklich verlassen?‹

›Ja, König Ahmad!‹

›Und wohin gehst du?‹

›Ich weiß es nicht. Zu neuen Abenteuern!‹

›Aber wir sehen uns wieder? Bald? Versprich mir das, Abu, mein Freund!‹

›Wie Allah es will!‹ Er nimmt den Bogen zur Hand und streckt die andere dem Freunde hin. ›Leb wohl, König Ahmad! Sei glücklich mit ihr, die du liebst und die es wert ist, dass du sie liebst! Und vergiss deinen Freund nicht, den kleinen Dieb von Bagdad, der kein Dieb mehr ist!‹

›O Abu! Wie könnte ich dich jemals vergessen!‹

Djamileh weint am Herzen Ahmads. Abu reißt sich los und springt auf den Teppich: ›Fliege, Teppich! Fliege!‹

Gehorsam erhebt er sich in die reine, leuchtende Luft. Ahmad sieht ihm nach. Aber die Tränen in seinen Augen verschleiern den fliegenden Teppich und die schmale, braune Gestalt, die auf ihm entschwindet. Wie ein klingender Vogelschrei tönt es aus der Höhe:

›Leb wohl, König Ahmad, leb wohl!‹
›Komm wieder, Abu, komm wieder!‹
›Vielleicht, König Ahmad, vielleicht!‹

*

Und so, meine Freunde, sind wir an den Schluss unserer Geschichte von Abu, dem Dieb von Bagdad, gelangt, und unsere Augen können ihn nicht mehr erspähen am Himmel über der hochzeitlichen Stadt. Ob wir ihn wieder sehen werden – wir und König Ahmad und Djamileh –, wer weiß es? Im Buch des Lebens ist es vorgezeichnet, und Allahs Wille geschieht.

Denn Allah ist groß!«